有爱的青春陪伴者

早春心事

禾风厘
— 著 —

江苏凤凰文艺出版社
JIANGSU PHOENIX LITERATURE AND ART PUBLISHING

图书在版编目（CIP）数据

早春心事 / 禾风厘著. -- 南京 : 江苏凤凰文艺出版社, 2025. 6. -- ISBN 978-7-5594-8302-7
Ⅰ. I247.5
中国国家版本馆CIP数据核字第20257RK198号

早春心事

禾风厘 著

责任编辑	王昕宁
特约编辑	裴欣怡
责任校对	言 一
责任印制	杨 丹
出版发行	江苏凤凰文艺出版社
	南京市中央路165号，邮编：210009
网 址	http://www.jswenyi.com
印 刷	长沙鸿发印务实业有限公司
开 本	880mm×1230mm 1/32
印 张	9
字 数	245千字
版 次	2025年6月第1版
印 次	2025年6月第1次印刷
书 号	ISBN 978-7-5594-8302-7
定 价	42.80元

江苏凤凰文艺版图书凡印刷、装订错误，可向出版社调换，联系电话025-83280257

目录 / CONTENTS

- 001 楔子
- 015 第一章·戏服
- 037 第二章·我带你走
- 062 第三章·校牌
- 083 第四章·隐秘的心事
- 102 第五章·玫瑰火焰
- 124 第六章·想见的人

目录 / CONTENTS

- 147　第七章·你也喜欢他
- 171　第八章·别走
- 193　第九章·欢迎回来
- 221　第十章·心里的人是她
- 245　第十一章·春风过境
- 272　番外·最好的情诗

楔子

雨后的平安镇空气十分清新，风吹过来，还夹杂着些许潮气，扑在身上凉丝丝的，很是舒服。

走进云溪茶楼，林音一时有些恍惚，这里的装潢和几年前如出一辙，没有丝毫变化，就连戏台右侧柱子上的划痕都还在。

她站在门口观望了一会儿，眼前的一切都很熟悉，那些身穿戏服在茶楼里唱戏的日子好像就在昨天，却实实在在地过去了七年。

七年前，就是在这里，她第一次见到了贺连周。

贺连周。

林音默念着这个名字，深吸一口气，收回思绪，往茶楼内走去。

彼时正是茶楼客流量高的时候，老板却闲散地躺在一张摇椅上假寐，右手食指有一下没一下地敲着扶手，嘴里哼着曲子。

林音听出来了，那是汉剧《挡马》的调子。

他也没变。

林音轻轻笑了笑，叫了一声"老板"。

老板睁开眼，半眯着，仔细辨认了一番，认出来了："林音？"

他坐起身，面露喜色，说："可好长一段时间没来了，这是刚回国？快毕业了吧。"

"毕业了。"林音说,又问,"请问'汉调'还在原来的位置吗?"

云溪茶楼一共设置了六个雅间,"汉调"是其中最为别致的一间,此前分布在二楼东侧的位置,林音不确定现在是否换了地方,觉得还是询问一番比较稳妥。

"挺好,挺好。"老板先是对她毕业了的答案做了一句评价,又笑呵呵地说,"在,还是老位置。哎,刚刚有人包下来了,敢情约的是你啊?"

林音点点头。

老板热情地道:"我带你去?"

林音拦下了他:"不用的,我自己去就好。"

沿着楼梯缓缓上行,林音准确无误地找到门口,看着门侧悬挂的写有"汉调"两个字的门牌,她敲响了门。

很快,门被打开。

迎面走出来的是位大约三十岁的男人,看起来十分睿智。

对方先开了口:"你是林导?"

"我是林音。"林音谦虚地回,有些不确信道,"那,你是赵……哥吗?"

赵绪侧了侧身,示意她进来:"对,是我。看你的表情,没想到我不是跟老莫一样上了年纪是吧?说实话,听老莫说介绍我认识一个朋友,我也没想到这位朋友这么年轻。"

老莫是林音在国外学导演时认识的一位前辈,两人属于忘年交。

她回国的时候,前者得知她想拍一部以汉剧为主题的电影,便向她引荐了赵绪,说他是个非常不错的制片人,如果能和他达成合作,再好不过了。

这也是林音此番前来的目的。

只是老莫和她说的是:"就是姓赵的那老贼难对付得很,你多少忍忍。"

林音还以为,这位"老贼"怎么也得是在商场披荆斩棘多年且为人严厉的前辈呢，没想到竟然看起来比自己也年长不了几岁，似乎……还挺和善？

像是看出她的潜台词，赵绪笑道："那老头怎么跟你形容我的？"

林音扯出一个笑来，不知道怎么回话，有些僵硬地站在一旁。

赵绪见她一副无措的样子，觉得好笑，张罗着让她坐下："你别这么拘束，就只是简单聊聊天而已。"

一点都不简单。

林音一紧张，心底的话就咕哝了出来："要聊好大一笔钱呢。"

赵绪顿了下，忍不住笑出声来。

"不是。"林音反应过来，脸上火辣辣的，从包里拿出资料，递过去，"这是剧本和项目书，您先过目。"

见她恨不得把头埋进土里的样子，赵绪接过项目书，快速浏览了一遍。

林音默默观察着他的动作，见他翻到最后一页，才问："赵哥感觉怎么样？"

"这个先不急。"赵绪没有直接回答，"我们先谈点别的。"

别的？林音不太明白："什么？"

赵绪似笑非笑："你。"

林音一愣："我？"

赵绪道："听说你也会唱汉剧？"

林音老实地点了点头。

赵绪想到了什么："这样，你能不能唱上一段？我有个朋友正好也在平安镇，他和汉剧的渊源比我要深，要是能说服他来投资，那肯定比我对你的助力大好几倍。"

这是要为她牵线的意思了？

林音想了想，点头。

"那我们还约在这个茶楼？确定好时间我告诉你？"

003

"好。"

接到电话的时候,贺连周刚从一场应酬中脱身。

最近有个项目需要考察,本来是不用他亲自前来的,可听到"平安镇"这三个字,他还是自己过来了。

平安镇这些年发展得不错,和他第一次踏入这个地方时相比,差异可不是一丝半点。

天色已然不早,他这一天忙了太多事,难得有了点疲惫的感觉。

虽然贺大少爷向来金贵,但也不是不能在镇上的酒店凑合一晚,毕竟也不是没住过。可贺连周不想留在这里,因为总是会有回忆不合时宜地冒出头来,搅乱他的思绪。和工作有关的事宜结束后,他便打算返程。

引擎发动的前一秒,赵绪的声音从听筒里传了出来:"还在平安镇吧?"

贺连周左侧胳膊肘架在车窗处,支着头:"说。"

赵绪说:"来趟云溪茶楼?"

闻言,贺连周脑海中闪过一个画面,眸色转深,缓缓吐出两个字:"不去。"说完,便欲挂断电话。

"别啊,有好戏看。"赵绪阻止了他的动作,卖关子道,"保证不会让你失望。"

贺连周默然,他太了解赵绪不达目的不罢休的本事了。

不想纠缠,他淡淡地道:"等着。"

晚上。

林音坐在化妆镜前,不紧不慢地上妆,脸部的妆容完成后,拿出细的带子吊眉,贴片子……

一步一步熟练地进行着。

下午刚和赵绪在茶楼分开不久,后者就告知她,和那位兄弟说好了约在晚上见面。

　　时间有些紧，林音来不及过多准备，所幸茶楼老板那里戏服、道具、班子等应有尽有。她便找了老板帮忙。

　　以前林音在这里唱过不少戏，老板了解她的水平，听到她今晚想唱上一段的请求，欣然同意了。

　　"哟，看这上妆的动作还挺娴熟，这几年没忘了练习吧？"老板打趣她，"等下我可得看看你这唱功进步了没有。"

　　林音笑着应了一声："好。"

　　她的确没有疏于练习，那些看不到贺连周的日子里，她只能假借一遍又一遍的练习，模拟着那年满心忐忑地等待他点评时的心情。

　　好像这样，就能在下一秒盼到他，听到他让人不辨情绪的声音，然后一颗悬着的心再稳稳当当地落下一般。

　　"当初我刚见你，就觉得你是个好苗子，可惜你没能在咱们这茶楼待多久……"老板提起往事，叹息一声，转移了话题，"哎，那个以前陪你过来的公子哥，当年来咱们茶楼找东西的那位？叫贺什么来着？"

　　提起这个，林音声音放轻了不少，生怕一不留神就会把什么震碎一般："贺连周。"

　　"对，贺连周，当时咱们镇上哪里见过那种大少爷。"老板调侃着，笑问，"后来他对你好吗？"

　　回忆袭来，林音勾了勾唇："好。"

　　老板又说："那我就一直想问，你怎么想起来跑国外读书去了？"

　　林音一滞，垂了垂眸，思绪骤然飞远……

　　"汉调"雅间内，贺连周也有些出神。

　　"阿周！贺大少爷！贺总？"赵绪伸手在贺连周眼前晃了晃。

005

贺连周目光不浓不淡地朝他扫过去。

赵家和贺家有生意往来，因此贺连周和赵绪算是小时候就认识的，但平日里的交集其实并不算多。

赵绪这人，一心想脱离家庭束缚，早些年在他爸的百般阻拦之下，还是做起了娱乐行业，一直对汉剧很感兴趣。

而贺连周这几年，接管了家里的产业后，一直在支持着汉剧的发展，两人算得上有些联系。

赵绪前些日子心血来潮，给自己放了个假，说要来平安镇休息一段时间，还专门知会了贺连周。

贺连周这次来平安镇本来没打算告知他。他被人追着热络惯了，向来不会也不必主动约见谁，对方的邀请他也未必会赴约。

能被赵绪叫来这里，倒算得上意外了。

"别急啊，你听我说。"捕捉到他眼神里透露出的质问，赵绪把从林音那里拿来的项目书推到他面前，"看看。"

贺连周淡扫一眼，没动，无声在问：什么？

赵绪道："一部电影，需要投资。导演虽然是个新人，但在学校的时候导过些片子，也拿了奖，连老莫，莫谈导演那种眼高于顶的人都对她赞不绝口。怎么样，看看？"

导演？

贺连周目光落在项目书的封皮上，眸色意味不明。

赵绪继续："和汉剧有关的题材，我看了项目书，导演虽然年轻，但是一个挺有想法的人，你看看，肯定会感兴趣的。"

贺连周掀了掀眼皮，睨向他。

"成，贺大少爷听人汇报听习惯了，没有亲自动手的道理。"赵绪看着他的表情，干脆替他翻开项目书，并道，"对了，那位导演是特有趣一小姑娘，还会唱汉剧，等会儿你就能看看她的演出。"

说话间，戏台上音乐声响起。

林音踩着拍子缓缓登场。

赵绪只和她约定了要唱，并没特意说要唱哪一出。

老板问林音要唱什么的时候，她的脑海中立马就浮现出了《拾玉镯》。

这是她和贺连周在茶楼第一次见面时，她所唱的那出。

"清早起我这里急忙梳洗……"

这声音……

贺连周表面没见什么动作，余光却朝戏台的方向看去，把玩着茶杯的手指一顿，杯中的茶水摇摇晃晃溅出两滴。

"怎么了？"赵绪笑道，"被惊艳到了？"

贺连周不语，垂眼，看到项目书上的名字，眸色晦暗不明。

林音。

"老娘亲普陀寺进香还愿。"

"女儿家在门外不可停留。"

…………

一段戏收尾，林音谢幕下台，来到"汉调"。

还是赵绪给他开的门。

"唱得真好。"一见面，赵绪就先称赞道，又说，"对了，我给你介绍一下……"

赵绪错开身，男人的五官逐渐清晰地呈现在林音面前——

他刚从商务场合过来，西装领结稍微拉开了些，显露几分随意，眉眼间的散漫和淡漠同少年时期无差，但多了些成熟的韵味。

林音这才想起来，距离上一次和他见面，已经过去208天了。

而在那之前，他们相见的间隔更长，时长更短。

"贺……"她低声开口,却是没发出声音来。

贺连周,贺连周……

她的心底快速重复着这个名字。

好一会儿,她才叫道:"贺、贺连周。"

重逢来得猝不及防。

四目相对,贺连周喉头滚动了下:"什么时候回来的?"

"昨天。"林音小声道。

刚回国她就来找赵绪了,没想到赵绪会约在平安镇,更没想到会在这里遇到贺连周。

早知道赵绪说的那个对她助力更大的朋友是贺连周,她……

她又能怎么样呢?会从一开始就找他吗?

大概率是不会的。

因为存有私心,她并不想太过于仰仗贺家。

林音心里七上八下,太多的情绪同时涌来,翻滚着,纠缠着,她的唇瓣颤了颤,却没说出话来。

赵绪的目光在他们两个身上来回流转了一圈,闪过一丝精明,问:"你们认识啊?"

林音小幅度地点了点头,贺连周没吱声。

气氛一时有些微妙。

赵绪出来打圆场,招呼着林音赶紧坐下,而后道:"先前只是听老莫说你会唱汉剧,没想到还是个行家呀,我刚刚都听入迷了,唱得太好了,你说是不是,阿周?"

听到他问,林音看向贺连周,有些忐忑,又有些期待。

不经意间和林音对视了两秒,贺连周移开视线,右手又一次把玩起了刚刚拿起的那个精致的小茶杯,也不知道在想什么,淡道:"不记得了。"

一如当年,但情形却是全然不同。

林音眉眼间染上了一抹失落之色。

太过明显,赵绪很难看不出来,安抚道:"不用理他,我觉得特别好,下次有机会咱们好好探讨探讨怎么样?"

林音牵强地笑了笑。

"你别站着了,快坐下啊。"赵绪又说。

林音点头,心不在焉地在贺连周身侧的位置落座。

贺连身上淡淡的清香萦绕在鼻间,林音的气息都乱了。

她耳垂发烫,迫切地需要一点时间来缓和心底的波动。

偏偏赵绪还在继续说:"那我就当你答应了?到时候可拜托林导好好指导指导了。"

林音连忙摆手:"指导谈不上的。"

"这么谦虚呢?我觉得完全谈得上,你这不是本来就很好……"

"不是有事?"

赵绪的话还没说完,贺连周便瞥了他一眼,打断道。

"你有事要去忙吗?"

"我什么时候有……"

林音终于找到了插话的时机,赵绪下意识反驳,两人同一时间说出了口。

赵绪迎着贺连周的眼神,率先道:"对,我刚知道,我摊上事了。"

林音没再说话。

赵绪拿起自己的外套:"我先走,你们聊。"

林音一句道别的话刚到嘴边,他就已经出了门,她只好把话咽下。

雅间只剩他们两个人。

气氛更是微妙了。

时间一分一秒地流逝着，室内出奇地安静，仿佛连彼此的呼吸都能听得一清二楚。

林音余光偷偷打量着贺连周，并看不出他此时此刻的情绪，她搭在腿上的手指握成拳，又松开，反反复复了几次。

贺连周终于开口了："你和赵绪很熟？"

"不熟。"林音回答得很快，解释道，"是一个前辈搭线，介绍我们认识的，我今天和他是第一次见面。"

怕解释得不够清楚，她补充道："还没说过几句话呢。"

声音越来越轻。

不知是不是错觉，林音感觉贺连周的神色好像松懈了几分。

他扫了一眼项目书，又看向她："需要投资？"

林音点了点头。

贺连周道："怎么不和家里说？"

林音抿了抿唇："打算等等再说的。"

等到万事俱备，可以正式开启项目之际，她肯定会告诉家里。她甚至能想象到那时候姚蔓会一边满是欣喜地搂着她，一边佯怒地问她怎么不知会一声的画面。

单是想想，她就觉得心里暖暖的。

还有贺连周，他会是什么样的反应呢？

林音设想过好多次，脑海中浮现出各种各样的他。

可没想到，他是以这样的形式得知了此事。

听到她的话，贺连周莫名笑了一下，像是自嘲，几乎没有痕迹。

沉吟片刻，他语调低沉："是吗？"

没等林音回答，说完他便起了身。

林音不太明白他的意思，眼看他要走，咬了咬唇。

"贺连周。"她叫住他，试探着问，"你，明天有时间吗？"

贺连周脚步顿住，却没看她："怎么？"

"我想去看看我妈妈，你能不能……"林音缓了口气，"陪我一起？"

没有回应。

沉默在二人之间流转。

林音像是在等候审判般，心都提到了嗓子眼儿，揣测着他的答案。

半晌，贺连周道："住哪儿？"

林音一时没反应过来，呆呆地"啊"了一声。

贺连周终于看向了她："送你回去。"

这是答应了的意思。

林音欣喜，扬唇道："谢谢你。"

她笑起来，眼睛总是亮晶晶的。已经许久不曾见到她如此生动的笑脸了，贺连周眸色深了深，一股说不清道不明的滋味涌向喉头，为了掩饰似的，他移开了眼，往外走去。

林音跟在他身后。

走到楼下的时候，老板正在津津有味地和几位顾客讲戏，她不好去打扰，只好托服务员帮忙："麻烦转告老板一声，我有事先走了，改天再来拜访。"

服务员是有看到她和老板交谈的，友好地应下了："好的。"

林音道了声谢。

再一转眼，贺连周的身影就不见了。

她急忙追出茶楼，左右看了一圈，然后只见一辆车缓缓驶到身前。

车窗缓缓打开，贺连周看着她道："上车。"

他这次出差没带司机。

011

林音也没犹豫，打开车门，坐上了副驾驶。

贺连周收回眼，发动引擎，干净利落，明明是再普通不过的动作，却带着一股形容不来的诱惑。

引得人止不住地想朝他看去。

林音两手的大拇指交叠在一起，上上下下地相互摩挲着，她忍不住一次一次窥视贺连周，每一次视线在他身上停留的时间都并不长，心底却越来越不能平静。

以往都是他占据先机，那样的相处方式让林音觉得很舒服，也已经习惯了，以至于他现在默然不语时，她的话哽在嘴边，跃跃欲试了半天才开口："你怎么会在这里？"

贺连周语气没什么起伏："项目考察。"

林音"哦"了一声："那你和赵总？"

她这问题问得并不明确，可贺连周还是听懂了："有点交集。"

那就是既熟悉又不算太熟悉的意思了。

林音倒并不是很关注这个，她只是想借机能和贺连周多说几句，期许着他来问及与她有关的事宜，比如上次见面之后的生活如何？比如她这次回国会不会长居国内？又或者谈谈她想拍的那部电影。

这样，他们便可以就着一个话题，循序渐进地聊下去。

可是，他岿然不动，什么都不提，疏离的样子和七年前判若两人。

林音心底有些失落。

她清楚自己有多不愿意和贺连周变成现在这样的局面，迫切地想要改变这种状态，可想说的话在脑海中来来回回翻滚着，似乎哪一句都不合适。

"梧桐巷？"

就在她沉浸在自己的情绪中时，贺连周突然出声。

梧桐巷是林音家的旧房子所在的位置，这些年平安镇发展迅速，有不少人想买下那所房子，都被林音婉拒了。

听到贺连周问，林音像是即将坠崖之人看到救命稻草似的，嗅到了接话的时机，连忙点点头："我昨天回来后，就住在了家里。"

然后，车内又没声音了。

林音对自己有些懊恼：为什么不能多说一句呢？

车行驶了半天，她踌躇着问："你今晚住哪里？"

没遇到她之前，贺连周本来没打算留下的，他平稳地把控着方向盘，说："不知道。"

林音下意识道："那，要不要跟我回家？"

此话一出，空气突然僵住了两秒。

林音解释："以、以前不都是这样的吗？"

贺连周觑着她，目光意味深长。

无声的对峙中，林音声音弱了下去："还是，你不想……"

贺连周神色难辨，没吱声。

沉默间，目的地到了。

车停好后，林音拿上自己的包下了车。

然后，便见贺连周也跟着出来了。

她一路上心事重重，一时有些怔愣："你……"

贺连周深深地看她一眼："不是你邀请我留下？"

林音："……"

话是这么说，总觉得听起来有些奇怪呢。

不容细想，贺连周已经向前走去，林音忙不迭地跟上了他。

梧桐巷的居民楼偏旧，走在楼道里能听到各种各样的声音，偶尔一阵扑鼻

013

的香味传来，便能洞悉谁家的晚饭做了什么菜。

林音家的老房子在三楼，走到门口，贺连周停下，侧了侧身。

心有灵犀似的，林音上前打开门。

一如曾经和他一起来时的情形。

他们一起走进室内，属于两人的记忆扑面而来，快速地将他们笼罩。谁也没有开口，像是在静静地消化着这默然中包含的五花八门的情绪。

最终，还是贺连周先打破了平静，先行往沙发处走去。

"贺连周。"林音在他身后叫道。

贺连脚步一停："说。"

"你现在记得了吗？"林音望着他，"我今晚唱了什么？"

一句话，将两人的回忆拉向了七年前。

第一章
♥ 戏服

那一年，林音十六岁。

刚一入冬，母亲林舒青的身体就变得越来越差，前后住院治疗了好几次，才得以出院回家休养。

所幸此时正值寒假，林音能更好地照顾她。

清晨，林音起床很早，她背完一个单元的单词，又做了一套数学试卷，看了眼时间，开始去厨房把粥熬上。

最近林舒青食欲不振，吃什么东西都是一两口，唯独昨天林音做的那道青菜瘦肉粥，她多吃了一点。

林音的厨艺其实并不怎么样。

最开始，林舒青不肯让她去厨房帮忙，再加上她年龄确实也小，根本不用考虑下厨的事情。

忘了从哪天开始，林舒青突然说要教她做菜。

林音向来听她的话，跟着她学了些天，基本的步骤是会了，食物也能做熟，不过味道就一言难尽了。

这些天，她倒是做了不少次饭，然而虽有长进，可并不多，能拿得出手的也就只有粥了。

林音闻着米香,处理着瘦肉,一边盘算着要再好好精进下厨艺,一边祈祷着希望妈妈今天也能多吃一点。

粥做好后,她关上火,挪步到林舒青的房间门口,轻手轻脚地打开了门。

林舒青已经醒了,呼吸有些急促,叫着她:"音音。"

林音连忙跑过去,将她扶起来坐好,带着她去洗漱,又重新回到床上,然后盛了碗粥,端过来,喂给她。

见林舒青把粥咽下,林音忙问:"好吃吗?"

林舒青笑笑,有气无力地说:"好吃。"

林音鼻头有些酸涩,强挤出一抹笑来,说:"那妈妈多吃点,肯定很快就好了。"

林舒青点点头,当真多吃了些。

林音心里升起了些微弱的希望,暗自想着胃口好转说不定就是身体正在恢复的迹象。连日里揪着的一颗心稍微松缓了一丝半点,她也终于能咽下食物。

一直在家里待到下午三点,林音看了眼时间,冲林舒青道:"妈妈,我出门了,晚饭等我回来做,你好好休息。"

林舒青交代道:"路上慢点。"

林音:"好。"

林音先去了林舒青的服装工作室。

根据此前约定好的时间,半小时后会有顾客来取定制的斗篷。

这间服装工作室门面不大,装修风格满含戏曲元素,主要经营的是戏服定制,所有的定制单都是林舒青一个人做的。

她最擅长的是汉剧服饰上的汉绣,这是从林音的外婆那里继承下来的。

林音的外婆是一名戏服匠人,一生的心血都倾注在一针一线之间,林舒青自幼耳濡目染，传承了她热爱的事业。

林音十岁开始，也跟着林舒青学。

一套戏服从设计、画图、放样、开料，到绣花、过浆、剪裁、车缝制作等，要经历十几个步骤才能完成。加上盔头、靴鞋、旗帜等道具，纯手工制作得三个月到半年时间，手推绣也需要一至两个月。

心思都藏在细节里。

旁人暂且不论，林音对于做出的成品格外珍惜。

她小心翼翼地整理着那件斗篷，突然想起家里挂着的那套做工更为精致的戏服。

她记得听林舒青提起过，那出自外婆之手，是她一位很珍视的朋友第一次登台演出时穿的，意义非凡。

林音心想，为了做好这件斗篷，林舒青先后尝试了四五种面料，最后才确定用这款。外婆当年做那件戏服时，一定比妈妈还要认真吧。

思索间，顾客到了。

工作室大多都是回头客，认识林音，见到她，打了声招呼，道："我的东西好了吧？"

林音递给她："装好了。"

那人接过后，利索地付完尾款，便道了别。

林音问："不打开看看吗？"

"不用，你妈妈做的，我有什么信不过的。"

林音闻言，为妈妈感到开心。

林音又花了点时间将工作室整理了一番，而后去了茶楼——这是这些天，她固定的行动轨迹。

距离不算远，约莫八九分钟后，她便到了茶楼门口。

正要进门时,倏地听到身后车熄火的声音,她下意识地循声望去,然后,便看到了一个和她年纪相仿的少年。

少年从车里走下来,个子很高,穿着宽松的白色毛衣和浅色休闲裤,少年气息扑面而来,嘴角挂着一丝似有若无的笑,看起来很轻松,却带着股让人难以接近的气场。

林音竟一时没移开眼。

察觉到她的视线,贺连周不紧不慢地看过去。

两个人的目光隔空撞到一起,林音飞速转过头,往茶楼里走去。

老板见到她,高声道:"来啦。"

林音点点头。

老板说:"那快去准备吧。"

她回了声"好",却是不由自主地再一次看向门外。

贺连周已经收回了眸光,仿佛刚刚那一眼只不过是不经意一瞥。

风迎面吹来,吹散了贺连周一路轻微的困顿。

看到盛怀远下了车,就忙不迭地朝他迎过来,贺连周浅浅扯了扯唇:"远叔,用不着这么客气。"

"这哪里叫客气,我这做长辈的关爱后辈,不是应该的吗?"

盛怀远话说得很是体面,但那笑容中多少带着些讨好的意味。

贺连周心知肚明,却并不戳破。

本来这趟行程他并不想惊动任何人,但偏巧他在市里下飞机时,盛怀远到机场去接人,碰到他就热情洋溢地凑了过来。

贺连周其实不太记得他是谁,但当盛怀远扮熟地说"不记得我了?你远叔啊。上个月和你爸打高尔夫那会儿还和你比试过"的时候,他还是淡淡回了句:"怎么会呢。"

礼貌，且淡漠。

贺连周将这个特质发挥到底，在对方问及他要去做什么时，也只是粗略地说了句去找东西。

可没想到盛怀远一听这话来了劲头似的，非要跟着他来平安镇。

美名其曰："平安镇我熟啊，这样，我带你去吧，有本地人跟着，你也好办事不是。"

贺连周没什么推托的兴致，索性就由着他了。

来的路上，盛怀远问他要找什么，这也并非什么需要隐藏的秘密，贺连周如实道："戏服。"

事情要从前一天晚上说起——

他正准备休息时，接到了他的母亲姚蔓的跨洋电话，姚蔓在那头激动地说："有消息了！"

贺连周没吭声，静静地等着姚蔓的后话。

姚蔓显然是处在欣喜的状态："你快看我微信发给你的信息。"

贺连周没什么表情，点开微信，发现那是一张截图。

内容显示的是一位昵称为"音音"的人发布的帖子。

开头是一张戏服的图片，上面写着：珍藏了五十六年的戏服，现因一些原因，急需归还给它的主人。

然后说明了这件戏服的由来，以及戏服所有者断开联系的原因，和所有者的姓名。

那是贺连周外婆的名字。

贺连周不止一次听姚蔓提起过，他的外婆曾有件很珍贵的戏服，那是外婆第一场表演的象征，被她送给了当年做出那件戏服的匠人。

外婆去世后，姚蔓一直惦念着那套戏服，只是几经辗转，失去了那位匠人的消息。

姚蔓一直在寻找,所以平日里一有空闲就会去搜索相关信息,她的一些学徒和友人也在帮忙打听。

但是多年来都没什么进展。

谁料想,突然有人发了这个帖子,有知情者看到,便联系了姚蔓。

"这件戏服就是我一直找的那套,快告诉我,我没看错是吧?这个帖子已经是五天前发布的了,我给发帖人发了私信,可是快两天了,一直没人回,你说她是没看到,还是看到了把我当成骗子了?"姚蔓有些纳闷。

贺连周好整以暇:"问我?"

姚蔓被他噎了一下:"我这不是让你帮妈妈分析分析吗?你又不是不知道妈妈有多重视这事,我看那个发帖人的地址显示的是平安镇,不然你先去那里找找看嘛。"

贺连周一扬眉,不语。

姚蔓:"要不是我现在不在国内,我早就跑过去了。"

贺连周依然没说话。

姚蔓:"阿周。"

姚蔓:"好儿子。"

贺连周淡淡回道:"知道了。"

姚蔓为了寻找那件戏服费了很多心力他一清二楚,自然是会答应的。

所以他来了平安镇。

"只说了平安镇,没有确切的地址啊?"盛怀远听完缘由后,问了一句。

贺连周:"嗯。"

语气轻慢,像是并不为这事儿所难,让人恍然有种他早已掌握一切的感觉。

"没事,平安镇不大,想找个东西还不容易。"

尽管如此,盛怀远还是笑着宽慰道:"镇上有家茶楼,几乎每天都有唱戏看戏的人,我们先去那里看看?"

贺连周似乎思索了一下,又似乎没有,没开口,算是默认了。

于是,他们便出现在了茶楼门口。

"这里?"贺连周随意扫了眼茶楼。

"对对对。"盛怀远说着,作势请他进去。

看着他走近,林音莫名屏住了呼吸。

茶楼老板转了一圈,发现她还站在原地,疑惑地问:"怎么还没去?"

林音慌乱地回道:"就要去了。"

随即往后台的位置移了几步。

余光中,她看到少年被众星捧月般迎上了二楼。

隐隐听到他身后的男人说:"这茶楼啊……"

林音甩了甩脑袋,收回思绪,到了后台。

今天要唱的是《拾玉镯》,她饰演的是孙玉娇。

跟她同台的演员已经在稳中有序地上妆了,看到她进来,调侃道:"哟,玉娇来了。"

林音并不善于应对这些玩笑话,只腼腆地笑笑。

对方知晓她的性格,也不在意,继续忙手里的事。

林音在自己常坐的位置坐下,安安静静地开始上妆,心想:刚刚那人是进了"汉调"吗?

他……也会听戏?

二楼,"汉调"内。

盛怀远动作娴熟地泡好茶,热切地招呼着贺连周:"尝尝。"

贺连周动作不急不缓地将茶杯送到唇边,轻抿一口。

盛怀远问:"怎么样?"

平心而论,茶叶算是上品,但贺大少爷再绝佳的茶也品过不少,于是说道:"凑合。"

盛怀远失语了片刻,很快又笑呵呵道:"瞧瞧我问的,这对你来说肯定是凑合了,我继续跟你说这茶楼的事,你看那里的戏台——"

贺连周眸光扫向他指的方向。

只见戏台上,孙玉娇的扮演者长着一张稚嫩的脸,五官很是精致,尤其是那双眼睛,格外灵动。

少女三起三落才把年轻男子傅鹏假意掉下的玉镯拾起来,眉目生动传神,楚楚动人。

他的目光在她身上掠过,难得认出来了,茶楼门口看到的人。

"镇上原来有个艺术团,后来因为经济状况不佳,经营不下去,解散了。老板是个爱才的人,就网罗那些想继续唱戏的人在这茶楼里唱。"

盛怀远嘬着嘴,看着贺连周:"怎么样?不错吧?"

贺连周回望着他,没什么情绪地扯了下唇角,并不多言。

盛怀远又说:"这平安镇里和戏有关的,老板知道的肯定比谁都多,他也收藏了不少戏服,等会儿咱们下去看看?"

贺连周重新给自己斟了一杯茶:"不急。"

等戏唱完。

散场后,林音回到后台,一般情况下,她都会直接在茶楼卸完妆再回家。

她坐在化妆镜前卸下头饰,忽然听到躁动声。

紧接着,便看到老板和几位服务员带头,引着什么人走了进来:"这里就是我们的后台了。"

门被打开,贺连周缓缓而入。

看清人，林音手里的动作一顿。

一不留神，桌面上卸妆油的瓶子被她的胳膊肘牵动，甩了出去，发出沉闷的声响。

她连忙转身，俯下头，伸手去捡。

后台空间有些拥挤，起身时，头恰好顶在走来的贺连周的小腹。

甚至能感受到那里分明的肌肉线条。

林音紧张地抿唇。

清冽的气息传来，林音就着这个姿势缓缓抬头。

贺连周正垂眼觑着她。

林音飞速坐起身，脸色绯红："对、对不起。"

贺连周不说话，看不出情绪，意味不明地盯着她。

无形之中，传来一种压迫感。

茶楼老板不太了解这位大少爷的脾气，忙打圆场："嘿呀，都怪我这地方太小了。"

里面的人见这阵仗，不明所以地站起了身。

除了林音，定住般坐着。

见她望着自己，一副无辜的模样，贺连周也没再说什么，轻飘飘地扫了眼旁人："坐吧。"

话音刚落，林音也不知道在想什么，"噌"地站了起来。

动静非常之大。

"怎么？"

贺连周眉头稍微一扬："你有意见？"

所有人的目光同时投向了林音。

她耳垂一红，脸上也开始发烫，眼神无处安放地四处乱晃，却恰好和贺连周饶有趣味的视线撞到一起。

"不、不是。"她摆摆手,话却是说不明白,干脆直接溜了,"我、我先走了,你们忙。"

老板在她身后喊:"还没收拾好呢,跑哪儿去?"

贺连周望着她的背影,无声地扯了扯唇。

"这孩子。"老板慈爱地笑了笑,"怕生得很,一见陌生人啊,就不好意思。"

怕生?

贺连周挑了挑眉,莫名想起了谢明川家里的那只布偶猫。

小小一只,每次看到他,都会躲进沙发底下,两只大眼睛警惕地望着他。他动,它就慌忙地往后退两步;他停,它便又试探着向前伸出头。

可不就和她现在似的。

老板似乎陷入了回忆,感慨道:"现在还好一点呢,刚来我这茶楼的时候,见到人都恨不得立马藏起来。"

看得出来。

贺连周不置可否。

老板又道:"不过唱起戏来可一点都不含糊。"

说起来,林音学唱汉剧是情理之中又机缘巧合的事情。

在外婆和妈妈的影响下,她从小接触汉剧服饰,对于汉剧剧目里的人物耳熟能详。一次偶然的机会,林舒青带她去看汉剧演出,林音被那些华美的戏服和丰富多彩的表演形式所吸引,林舒青便送她去学唱戏。

只可惜,后来林舒青身体变差,为了调养,带着林音定居在平安镇,林音的学习之路就断了些时日。

直到她们一起发现了这家茶楼,在茶楼里看了戏,林舒青鼓励林音继续唱下去,于是问了老板能不能在这里学习。

"那时候我看她怯生生的样子,有些怀疑,就让她唱一段来听听,嘿,那小丫头当场给我来了段反串,别说,还真是让我吃了一惊。"

老板对这事记得很清楚:"她那时候唱的是我最喜欢的一出戏,《挡马》,我当时就觉得都是缘分,同意了她妈妈的提议,结果你们猜怎么着?"

他那边刚一答应,林音就找到了他,不好意思地说:"其实……是刚刚进茶楼的时候,我听到您唱了。"

她又犹豫着问:"我告诉您实话,您会反悔吗?"

回忆起当时的情形,老板叹道:"你们说说,这谁能扛得住啊。"

是以,此后,林音就在茶楼里跟着来唱戏的前辈学习。

那时候平安镇还没发展起来,镇上平常很安静,唯有这茶楼里算是热闹。前来听戏的大多是长者或是戏曲爱好者,林音很喜欢这里的氛围。

再往后,学着学着,老板也开始让她登台演出。

"哎,瞧我这,都扯到哪儿去了。"说完这段往事,老板告罪道。

贺连周没什么表示,只是从唇角若隐若现的弧度来看,心情似乎还不错。

"对了,你们说要找戏服?"老板想起刚刚盛怀远从雅间出来找到他说的话,介绍道,"我收藏的一些戏服,一部分就在这后台,你们先看看?"

在他的引领下,贺连周随意迈开腿。

戏服悬挂在衣架上,数量不少,但一览无余。

没有他要找的那件。

"你们要找的是什么样的?"老板问道,"有没有图片?我看看我家里收藏的那些里面有没有。"

盛怀远征求意见般地看向贺连周。

贺连周知晓他的意思,不疾不徐地拿出手机,随意一转,让老板自己看,动作幅度极小,基本上让人注意不到。

老板凑近了些，眯起眼，想要看得更清楚些，好一会儿，道："哟，这我还真没见过。"

"这做工可真精致啊。"他惊叹了一句，看到熟悉的字眼，突然笑出了声。

贺连周不咸不淡地扫了他一眼，抛出个疑问过去。

"巧了不是。"老板没一口气说完。

不用贺连周反应，盛怀远抢先一步问道："怎么说？"

"这人的昵称和林音倒是挺搭。"老板说完才想起来他们也许都不知道林音是谁，乐呵着指了指门的方向，补充，"哦，林音就是刚刚跑走那丫头。"

贺连周眸色有了一丝细微的变化。

林音。

不知出于什么心理，他默念了遍这个名字。

又听老板突然想到什么似的，惊呼道："这么一说，我看这戏服上的绣法和林音她妈妈挺像的，你们或许可以去问问她，她有间工作室，就是专门做戏服的，不过她最近刚出院，暂时不接新的工作了，工作室每天下午会开，是林音在看着。"

提起林音，他总是多有叹息："哎，林音这孩子也是可怜，听说她还没满一岁，爸妈就离婚了。她们娘俩搬来后，她那个不是东西的爸来闹过好几次。她妈身体一直不太好，前前后后住过好几次院，都是她一个十几岁的小姑娘跑前跑后地照顾着。"

闻言，贺连周往门口看了一眼，不知在想什么。

盛怀远打量着贺连周的神色，看不出他是什么态度，试探道："那还等什么，咱们现在就去问问？"

贺连周默然片刻，随意扫过墙面上的时钟，收回目光，向老板道了谢，往外走去："等工作室开门。"

"那我们现在去哪儿？"盛怀远跟在他身后问道。

贺连周说:"酒店。"

林音一路小跑回家,靠在门上喘了口气,从玄关处摆放的镜子中看到自己花了妆的脸。

实在是太不体面了。

她打算先去把脸部清洁干净,不然林舒青看到,怕是还会以为她怎么了呢。

虽是这么想着,但她还是先习惯性叫了声:"妈妈。"

只是并没有人回应。

"妈妈?"她又提高声音叫了一声。

然而还是没有回应。

林音再也顾不上其他,赶忙打开了林舒青的房门,却见她躺在床上,缓缓睁开眼,像是刚睡醒一样:"音音回来啦。"

林音一句"我刚刚叫你没人应"挂在嘴边,却没说出口。

她观察了下林舒青,发现林舒青状态似乎不太好,紧张地问:"妈妈是不是又不舒服了?"

林舒青摇摇头:"没有,就是刚睡醒,需要时间缓缓。"

林音放心不下:"要是不舒服一定要和我说。"

林舒青柔柔一笑:"好。"

林音还是不太放心,却也没继续说,一边打量着她,一边问:"要喝水吗?"

林舒青点点头。

林音跑去客厅倒了一杯水,放到床头柜上,把林舒青扶起来坐好,端起水杯想喂她。

林舒青把水杯接了过来:"妈妈自己来就好。"

她当真有些渴了,喝完一杯水后,伸手摸了摸林音的头,语气宠溺道:"怎么都成小花猫了。"

林音这才想起脸上的妆还没卸,羞窘道:"我先去洗个脸,然后做晚饭,妈妈想吃什么?"

林舒青说:"都行,宝贝做什么妈妈都爱吃。"

林音笑了笑,洗好脸后,在厨房摸索了一番,下了两碗清汤面,照顾着林舒青吃饭。

可她显然又食欲不振了,压根没吃两口。

林音心沉了下去。

林舒青似乎看出了她的心思,安抚道:"我这是下午睡觉睡的,不太饿,缓缓就好了。"

林音的心情没有因为这话缓和一丝半点,认真地道:"妈妈,如果……很不舒服的话,我们继续回去住院治疗吧?"

林舒青愣了愣,答应道:"好。"

林音说:"那我等下给徐医生打个电话。"

陈医生是林舒青的主治医生,因为以前来工作室定做过几次戏服,算得上半个熟人。

林舒青:"好。"

不想让气氛显得凝重,林音转移了话题:"对了,那件斗篷今天已经交给客人了,还有个订单约的是明天交货,我明天再去工作室对接,妈妈放心吧。"

林舒青一下一下顺着她的头发:"有你在,妈妈当然放心。"

顿了顿,她突然问:"音音,我们把那件戏服还回去怎么样?"

林音当即就明白过来她说的是哪一件,愣了下:"妈妈和外婆不是收藏了好多年,说很有意义,怎么……"

林舒青拉过她的手,长吁一口气:"就是因为很有意义,我们是时候还给人家了。"

林音觉得有些奇怪，却又不知道哪里奇怪，只道："如果是妈妈的决定，我支持。"

林舒青摸了摸她的脸颊。

母女二人断断续续地说着悄悄话，直到林舒青困顿了。

林音扶着她躺下，给她掖好被子："那妈妈晚安。"

"晚安。"

退出林舒青的房间，林音在门口站了好一会儿，才悄声回到自己房间，拨通了徐医生的电话。

只是，并没人接通，恐怕是在忙。

林音感觉周遭安静得有些可怕，她站在窗边，不自觉地发起了呆。

不知过了多久，窗外突然淅淅沥沥地下起了雨。

一阵风吹来，她的手指触碰到手机屏幕。

冰冷的灯光亮起，时间映入眼帘。

已经十二点了。

一夜都没怎么睡，第二天，林音起晚了些。

她在网上搜了教程，比照着做了饭，可林舒青的胃口还是不怎么好。

林音自我安慰了好一阵，依旧是下午才出门，第一站先去了工作室。

林音心不在焉地开着门，身后突然有一双温热的手，捂住了她的眼睛："小美人儿，叫声姐姐就放过你。"

林音动作轻柔地拿开她的手，转身，看着来人，心情得到一点抚慰："佳佳，你怎么来了？"

"我来陪你啊。"齐梦佳脖子上挂着个拍立得，夸张地抖了抖身子，"快开门呀，我要冻死了。"

林音连忙把门打开，让她进去，习惯性地穿好围裙，将长发随意绑起了个低马尾，打扫了下卫生，然后去修剪盆栽。

只是没想到，这把剪刀一向好使，今天不知怎么的，刚剪了一下，突然就错位了，林音伸手试图把剪刀掰开，一不留神，手指猛地被划伤。

"嘶……"她倒吸了口凉气。

"怎么了？"齐梦佳连忙跑了过来，看到她手指上在往外冒血的伤口，道，"你赶紧去药店处理一下。"

"我……"

"快去！这里我先帮你看着。"

林音只好点了点头。

她一手捂着受伤的手指，沿着巷子往前走，走到拐角处的时候，突然看到了不远处正倚在一处打电话的贺连周。

他神情散漫，也不知道听到电话那头的人说了什么，轻嗤了声："出息。"

而后，看了过来。

林音连忙收回视线，往后退了两步。

连身后有车驶来都没注意到。

贺连周轻挑了下眉，脚步朝她迈去。

就在这时，林音听到一阵急促的鸣笛声，下意识地朝声响的方向看去。

还没来得及反应，手腕突然被人拽着往前去，避开了车，却一时没站稳，脚下一滑，差点摔倒。

她本能地向前想找个支撑点，然后，一头扑向了那人的小腹。

仰头，看清对方那如同复刻的眼神，林音失了神。

贺连周眉头轻挑，审视的目光从她脸上落到自己腹部。

什么都没说，却又好像什么都说了。

第二次了。

林音连忙站起身："对、对不起。"

说完,她也不等贺连周的反应,就跑了。

发绳随着动作脱落,锦缎般的长发被风吹起。

饶有趣味地看着她跑远,贺连周才上前一步,捡起了那个发绳。

发绳很朴素,只有一个小巧的乐符的装饰。

贺连周看着那个乐符,若有所思。

"人呢?突然玩失踪呢。"

谢明川的声音继续从听筒里传出来:"我说,能让贺大少爷站着睡一晚的酒店,到底有多差劲?我还真想试试,现在打包行李,陪你春宵一夜一下,怎么样?"

昨晚和盛怀远一起去的那家酒店,听说已经是平安镇最好的一家,但基础设施很差劲,贺大少爷认床,又很少将就,洗漱完后干脆在窗前赏了一晚上雨,今天上午才回车里补了会儿觉,醒了后,没让盛怀远跟着,打算自己去工作室瞧瞧。

结果走到路上,谢明川的电话打了过来,问他晚上干了什么。

贺连周随意提了一嘴。

结果显而易见,换来的是谢明川极其不厚道的嘲笑。

贺连周面色平静,并不作声。

谢明川继续:"默认了是吧?"

贺连周淡道:"可以。"

谢明川:"嗯?"

贺连周:"如果你想死。"

谢明川早就知道贺连周是什么性子,笑了声,又道:"对了,我们班班花可一直打听你去哪儿了。"

贺连周想都没想,又没回话,无声地在表达:和我有什么关系?

031

谢明川当然知道他的意思："这么无情？"

贺连周不语。

谢明川嗤笑："什么时候回来？"

停了一秒，贺连周说："不知道。"

"怎么着。"谢明川给逗乐了，怪声怪气道，"在那什么平安镇，碰到什么流连忘返的地儿了？"

贺连周闻言，看着小姑娘刚跑走的方向，慢悠悠地道："地儿没有，猫倒是有一只。"

谢明川："猫？什么猫？"

远远地，看着那个瘦弱的身影，贺连周唇角轻扬，一字一句："花旦。"

谢明川阴阳怪气："哟，什么时候还多了个品种？"

贺连周没再理会他，直接挂了。

林音的手没什么大碍，到了药店消过毒后，贴了创可贴就回了工作室。

刚一到门口，齐梦佳就贼兮兮地把她拉了进去，激动道："什么情况？"

林音不明所以："怎么了？"

"我都拍下来了！"齐梦佳眯了眯眼，"跟我你还藏着掖着的，小音音，你学坏了！"

林音简直冤枉："佳佳，你在说什么呀？"

"喏。"齐梦佳把手中的照片拿给她。

林音定睛一看，竟然是她和贺连周在巷子口的那幕。

"刚刚你出去后，我有点不放心，就跟了上去，结果！就看到你和那大帅哥抱在一起了。"齐梦佳激动道，"这么好看的小哥哥你从哪儿找的？我怎么没见过？说，你们什么关系？"

"没有抱一起。"林音耳垂发烫，解释道，"我和他都没见过几次面，没什么关系的。刚刚那是因为没站稳。"

因为突如其来的受伤,林音总觉得这是不好的征兆,垂了垂头,声音越来越低:"再说了,我现在哪里有心情……"

齐梦佳见她神色落寞,知晓她的意思,安慰道:"你别难过,阿姨一定会好的。"

林音点点头。

这也是她希望的。

害怕林音会继续沉浸在不佳的情绪中,她到收银台后,齐梦佳故意把拍出来的照片摆在她面前,拿捏着语气说:"这样看你们还挺搭的。"

林音对着账,不太好意思看。

齐梦佳移步到她身后,想拉着她一起:"你再仔细……"

话还没说完,贺连周从门外走了进来。

他眉眼冷峭,面部轮廓极为优越,鼻梁高挺,整个人散发着一股淡漠和高不可攀的气息。

可一步步慢慢走近,黑曜石般的眼睛中又透着些散漫。

齐梦佳吞了吞口水:"……看看。"

林音没抬头,把照片推过去:"你喜欢就留着。"

齐梦佳完全没来得及阻止。

贺连周的视线落在那张照片上,出乎意料地扬了扬眉:"这是?"

这声音!

林音抬头,看着贺连周长指夹起的那张照片——画面中,她慌乱起身,脚下又一踉跄,顺势抓住了贺连周的胳膊,可由于两人的身高差,那姿势就跟抱在一起一样。

林音脸上瞬间热腾腾的,都快无法思考了。

贺连周眼神高深莫测,直勾勾地盯着她。

林音看了他一眼，磕磕绊绊地解释："这、这不是我拍的。"

齐梦佳见林音招架不住，往前一步，问："帅哥，你来这里做什么？"

贺连周的视线动都没动，落在林音身上，并没立马回答，直到看到后者都快把脑袋埋到桌子里了，才不紧不慢地拿出手机，道："你有见过这个吗？"

林音闻声看去，见到他手机上那条裙子，瞳孔一震。

还没说话，表情便出卖了她。

她疑惑道："你怎么……"

贺连周知道她的疑问，把手机递给了她，那意思是让她自己看。

林音接过他的手机，垂眼，看到那个帖子，这是……妈妈发的？她为什么一点都不知道？

怔了一瞬，她又想起了妈妈说要把戏服还给人家的事，把手机还给贺连周："所以，你是来找戏服的？"

贺连周挑起半边眉，点了点头。

林音思索了一下，道："我得先去问问我妈妈。"

贺连周没说什么。

林音莫名其妙就带着他回了家。

都快走到家门口了，林音才后知后觉有所警惕地用余光打量着身边的人，心想：要怎么确定他就和这戏服有关呢？不会遇到骗子吧？

正想着，听到一旁轻飘飘地传来一句："现在跑，还来得及。"

林音："嗯？"

她本能地朝说话的人看去，只见贺连周眼神里藏着细碎的揶揄。

他看出自己在想什么了！

林音有些窘迫地咬了咬唇瓣，没敢回话。

就在这时，手机铃声响起，解救了她。

林音一看来电显示，是徐医生的电话。

她往旁边移了两步，才点击接通。

徐医生说："不好意思音音，我昨天太忙了。"

林音："没关系，我知道您忙。"

她把林舒青的情况和想要再次住院治疗的想法告诉了徐医生。

却听那边沉默了一会儿，叹道："音音，说实话，你妈妈已经达到了心力衰竭四级，这个病情已经发展到最后阶段，你要做好心理准备。"

林音鼻头一酸，喉头发涩，强撑着，半晌，才吐出一句："徐医生……"求救似的。

徐医生声音放缓了不少："我们一定会尽力治疗的。"

"……谢谢。"

挂断电话，林音一颗心坠崖似的，急速沉下去。

林舒青得心力衰竭有十多年了，不止一个医生告诉过林音，这个生存期已经比预计的要好很多。林音告诉自己，这是因为妈妈吉人天相，她不会被病情所困，一定能够转危为安。

对，一定会的，她不能丧气，她要相信妈妈。

林音深吸一口气，刻意挺直了背，继续往前走。

贺连周见她一副心事重重的样子，也没再说话。

两人走到了林音家楼下。

林音交代道："麻烦你先等会儿吧。"

贺连周"嗯"了一声。

林音上了楼。

到家门口时，她调整了下情绪，才开门："妈妈……"

眼前的一幕却吓到了林音，林舒青倒在地上，脸色蜡黄，看起来呼吸很困难。

林音慌乱地跑过去："妈妈！"

贺连周站在楼下，望着楼道口，从口袋里拿出那个发绳，上面的音符和发帖人另一条帖子里床头柜上摆放的发绳上的音符一模一样。

他拿出手机，拨通了姚蔓的电话。

"找到了？"姚蔓也正要和他说，"那人联系我了！我已经回国了！你们在哪儿，我马上过去。"

贺连周刚欲开口，忽地看见林音慌慌张张地跑了下来，她的眼睛红彤彤的，整个人看起来十分无措，和几分钟前的模样判若两人，唇瓣都在颤抖，抓住了他的衣服："我……我妈妈她起不来了……"

贺连周扫了一眼她落在自己身上的手。

林音恍然觉得像是有人拉住了快要溺水的自己。

听他说："叫救护车。"

第二章
♥ 我带你走

林音整个人都在颤抖。

急诊室里,医生给林舒青重新做了心电图,测量血压,然后又即刻将其转入心内病房,进行升压治疗。

她心衰四级,血压低,症状与用药互相矛盾,非常棘手。

医生多次找到林音,下了病危通知书。

林音脑子一片混乱,死死地咬住唇瓣,呆呆地坐在椅子上。

一声不吭。

像是整个人的灵魂都被剥离了一般,安静得可怕。

贺连周站在一侧,目光落在她小小的身影上,眸色深了深,看不出在想什么。

就这样,谁也没说话。

两个人保持着各自的姿势,看着走廊上从人来人往到寂静无声。

经过一夜输液升压,次日,林舒青情况有所好转。

得知这个消息的时候,林音的眼泪终于无法再忍耐,她抽抽噎噎,却不想被人发现,哭得很小声。

贺连周垂眼,睨着她,两秒后,迈过去一步,挡在了她的身前,也给她营造了一小片发泄的空间。

太多的情绪聚在一起,却隐忍不发,只有断断续续的抽泣声。

过了许久,林音才停止了哭泣,泪眼蒙眬中看到贺连周高大的背影。

已经许久没有人在这种时刻陪着她了。

林音开口,嗓音有些沙哑:"谢谢。"

"麻烦你了。"她有些过意不去。

贺连周没说什么,只向病房的方向小幅度地扬了下下巴:"进去吧。"

林音急着去看林舒青的情况,点了点头,也没再多的心思去管其他的。

看着她走进病房,贺连周移步至楼梯的方向,盛怀远已经打了好几个电话过来。

他接起电话,盛怀远急道:"哎哟,可急死我了,你跑哪儿去了?"

贺连周没回答这个问题,只道:"有点事。"

他又补充:"远叔,您先回去吧。"

盛怀远确实有事要忙,听到这话也没推托:"那成,有事你再联系我。"

贺连周应了两声,便挂断了电话,看着手机又陷入了沉思。

林音走进病房时,林舒青已经清醒了,看她脸上还带着泪痕,伸出一只手让她过去。

林音连忙抓住她的手,咕哝了声:"妈妈。"

是撒娇,是依恋,也是后怕。

林舒青帮她理了理头发,心疼地摸着她的脸:"我们音音吓到了吧?"

林音没忍住,一颗泪珠又顺着眼眶砸了下来。

林舒青温柔地擦掉她的眼泪:"不怕啊,妈妈没事的。"

林音知道林舒青这是在哄自己,她特别想表现得从容一些,好让这个病房显得更积极,更有希望一点,可眼下她实在控制不住了,她掩饰不住自己的脆弱,把头埋在了林舒青的怀里。

过了大约五分钟,病房的门被敲了下。

林音望去,愣了愣,走到门口。

贺连周把手里的东西递给了她。

林音定睛一看,是早餐。

她抿了抿唇:"谢谢。"

这才想起来昨天的事,便让贺连周进来,林音看向林舒青:"妈妈,你是不是发过一个帖子?他是来找那件戏服的。"

林舒青闻言,撑着身子坐直了些,打量着贺连周,问:"你外婆叫覃丽芸?妈妈叫姚蔓,对吧?"

贺连周的视线不动声色地从林音头顶掠过,点了下头。

林舒青说:"对,你外婆那件戏服是在我家,我联系到你妈妈了。"

贺连周:"您先养身体。"

林舒青却说:"我想见见她。"

姚蔓临近傍晚才到平安镇,没做停歇,直接去了医院。

她是个活络的性子,和林舒青简单寒暄了两句后,就热切起来:"我们小时候还见过面呢。"

当年,林音的外婆苏秀和覃丽芸是知己,也是朋友。

但两家家庭背景相差很大,苏秀不想让周围的人对这段友情妄加揣测,所以和覃丽芸一直保持着虽亲近却也有距离的关系。

后来二人都结婚生子,偶尔来往走动,林舒青和姚蔓就是在那个时候见过几面的。

只不过再往后,苏秀家由于一些变故,连搬了好几次家,苏秀走得急,她丈夫和覃丽芸不熟,林舒青又尚且年幼,一来二去,两家就慢慢失去了联系。

姚蔓满是叹息:"我妈临走之前还一直记挂着你妈妈和你呢,谁能想到当时你们家一搬走,我们两家竟然错过那么多年呢。"

提起往事,林舒青也挺感慨:"是啊。"

"不说那些了。"姚蔓觉得在病房这种地方不宜这么感伤,指着贺连周介绍道,"这是我儿子,贺连周。"

林舒青也同样拍了拍林音的小手:"我女儿,林音。"又和林音说,"音音,这是你姚蔓阿姨。"

姚蔓是著名的表演艺术家,林音早在第一眼见到她就认出来了,只惊讶了一秒,便明白他们会来寻找戏服的原因了。

戏剧演员十分重视自己的行当,有些戏服可能一生只穿着唱一场戏,对姚蔓他们来说,这件戏服肯定也十分重要。

林音礼貌地给姚蔓打了声招呼。

林舒青看向她:"音音,你先带阿周去转转,好吗?"

这是有话要单独和姚蔓讲了?

林音一向听话,说了声"好",征求意见地看向贺连周。

眼睛直勾勾的。

贺连周莫名感觉像是被什么东西挠了一下,先一步走出了病房。

两人也没走远,就在医院楼下的长椅上坐下。

见林音不吭声,贺连周把捡到的发绳递给她。

林音此刻才意识到它丢了,接过,小声道:"谢谢。"

然后,又不作声了。

贺连周也没开口。

神奇的是,萦绕在两人之间的氛围并不尴尬。

很快,太阳下山,夜色将云间的晚霞一点一点吞噬,起风了,有些凉。

林音止不住瑟缩了一下。

幅度很小，但贺连周还是察觉到了，慢条斯理地起身，没有多余的动作："回去吧。"

林音低低地"嗯"了一声。

重新回到病房，林舒青和姚蔓的交谈似乎已经结束了，前者看着林音说："音音，你帮忙把戏服取了交给姚阿姨吧。"

林音回了声："好。"

出门的时候，她注意到林舒青和姚蔓相视一眼，不知交换了什么秘密。

林音回家取了那件戏服，整理好后，拿到楼下，交给了姚蔓。

这件戏服在她身边已经有十六年，忽然要转交出去，她心底一时有些怅然。

正恍神时，姚蔓突然说："我们存个号码吧。"

林音乖巧地点点头。

她拿出手机，解锁，递给姚蔓。

姚蔓输入自己的号码，点击保存后，交代道："有事给我打电话。"

林音不明白她为什么会这么说，但还是应道："好，阿姨再见。"

又看向贺连周，同样的再见卡在喉头，末了也没说出口。

贺连周走了，像是这冬日里的第一场雪，声势浩大而来，又匆匆忙忙离开。

打破了平安镇的宁静，也带走了平安镇的晴天。

往后一段日子，天气一直阴沉沉的。

如同一块巨石压在头顶。

让人喘不过气。

天气预报说，除夕那天难得放晴。

林舒青还在住院，林音便买了剪纸和窗花贴在她的床头。

晚上，茶楼老板送来了年夜饭，他做菜很拿手，色香味俱全。林舒青正忙着道谢,又陆陆续续有邻居送来自家做的糕点和小吃,病房里热腾腾的,林舒青的气色也比以往好了一些。

本是应该喜庆的画面,林音不想破坏,可她眼睛酸涩得厉害,忍了好一会儿,只得偏过头去以缓解。

没人发现她这一举动,或者是有人发现了却不忍戳破。

总之,都没刻意去说什么。

大家也没待多久,就各自回家了。

邻居家的小朋友走的时候悄摸摸地塞给林音几块糖:"姐姐,偷偷吃哦,我不会告诉大人的。"

林音攥紧了手中的糖,眼睛更涩然了。

这个夜晚注定不会平静。

不间断地,大片大片的烟花在空中炸开,绚丽而喧嚣。

林音握住林舒青的手,想把自己的温度传给她:"妈妈,新年快乐。"

"新年快乐。"林舒青平和道,"祝我们音音无论什么时候,都有人疼有人爱。"

林音说:"那我希望能一直一直陪着妈妈。"

愿望到底是没实现。

林舒青没能熬过那个冬天。

她永远停留在了一月初六那日。

葬礼是邻居帮忙操办的,林音从头到尾一言不发,静静地抱着林舒青的遗照,恍若已经游离在人世之外。

齐梦佳一直抱着她,哭得撕心裂肺。

林音却觉得那些声音离自己好远,眼前的一切都是朦胧的,仿佛身处梦境,怎么也逃不开。

042

耳边传荡着林舒青轻柔的声音:"也祝我们音音永远幸福快乐。"

林音执拗地、一遍一遍地问:"可是我要怎么幸福,怎么快乐呢?"

没人回话。

"妈妈,你告诉我好不好?"

还是没人回话。

"你不是说要陪我长大吗?怎么能骗人呢?"

"妈妈……"

一股郁结之气在胸腔里横冲直撞,林音听到自己心底空洞的声音:"我不知道该怎么走下去了。"

她脚步虚浮地跟着一群人从墓园回家,老远就看到一个男人正站在单元楼下,嘴里骂骂咧咧:"刚过完年,在门上贴一圈白的,咒谁呢。"

那是她那个许久未见的,有血缘关系的,所谓的父亲——柳全。

邻居大怒:"你是不是个人啊?看不出来……"

他说不下去了。

"你妈死了?"柳全盯着林音,没有一丝半点的哀悼,"早就说她那个样子活不长,整天病恹恹的,看着就晦气,她人死了,钱总该留的有吧?赶紧给老子拿出来……"

一句也不想再听,林音扑过去,抓起他的胳膊,死死地咬了上去。

林舒青样貌好、性格好,从来都是与人为善,这辈子最大的污点大概就是轻信了柳全的鬼话,和他结了婚。

当年柳全以"爹不疼,娘不认"为由,博取林舒青的同情,表现得纯情老实的样子,处处照顾身体不好的林舒青,一来二去,林舒青被打动,跟他走在了一起。

结果,婚后,林音刚出生不久,柳全便原形毕露,打着要做生意但本金不够的名头，拿了林舒青一大笔钱。

一开始，林舒青忙着照顾年幼的林音，也没有去管他"生意"上的事。

直到后面他要钱要得越来越频繁且常常一身酒气、满口胡话地回家，林舒青打听后才知道，压根就没有什么生意，他骗走的钱都拿去赌了。

林舒青质问他，柳全被拆穿后连装模作样的保证都没有，还拿林音要挟她。

林舒青当机立断，通过起诉和他离了婚，独自抚养林音。

这些年，全部的爱都倾注在了她身上。

林音不容许别人这么说她的妈妈。

尤其是，这个男人。

她咬得越发用力。

可力气怎么可能抵得过柳全。

柳全轻而易举地甩开了她，骂道："你个小崽子，嫌命长了是吧。"

林音一个趔趄，差点摔倒，是齐梦佳接住了她。

"你这种畜生怎么也配当个爸？老天真是瞎了眼了，让她们娘俩遇到你这种人。"邻居实在看不下去。

"当爸？呸，别以为老子不知道，说这话不就是想让老子养她吗？老子才不会管，谁爱养谁养。"柳全摆摆手，大摇大摆地走了。

"没事，音音，咱们这街坊邻居这么多，怎么也不可能让你饿着。"

"对，以后你想来谁家吃就来谁家吃，再不成，咱们吃大锅饭也行啊，多热闹。"

....

邻居们你一言我一语地安抚着她，那些落在她身上的目光充满了同情。

林音又难堪，又懊恼，怎么没来得及在柳全走之前狠狠地反驳回去。

不是的。

我才不想让你养！

一点都不稀罕！也完全不需要！

就在她要被周围的视线烫化的时候，夺目的车灯打过来，那车子一点一点靠近，在她身侧停下。

"上车。"车窗缓缓下落，贺连周半张脸隐在夜色中，偏头，"我带你走。"

林音根本无暇思考贺连周是怎么出现在这里的，而且恰好是在那样一个时刻。她只记得那是在她窘迫而又无助的瞬间，他出现了，如天神降临一般，将她带离困境。

她被光引导着，走近他。

再追随他。

其实贺连周多少也有些意外。

从平安镇回去的路上，姚蔓安排了人留意林音家里的动静，贺连周当时正在神色平淡地回着消息，闻言掀了掀眼皮。

几乎可以忽略不计的动作。

不过，姚蔓还是看了个正着，挺稀奇："我这里还有您这种神仙感兴趣的事呢？"

贺连周扬眉："我有说什么？"

"你的表情已经出卖你了。"姚蔓断然道，也不卖关子，直接解释，"我不是给人家留了电话号码，说有事找我吗？"

她边说，边托着下巴回忆："那小姑娘叫什么来着？林音对吧？长得多好看啊，跟个草莓果冻一样，软乎乎的，太招人喜欢了。"

草莓果冻？

贺连周想起她涨红着脸说"对不起"的样子。

倒是挺形象。

姚蔓叹了一口气："我答应她妈妈帮帮她的，怕真有事她会不好意思联系我,所以还是找人看着吧。"

贺连周没说话,心里已然有了推测。

恐怕对林音来说,真要有事,也不会是什么好事。

果不其然,就在这天上午,姚蔓告诉他,收到了林舒青去世今天举行葬礼的消息。

姚蔓有事在忙走不开,让贺连周去接人:"你先把人带回来吧。她妈妈一走,就剩这小姑娘自己,太可怜了。"

贺连周本来到的时间应该会早一些的,但路上延误了半小时,倒是阴错阳差,让他解救了她。

"不问去哪儿?"

见林音上车后便垂着脑袋沉默地坐着,贺连周少见地主动开了口。

林音摇了摇头,整个人跟行尸走肉一样,没有一点生机。

知晓她还处在崩溃的情绪里,贺连周也没再说什么。

一路无话。

两人赶上了最近的航班,到了京北。

那是林音第一次到贺家,房子大得可怕,每一处装潢设计都颇为不俗,处处透露着格调。

然而,此刻她并无心欣赏。

天色已经渐黑,贺连周引着她去了二楼的一间客房:"先住这间,可以?"

林音点点头,还是死气沉沉的。

客房里各种洗漱用品和衣物都很齐全,贺连周没再多留,给了她属于自己的空间。

门关上后,林音浑身的力气都仿佛被抽干了,像是不容思索地跟贺连周走,已经不在乎要去哪里,去做什么一样,她不管不顾地躺在床上。

这大概是在她清醒的时候绝对不会做出的事情,到了一个近乎是陌生人的家里,她应该是拘谨的、礼貌的才对。

　　可此时此刻,她根本什么都不愿去想,她只觉得好累好累,整个人蜷缩成一团,四周的空气都是陌生的。

　　鼻间萦绕着阵阵清香,那气味是令她舒适的,可并不能让她安心。

　　她费力地摸出手机,点开播放器,放在耳边。

　　那是她偷偷录下的林舒青的呼吸声。

　　她没告诉过任何人,自从林舒青病重后,无数个夜晚,她都是靠听着妈妈的呼吸声才能缓和恐惧。

　　听着那熟悉的声音,她慢慢闭上了眼睛。

　　"你人呢?到底来不来?"

　　贺连周倚在沙发上,时间还早,谢明川叫他去看比赛,但现在……

　　他悄无声息地瞥了一眼二楼的方向,断然拒绝:"不去。"

　　"什么情况?"谢明川追问,"给我个解释。"

　　他没那么好糊弄,贺连周从容地换了个姿势,语气随意:"有猫在。"慢悠悠地补上后话,"走不开。"

　　"猫?那什么小花旦?"谢明川闻言更来劲了,"正好,抱出来看看。"

　　听到某个字眼,贺连周半边眉梢挑了挑,轻描淡写道:"怕生,不方便。"

　　"呵……"

　　"挂了。"

　　不等谢明川说完,贺连周已经把电话掐了。

　　姚蔓的消息接踵而至:接回来了吗?

　　贺连周淡淡回了一个字:嗯。

047

时间一分一秒过去，播放器早就暂停了，房间里出奇地安静。

林音突然抖动一下，醒了过来，跟溺水一样，咳了两声，唇瓣干得厉害。

她坐起身，缓了缓才下床，一时间感觉头重脚轻。

贺连周依旧百无聊赖地坐在楼下，家里那只两岁多的萨摩耶正趴在地毯上，歪着脑袋冲他摇尾巴，等着他去拿零食。

贺连周淡然地吊着它的胃口，一点也不为其所迷惑。

谢明川直接跑来了，身上的赛车服还没换，丝毫不拿自己当外人，大刺刺地在贺连周身侧的沙发上坐下："猫呢，让我看看到底有多怕生，还非得让你贺大少爷在家看着？"

贺连周不轻不重地扫他一眼："赢了？"

谢明川似笑非笑，俨然一副卖弄的表情，而后果断道："没有。"语气还挺得意，"只输给了韩似。"

贺连周嘲讽道："德行。"

林音刚走到楼下就听到这句，她脑袋昏昏沉沉，下意识看过去，然后便见一只白花花的东西脚步乱七八糟地冲自己跑了过来。

她吓了一跳，忙往后退。

"'别跑'。"

贺连周朝那四条腿各跑各的家伙下令："回来。"

一人一狗同时顿住，两双水汪汪的大眼睛，望向他。

林音呆呆地道："我没跑。"

贺连周意味深长地看她一眼，故意放慢语速，又叫了声："'别跑'。"

"别跑"咧着嘴，撒欢地朝他跑过去。

林音愣了愣，才反应过来，"别跑"是那只萨摩耶的名字。

谢明川眼神暧昧地坐观着这点动静："都把人带回家了？"

他视线在林音身上轮转一圈:"说说,你们都做了什么?"

贺连周懒得搭理他,见林音跟没睡醒似的又打算上楼,叫住了她:"你也回来。"

林音回头,又一次望向他,眼神不太清明。

贺连周问:"有事?"

经他一提醒,林音才想起来自己要做什么,有些拘束地道:"我……想喝水。"说完,就不动了。

隔了两秒,见她还没动静,贺连周看过去:"我拦着你了?冰箱里有。"

林音摇摇头,挪步到冰箱前,拿了一瓶水,又走回来,小声道:"谢谢。"

注意到谢明川还在打探的目光,她声音更低了:"我、我先上去了。"

贺连周没说话,还在看着她。

林音咬咬唇,干脆直接上了楼。

她一离开,谢明川就眯色玩味地冲贺连周道:"这就是那小花旦吧?是挺有意思。说说,看这么紧,从哪儿拐来的?"

贺连周打断他:"你还有事?"

谢明川:"没事啊,怎么了?"

贺连周扫向他:"没事就滚。"

谢明川一噎。

"行吧。"谢明川也不在意,还真就优哉游哉地站起了身,又想起什么,"你的那位小花旦看起来脸色有点不对。"

贺连周睨着他,多年的兄弟,从他的眼神里,谢明川读出了潜台词:不然我为什么让你滚。

也是,什么能逃得过他贺连周的眼睛?

谢明川随意地笑了笑,冲他摆了摆手,走了。

049

贺连周走到林音房间门口,敲了敲门。

没人应。

停了片刻,他又重复了一遍动作。

还是没人应。

想起她刚刚的状态,贺连周叫家里的阿姨联系了医生,然后去拿了备用钥匙开门。

林音发烧了。

医生说可能是受到一直压抑着的情绪的影响。

她浑身发烫,整个人都像是悬在半空中,意识混混沌沌的,在心底绷了几天的弦终于断裂,她也终于哭出来了。

医生给她打上吊针后,她的手时不时会胡乱晃动,并不老实。

怕会牵扯到针头,贺连周在她又一次抬起手,似乎是想抓住什么的时候,轻而易举地捕捉到她的手腕,制止了她的动作。

林音不太清醒,感受到他的温度,像是漂浮的孤舟终于寻到了得以停靠的岸边,凭着本能抱住了他的胳膊,喃喃道:"我好……"

也不知道是在说给谁听。

"我好难受。"

贺连周没有干预,任她发泄着。

她哭起来依旧不是爆发性的,只断断续续地哽咽,动静很小,听在人耳朵里却有振聋发聩之势。

也不知过了多久,她终于停了下来,含着泪望着他。

眼睛是模糊的,意识也是。

看起来跟要碎掉了一样。

贺连周低睨着她,脸上看不出什么表情:"怎么了?"

林音哽咽道:"我还、还没哭完。"

贺连周视线没从她身上离开:"那就别哭了。"

林音依然在抽泣:"哦。"

贺连周:"睡吧。"

林音点点头,听话得很。

贺连周没再说什么,抽出被她抓着的那只胳膊,缓缓起身,打算让她自己休息。

然而他刚一转身,手腕便被她抓住:"别……别走。"

贺连周回头,目光从她搭在自己手腕处的小手上轻轻掠过。

林音这会儿已经不知道自己在做什么了,只是又含糊不清地重复了一遍:"别走。"

顿了五秒,贺连周由着她抓着自己的手腕不松手,一言不发地站在原地,没动。

然后便听到林音委屈的声音:"你能哄哄我吗?"

林音醒来时,已经是第二天早上了,贺连周不在身侧,她不大记得自己究竟是什么时候睡着的,他又是什么时候离开的,但昨晚的记忆却断断续续地涌上脑海。

虽然并不是完全记得,但能想起来的片段已经足够让她感到羞耻了。

许是昨晚得到了宣泄,她的情绪缓和了些,此时才后知后觉地反应过来——她竟然什么东西都没带,就这么突然,跟着贺连周,来了他家。

林音觉得自己一定是疯了。

可在当时那种情况下,她也的确无法清醒。

想起妈妈,她眸色又哀伤了起来。

突然,房门被敲响。

林音心里"咯噔"一声:"怎么了?"

051

贺连周的声音传了进来:"下楼吃饭。"

林音这会儿不知道该怎么面对他,吞吞吐吐地回了声:"我等……等下自己下去。"

声音听起来正常了不少,贺连周没再停留,由着她去。

林音松了口气,进浴室洗漱,此刻她能分神打量周遭的环境了,才发现眼前的一切都太豪华了。

她抿了抿唇,加快了速度洗漱完,下楼。

姚蔓已经回来了,看到她便关切道:"身体好些了吗?还有没有哪里不舒服?我昨晚回来才知道你生病了。怎么回事,是不是阿周没把你照顾好?"

阿周?

林音反应了一瞬,才意识到是在说贺连周。

"不是的。"林音摆了摆手,说到"照顾"两个字,不自觉地瞄了他一眼。

贺连周眉梢一扬:"看我做什么?"

林音忙不迭收回视线,低头喝牛奶,却不慎被呛了一下。

贺连周波澜不惊的眸中有了些许零碎的笑意。

早饭过后,姚蔓把林音叫到了沙发前坐下,拉着她的手,道:"音音,阿姨有些事要和你说明白。"

她表情突然郑重起来,林音不自觉地坐直身体,换了口气:"您说。"

"上次见面,你妈妈拜托过我,如果她不在了,让我帮忙把你送到你的一个小姨家,她不想让你没人照顾。"姚蔓认真地道,"我答应了她,得对你负责,所以就让人调查了一下你的那位小姨。

"资料都在这里了。"姚蔓把茶几上的一个档案袋交给林音,"你不会怪阿姨吧?"

林音摇了摇头,她不是那么不识抬举的人。

"不是阿姨想说三道四,你这位小姨,人还是挺老实挺不错的,可她男人和儿子都不太行,你要真过去,阿姨怕你会受欺负。"

"我听你妈妈说了,你们家亲戚很少,平日里也不常走动,你妈妈对他们家的情况并不了解,她应该也是没办法了,才会想出这么个主意。"

"所以,阿姨的意思是,不如你留在我们家怎么样?"

姚蔓已经咨询过了,林音的父亲多年来从未履行过监护和抚养义务,行为属于怠于履行监护职责的情形,这些都有证据,现在林舒青去世,林音也没有其他在世的近亲属,她所在的社区居委会和民政局是可以向法院申请撤销她父亲的监护资格,在充分尊重她意愿的情况下,指定个人为监护人的。

姚蔓说:"你要是愿意的话,我们就开始跟进相关的流程?"

林音一愣,垂在身侧的手猛然握紧,嘴上却是说:"我自己住……也可以的。"

"没有人放心得下的。"姚蔓拍拍她的手,掌心和林舒青一样温暖,"我们两家有缘,虽然这么多年没见,但情谊还是在的。不瞒你说,我一直想要一个女儿,你要是留下,也能陪陪阿姨,阿姨既能照看你,又能教你唱戏,多好。"

没有人放心得下吗?除了妈妈,还有几个人放心不下呢?

对于这点,林音再清楚不过了,可不得不承认,眼下姚蔓的熨帖竟然让她生出些近乎执拗的信服感——也许她说的是真的,真的没有人放心得下自己。

但是林音的心底又有个声音在提醒自己:你要拒绝,你看起来和贺家格格不入。

可犹犹豫豫,终究还是从喉咙间挤出来一句:"好。"

她真的没有勇气一个人生活。

她也真的,好想还能有个家。

林音就这么在贺家住了下来,她话很少,大多时候都待在自己房间里,也不走动。

期间，齐梦佳给她打来了好多个电话，她避重就轻地说了以后可能会留在贺家。

齐梦佳连忙问："他们家怎么样？"

林音简要道："很大。"

"那他家人怎么样？好相处吗？你在那里会不会受委屈？"

"他们对我都挺好的。"

除了贺连周的父亲，她还没见过，听说是在国外处理事情还没回国。

"那就好。"齐梦佳静默了好一会儿，"那你还会回来吗？"

林音垂了垂眸："不知道。"

她的确不知道，"以后"两个字对她来说变得虚无缥缈，她不能预料会发生什么，或者说不确信自己还能不能做决定。

临近元宵节，林音越来越心事重重。

转眼，到了一月十三日。

早上起床开始林音就在走神，心不在焉地下了楼，转弯时差点和正好走过来的贺连周迎面撞上。

即使最近和他见过不止一面，但因为发烧那晚的事，看到贺连周，她还是忍不住目光躲闪，迅速地转过头，压根没注意身侧是面墙。

贺连周眼疾手快地单手撑过去，动作极其流畅，林音的额头恰好撞在了他的臂弯。

温热的气息传来，她慌忙站稳。

贺连周见她一副眼神不知如何安放的模样，提醒："看路。"

林音脸上发烫："……噢。"

然后没了声音，僵在原地不动。

贺连周颇有兴致地觑着她:"不走?"

"走。"

林音应声,连忙跑开了。

贺连周盯着她的背影,若有所思。

早饭过后,姚蔓出了门,她最近都是如此,似乎很忙。

林音坐在沙发上发呆,"别跑"摇着尾巴,歪着头观察了她一会儿,见她不动,用毛茸茸的大脑袋顶开她的胳膊肘,扒到她腿上,林音不自觉地顺着它的毛。

贺连周斜睨过去,将她的表情尽收眼底,手腕一转,白皙而骨节分明的手指捏着手机尾端,轻松地递了过去。

林音回过神:"什么?"

贺连周说:"自己订。"

林音看到他的手机屏幕,那是订票的界面,回平安镇的。

她眼睛一下就红了。

她没想到贺连周看穿了她的想法,一时间不知道该怎么做。

谢明川走进来就看到这幅画面,颇有兴趣地凑过来,戏谑道:"这么可怜,花旦妹妹,谁欺负你了?"

林音见过他,知道他应该是贺连周的朋友,解释道:"没有,没人欺负我。"说完,眼巴巴地望着贺连周。

贺连周眉梢一扬:"你这是想帮我正名,还是想告诉别人被我威胁了?"

林音立马看向谢明川,认真道:"真的没人欺负我。"

谢明川直接笑出了声。

林音看过去,贺连周嘴角也隐隐弯了弯。

她垂眸,说不出话了。

一上午,谢明川都在贺家,拉着贺连周打游戏。不过大多情况下,贺连周都不搭理他,有人在线上叫他一起,他也只漠然地回两个字:"滚蛋。"

林音觉得有些不大理解。

然后谢明川就盯上了她:"花旦妹妹,一起?"

林音不知道他对自己的称呼是怎么来的,这会儿也不是太好反驳,摆手道:"我不会。"

谢明川:"没事,我教……"

"你"字还没说完,贺连周便一个眼神扫过去:"玩你的,少烦她。"

"噢?"谢明川看向林音,求证,"我烦?"

"不,不烦。"林音又摆了摆手,这问题要她怎么回答呀!

贺连周掀了掀眼皮,凉飕飕地曲解她的意思:"那就是特烦。"

林音心里一惊。

好过分!

她看向贺连周,和他的视线撞上,又慌忙移开了眼。

脸上更烫了。

所幸,姚蔓及时回来,解救了她。

甚至没等她开口说买票的事情,姚蔓已经说道:"音音,想回家吗?我带你回去?本来前几天就想跟你去看看你妈妈的,有点事耽误了,你现在收拾收拾,我们就出发怎么样?"

林音这才知道姚蔓这几天每天往外跑,就是为了早点把事情处理完,心里感动不已。

下午,姚蔓便带着林音出发去平安镇。

她们到的时候已经是晚上了。

邻居看到林音回来,纷纷上门关怀。林音向他们介绍了姚蔓,告诉他们自己很好，谢谢关心，陆陆续续聊了好一阵，人才散开。

林音有些不好意思地看着姚蔓，感觉家里不太适合招待她，她两只手的大拇指交叠在一起，悄然地上下摩挲着，道："阿姨，我们家没有客房，今晚你睡我房间吧。"

姚蔓没有丝毫不自在："那你可要小心自己的小秘密被我发现哦。"

林音不太会说俏皮话，腼腆地笑了笑。

姚蔓和她聊了一会儿天，便催着她去休息了。

林音今晚睡林舒青的房间，躺在她的床上，仿佛还能感受到她的气息。

林音贪恋地伸手抚摸着林舒青用过的枕头和被褥，想要将这气息握紧在手中，仿佛这样就能长久地保存下来。

已经离开七天了，关上灯，林音的一双眼睛在黑暗中泛着泪，她蜷缩成一团，喃喃道："妈妈，我好想你。"

久久难眠，林音几乎一整个晚上都没睡着。

第二天一早，姚蔓带着林音挑了一束花，去了墓园。

墓园很安静，到了林舒青的墓碑前，姚蔓先开口道："舒青，很抱歉没能参加你的葬礼，也很抱歉没有按照和你约定的那样把音音送到你表妹那里，我们虽然只见过一面，但我相信你一定不会怪我，也请你相信我，我会好好把音音照顾长大。"

她摸了摸林音的头："你一定有很多话要和妈妈说吧，你们单独待会儿吧，阿姨正好到处转转。"

姚蔓的善良和温柔让林音感到很暖心，她点头道："谢谢阿姨。"

姚蔓离开后，林音望着墓碑上林舒青的照片，许许多多的回忆涌现在眼前，她的视线渐渐朦胧了起来，喉头发涩，好一会儿，才开口说："妈妈，元宵节要到了。"

今年不知道楼下王阿姨会不会又把汤圆煮烂，隔壁刘叔叔家的孙子放鞭炮时会不会又炸到轮胎，还有茶楼老板，会不会又一高兴自己登台唱两嗓子……

这些虽然都是未知项，但大抵能推测出来，什么都没有变。

唯独，你离开了我。

林音坐在墓碑旁，断断续续地和林舒青聊着天，她本来话就不多，东扯一句西扯一句后，便沉默地坐着。

四周很安静，没有人打扰她们母女二人的独处，直到阳光最浓烈时，一束束洒在身上，林音低低的声音又一次响起："天气变暖了，我也想你了……你放心，姚阿姨对我很好。"说着，她不禁想起贺连周，补充道，"还有他。"

我一定会好好活下去的。

我也一定会努力幸福，努力快乐。

"那我下次再来看你。"

她站起身，说完最后一句，一步三回头地离开。

走出墓园，林音发现姚蔓正在等着她。

她怔怔地叫了声："阿姨。"

姚蔓将她揽在怀里，说："没事的，以后什么时候想你妈妈了，就什么时候回来。"

林音含着泪点点头。

下午，姚蔓找人联系了她的学校办手续。林音去了工作室，她把尚未完成的订单整理出来，把顾客的定金挨个退还，只留下了外婆和妈妈收藏的那些戏服，继续保存，将剩下的全部送给了茶楼老板。

然后，关上了工作室的门。

她和姚蔓又在平安镇待了一晚。

齐梦佳对于她回来的事情显得颇为后悔："我被我妈拖来我舅舅家了！早

知道你回来打死我也不会今天过来了!你什么时候要走啊?我看看赶回去还来不来得及。"

什么时候走,姚蔓其实是让林音决定的。

林音并不想耽误姚蔓和家里人一起过元宵节,那样太不懂事了,于是提出了当天中午离开。

"也好,正好明天开学,可以直接带你去办转学手续,等你安顿好了,再来陪你妈妈补过。"姚蔓道。

林音对她的感激简直无以言表。

"啊!那我岂不是见不到你了?"齐梦佳失落道。

"没关系。"林音安慰她,"下次见也是一样的。"

"那可说好了,这个'下次'不能来得太久啊。"

"好。"

林音第二次踏进贺家,是跟着姚蔓。

这一次的心情和上一次截然不同,她有些紧张,悄悄深呼吸了好几下。

走进客厅,她先是看到了贺连周。

他依旧和她前几日常见的那样,情绪不明地坐着,任由"别跑"咬着他的衣角打转,丝毫不为所动。

被闹久了,淡淡垂眼,修长的手指悠然一抬,"别跑"就立马老老实实地坐定。姿态闲散,又运筹帷幄。

只不过,在他身侧还多了一个男人,气质一样出众,但看起来十分严肃。

那是贺连周的父亲贺稷。

"你回来啦。"姚蔓见到贺稷显得很是欣喜,凑过去道,"以后音音就跟我们住了怎么样?"

贺稷说话很有威慑力:"你都决定了,还来问我?"

林音闻言有些发窘，垂了垂眸。

却见下一秒，家里的司机笑眯眯地走进来，把手中精致的礼盒递给了她："先生带的礼物。"

说着，他把另一份塞给姚蔓："这是夫人的。"

林音看着手中的东西，一愣，抬眼道："谢谢叔叔。"

视线和贺连周撞上，她猛地低下了头。

贺连周见状，眉头慢悠悠地挑了起来。

姚蔓拉过林音的手，说："对了，我让人把你的房间重新布置了一遍，快来看看。"

林音被姚蔓拉进所谓的房间，眼中闪过一丝讶异。

都是，她喜欢的。

"我都是按女孩子的喜好布置的，快看看，没有哪里弄错吧？"姚蔓说，"这个衣柜，可以放你带来的那些戏服，这个就放平常穿的衣服，还有这里……"

"阿姨……"林音鼻头一酸，很难形容自己究竟有多感动，明明她和姚蔓没见过几面，却能换来她如此倾心相待。

姚蔓拍拍她的头："傻孩子，你要记住，你不是在寄人篱下，是阿姨邀请你留下来的。"

你不是在寄人篱下。

你是被邀请留下来的。

这句话是那么掷地有声，一字一句敲打在林音心尖上，她唇瓣动了动，却没说出话来，只好重重地点了点头。

姚蔓笑道："那以后咱们就是一家人了，平常如果我们不在，有事直接找你哥哥就行。我先下楼让阿姨多做几个菜，你等下收拾好下来吃饭。"

林音说："好。"

简要地收拾了一下,林音便下了楼,姚蔓让她去叫站在外面吹风的贺连周。

林音想起姚蔓的话,走到贺连周身前,他好整以暇地看过来,林音吞吞吐吐道:"哥、哥哥……"

贺连周好整以暇:"叫我什么?"

林音脸颊通红,再也叫不出来了。

贺连周放过了她:"知道我是谁?"

林音点点头。

贺连周:"是谁?"

林音:"……贺连周。"

那是她第一次叫他的名字。

声音小小的,恍若蚊鸣,后来分开的那些年,无数次他站在落地窗前,望着夜色,都会想起这么一声。

如同中了毒。

贺连周淡淡扯唇,说:"以后就这么叫。"

第三章
♥ 校牌

开学这日，姚蔓亲自到学校为林音办理了转学手续。

学校是姚蔓为她选的，市里最好的高中，京北四中，和贺连周同校。

寒假之前，林音原来的学校刚好分完文理科，所以她还是依照此前的志愿，转到了理科班。

新的班主任叫吴永，看起来精明干练，伸手推了推架在鼻梁上的眼镜，说："你以前的成绩单我看过了，各科成绩都挺拔尖的，尤其是理科成绩很不错，我们四中的整体教学节奏会比你原来的学校快很多，有什么不适应的或者问题及时和老师沟通。"

林音称好："谢谢老师。"

事情都处理完后，姚蔓就先离开了。

林音同她挥了挥手。

上课的时候，吴永把林音带到教室，她依照惯例做了自我介绍，吴永指着第三排靠窗的位置，让她先坐在那里。

和她同桌的女生叫夏瑶，她刚坐下，后者便凑过来问："你是从哪个学校转来的？"

林音说："怀宁一中。"

"怀宁一中？"夏瑶在脑海中思索了一番，撇嘴道，"没听过。"

林音不知道该怎么接了。

不过还没等到她开口,夏瑶已经继续道:"算了,这也不重要,你长得好好看啊。"

话题转移得太快,林音没反应过来:"啊?"

"呆呆的样子也好可爱,哈哈哈哈,老吴终于知道投其所好,给我什么样的同桌了。"

林音眨眨眼,完全在状况之外。

"新同学,别搭理她。"班里有人插话道,"你听她名字就该知道她有多不正经。"

夏瑶反驳:"我的名字怎么了,我这重名率那么高,你都敢说这话。"

"哦,那我严谨点,这个说法只针对你。"

夏瑶翻了个白眼,朝林音道:"别听他们放屁,我可正经了。"

林音轻声道:"噢。"

然后她的脸就被夏瑶掐了一下:"你怎么那么好玩!"

林音此前根本没接触过像夏瑶这种性格的女生,齐梦佳性格也活跃,但和夏瑶完全不同。

不过林音能感觉到夏瑶的善意,虽然有些别扭,但她和夏瑶的相处还是挺和谐的。

开学第一天,平淡而安然无恙地度过。

放学的时候,家里的司机来接林音。

上了车,她佯装无意地左右张望了一圈,想说什么,司机似乎看透她般,笑呵呵地回道贺连周有事,不和他们一起回去了。

林音"噢"了一声,因为被戳穿心事,垂在身侧的手捏了捏衣摆,不再敢多言。

吃晚饭时,姚蔓问她:"今天在学校怎么样?"

林音说:"挺好的。"

她余光不自觉地瞄向门口,贺连周还没回来。

姚蔓说了句什么,林音没听清:"什么?"

姚蔓又重复了一遍:"那明天你是想让庞叔开车送你,还是和阿周一起骑车去学校啊?"

庞叔是指家里的司机。

林音一颗心提起,异样的情愫涌动,听见自己的声音:"我,和他一起吧。"

贺连周晚上是什么时候回来的,林音并不知道,但能肯定是在她睡着之后。

次日早上,出门前,林音刻意放慢了速度,偷窥着贺连周的反应。

她不知道姚蔓有没有把昨天和她说的事告诉贺连周,也因为要和他一起去学校而生出一种形容不出来的、不知是紧张还是期待的感觉。

贺连周穿着灰白相间的加厚校服外套,里面是一件黑色内搭,配套的校裤,保暖效果不错,普通的校服穿在他身上仍然好看。

林音看过去,不由得失了神。

贺连周往外走了两步,察觉到身后的人呆愣在原地,不知在想什么,不紧不慢地偏头:"不走?"

林音忙道:"来了。"

她跟上去。

贺连周垂眸,正好能扫到她蓬松的头顶,嘴角牵起一抹淡淡的弧度,又很快消失。到了校门口,看她一眼,往另一侧走了。

什么也没说。

林音想起来听夏瑶提起过,高三年级和她们不在一座教学楼。她望着贺连周的背影,直到再也看不见,才收回思绪,往教室走。

四中的教学速度确实比在怀宁时要快很多,林音刚转过来,还不太适应,只好利用下课时间赶进度。

大课间时,夏瑶看不下去她快要钻进课本里的模样,邀请道:"去不去小卖部?"

林音见她兴冲冲的样子,想了想,答应了:"好。"

夏瑶拉着她下了楼,途经高三教学楼前的公告栏时,突然听到有人骂道:"学校有毒吧,开学第二天出成绩,生怕我开心一点。"

"知足吧,没有在过年前出你就该庆幸了。"

"第一是谁啊?"

"这还用问?肯定是贺连周呗。"

…………

林音听着他们的对话,往围观人数最多的那处公告栏里的成绩榜上看去。她个子也有一米六五不算矮,但在人群的包围圈里,并不能看得清楚。

不过,阴错阳差,看到了一旁另一个公告栏上贺连周的照片。

那是学校的光荣榜,他排在最靠前的位置,照片里也没有什么表情,像是压根不关心镜头的位置在哪里,却被镜头捕捉得淋漓尽致,整个人像是发着光一般。

"我们学校有句话是这么说的,流水的第二名,铁打的贺连周。"夏瑶告诉林音,"你说他这人长得好,家世好,脑子也好,啧,估计这辈子都不会有跌落神坛的时候了。"

名副其实的天之骄子。

林音脑海中蹦出这么几个字,不禁又多看了几眼照片。

还在恍神之际,已经被夏瑶拖到了小卖部。

林音没什么想买的,跟着夏瑶瞎转,没想到夏瑶一口气挑了一大堆东西,潇洒地结完账后,全部塞给了她:"送你的。"

同一时间，贺连周和谢明川他们从篮球场出来。

"阿周，别光顾着自己牛掰，跟兄弟传授传授经验啊。"盛宴一手抱着个篮球，一手搭在贺连周肩膀上。

谢明川嗤笑一声，讽刺道："要经验顶个屁用，你倒是有那个脑子。"

旁边的人都跟着哄笑起来。

"我问问都不行。"盛宴也不是真的想要什么经验，不过是调侃一句，往前看去，突然叫道，"我去，那个没穿校服的女生，哪个班的，长得好乖。"

贺连周原本只是云淡风轻地任身旁的人玩笑，闻言，一掀眼皮，眉头动了动——

只见林音正抱着一堆零食，亦步亦趋地跟在夏瑶身后，想说把钱转给她，不用这样请客。

就这么走出一段距离，夏瑶突然停步，转过头，故作严肃道："不许再说了哦。"

林音猝不及防，本能地往后退了一步，一双眼睛定定地盯着她。

盛宴捂住自己的胸口："受不了了，我感觉我心动了。"

林音听到动静，偏头看过去，一眼就看到了贺连周，微微怔了怔。

他和几个同样个子很高的少年一起走过来，似乎是要回教室，嘴角挂着惯有的、似有若无的笑。

不经意间和她对视，并没开口说什么。

林音想起早上进学校的时候他的反应，心想他是怕别人知道他们的关系吗？她收回视线，加快了脚步，想快点离开。

谢明川往前一步，恰好挡住了她的去路，有些好笑："装没看到呢。"

林音摇了摇头，却因为说了谎而不太自在，嘴里哼出一声："嗯。"

话一开口，林音顿住。

周围突然传来一阵爆笑声。

林音面红耳赤地逃了:"我、我先走了。"

等她跑远,盛宴奇道:"川儿,什么时候认识的?这女孩也太可爱了吧!"

谢明川看了一眼贺连周:"不熟。"

盛宴摆明了不信:"还藏着掖着?行,不熟是吧?不熟我可就想办法认识认识了。"

谢明川笑了:"不怕死就去。"

这下旁边的人开始起哄了:"还说不熟!这就护上了!"

"那可是贺大少爷家的,"谢明川意味深长地将声音拐了个弯,"小花旦。"

"什么意思?"

"阿周,我就问你真的假的?"

"周哥,你说话呀,周哥。"

求证的视线望过来,贺连周无声地勾了勾唇:"走了。"

"哎……"

谢明川接着:"我也走了。"

两人完全是两个方向,只能听到身后的声音越来越远——

"周哥,倒是把话说清楚啊。"

"川儿,去哪儿?不上课了?"

"说你没脑子还真没脑子,他什么时候在乎上不上课。"

跟着林音走出一段距离,夏瑶显然也对刚刚的事情有些吃惊,手指摩挲着下巴,凑近她,打量了好一番:"你怎么会认识谢明川啊?"

林音心说其实也不算很认识,但并没多讲,而是反问:"他怎么了吗?"

"还能怎么。"夏瑶撕开一包薯片,往嘴里塞了一片,道,"我校另一风云人物,玩赛车的,人很张扬,看起来很好接近,对不对?其实完全相反。真要得罪他,肯定不会有什么好果子,你和他凑一起?令人难以想象。"

林音回忆了下这几次见到谢明川时的画面，觉得他不像是这样呀。

"我和他不熟的。"她回了一句。

又听夏瑶道："他和贺连周不是一个类型。

"贺连周是看起来难接近，实际上更难接近。"

林音：……是吗？

林音甩了甩脑袋，不再多想，重新投入地赶课程进度。

放学后，林音同夏瑶道完别，从教学楼出来，犹豫了一会儿，自己先走了。

不承想，刚出校门，就看到了谢明川。

纠结片刻，她还是伸手和他打了个招呼，便欲离开。

但谢明川拦下了她，说什么让她请他吃饭。

然后她就糊里糊涂地被他带到了学校附近一家特色餐厅里。

看着林音一副僵硬的模样，谢明川把一杯青柠水递给她："来点？"

"不不……不用了。"林音摆摆手。

"怎么？"谢明川觉得挺有趣，"真怕我坑你钱啊？"

"不是。"林音连忙说，随之垂下头去。

谢明川不再为难她，对着她拍了张照片，发给了贺连周。

那边回复过来：地址？

贺连周到的时候，一进门就看到那个不知所措地低着的小脑袋，不动声色地向谢明川投去，那是质问。

"哟，来得挺快啊，看来绑架花旦妹妹确实是召唤你的好方法。"谢明川表现得很轻松。

贺连周看穿了他，表情没变，仍然盯着他，在林音身侧的位置坐下。

谢明川骂了一声，笑道："骗不过你。"

林音因为贺连周的突然出现而有些莫名的紧张。

不容细想，贺连周看向她："不等我，自己跟他跑？"

林音抬头，迎上他的目光，解释道："我以为……你不想跟我一起。"声音越来越低。

"林音。"贺连周拖长了调子，要笑不笑的，"谁说我不想和你一起的？"

林音一愣，继而不受控制地扬起唇角，又怕被发现般，咬了咬唇。

贺连周不知道是哪里给她造成了这种想法，提醒道："少胡思乱想。"

林音无地自容："噢。"

贺连周扬唇："噢什么？听到了吗？"

林音说："听到了。"

心湖仿佛突然被什么东西轻飘飘地拨动了一下。

三个人又坐了一会儿，谢明川先起身走了。

林音跟着贺连周一起回家，后知后觉地感受到谢明川有些反常，忍不住问道："他怎么了？"

贺连周平淡地道："狂犬病犯了。"

林音有些蒙："啊？"

贺连周盯着她，好一会儿："说什么你都信？"

林音哑口无言，脸都被憋红了。

是她反应迟钝了。

那表情实在有趣，贺连周目光跟着她。

林音逃也似的抱住来她身前捡球的"别跑"，意图扛走，试了下，没扛动，索性转变策略般地捡起了地上的球，把它引走了。

贺连周将她的动作尽收眼底，从喉间溢出一声低笑。

第二天，林音又和贺连周一起去上学。

到学校门口的时候，贺连周本来还是看了她一眼，就欲往高三教学楼的方向走，可突然想到什么，偏头问："放学知道怎么做？"

林音顺势："知道。"

贺连周一副说来听听的架势："怎么？"

林音顿住。

贺连周："说不出来了？"

林音不好意思地改口："我错了。"

贺连周无声地笑了下，没再过多打趣，交代道："等我。"

因为这句话，林音一整天都似乎有了期待。

期待着在校园里某处猝不及防的遇见，期待着课堂上讲解的某个知识点能和他曾经学过的重合，期待吹过的风里能夹杂着他的声音或是气息，期待着放学，也期待着兑现他的那句"等我"。

有了这些期待，时间仿佛就过得极其快。

到了放学的节点，林音下了楼，便见贺连周正站在不远处，看着她，说道："过来。"

她愣了愣，快步走到他身前。

落日余晖在眼前划出一条线，将他们的身影连在了一起。

往后的好几天，皆是如此。

他们的距离好像在慢慢变短，他的存在也渐渐变得鲜活。

林音无比喜欢。

她心里生出些念头，犹豫着该怎么说出来。

很快，周末来临。

姚蔓终于找到时间，兑现之前说的话，拉着林音去了自己的剧团。

姚蔓受母亲影响，自幼学戏，主攻汉剧花旦，如今带了不少徒弟。

她说要教林音唱戏，就一点也不含糊，在专业领域方面，她的要求很严苛。

林音此前有过一定的学习和表演经历，基本功算得上已经打牢，现下再继续学也不觉得吃力。

她能跟着培训班的学员一起练习，很是珍惜这样的机会，认真得不行。

这天他们学演的是汉剧经典剧目《打花鼓》。

林音以前跟学的师傅介绍过，这也是汉剧入门和行当定位的剧目，相传有一百零八式身段图谱，每式都有名字，诸如凤凰展翅、池边望鱼、猫子洗脸、双龙取珠等，多来自民间武术和舞蹈、传统绘画和雕塑，以及人和动物的动作。

表演形式载歌载舞。

唱腔有八板头、银妞丝、琵琶玉、倒板浆、凤阳调等。

诙谐幽默，颇为生动有趣。

林音有一段时间没唱，酝酿一番，找到感觉后，便劲头十足，在剧团没练过瘾，回到家还在唱。

当然，她只敢躲在自己房间悄悄地唱，直到她觉得口干，想下楼拿水，才出门。

贺连周上楼，途经她房间门口时，恰好见她迎面走来，口中小声地唱道："我们闹起来吧。"

他眉梢一扬，慢悠悠道："你想怎么闹？"

对上他的目光，林音一顿。

她轻咳一声，眼睛转来转去，最后锁定在楼下正在咧着嘴刨地的"别跑"身上，问："它为什么叫'别跑'啊？"

贺连周参透一切的目光睨着她，直把林音看得恨不得一头扎进土里，再也不用对上他的视线，才意有所指地道："太闹了。"

林音汗颜。

071

那之后,林音在空闲时间里都跟着姚蔓学戏,过得很充实。

三月初,高一年级、高二年级即将迎来寒假开学以来的第一次月考。

这是林音转学过来后的第一场考试,她格外重视,找夏瑶借来了上学期考试的试卷,打算研究一番学校出题的难度,心里先有个底。

"又有人去找学神要校牌了。"

"谁啊,这么有勇气。"

"我也想要。"

近来学校不少女生开始掀起了找学神要校牌的风潮。

夏瑶告诉林音,这个学神便是贺连周:"四中的校牌每年会换一次,她们找贺连周要校牌,名义上说什么为了让学霸保佑,但其实打的什么主意,大家都心知肚明。"

夏瑶话锋一转:"不过,每次考试都有人去要,但每次都没人要过来,一来二去,不知道谁先提起的,学校就有了个赌注,说要是有人能要过来,高低给那人磕三个,幼稚!"

话音刚落,她便拉着林音道:"走走走,我们也去看看。"

找贺连周,这个由头让林音有些踌躇:"我……"

"别你了,你最近那么认真地复习,不就是担心考试吗?跟着去试试呗,正好你还认识谢明川,他和贺连周可是铁哥们,说不定就要到了呢。"

林音话都没说完,便被夏瑶拉到了贺连周的教室门口。

他就站在栏杆处,挺鼻薄唇,棱角分明,嘴角似有隐隐约约的弧度,又似乎没有。任由身旁不断有人兴冲冲跑过来,再失落而走,情绪没有被牵扯一分半点。

"阿周,我也不能给吗?"

一个长相精致的女生站在贺连周面前。

"看到了吗?那人是谢明川他们班班花,程棠悦,学小提琴的,以前是二中的,为了贺连周,费了不少劲才转来我们学校。"夏瑶在林音耳边道。

林音手指一颤,不由得朝程棠悦望过去。

她看起来自信又漂亮。

但贺连周只是平淡地道:"没必要。"

他说完,眼神随意一扫,看到被挤在一旁一声不吭的林音。

贺连周走到林音面前,不易察觉地挑了挑眉,直勾勾地看向她,问:"你也想要?"

人群喧闹,林音没想到贺连周注意到了自己。

和贺连周对上视线,林音脑子有些混乱,她的心跳"怦怦"乱撞,鬼使神差地点了点头。

贺连周说:"伸手。"

林音乖乖照做。

下一秒,校牌在空中划过一个漂亮的抛物线,稳稳当当地落入她的手中。

旁边传来起哄声:"不是吧,阿周,这么偏心?"

贺连周八风不动,轻扯了嘴角:"嗯。"

"我去我去!还真要到了?谢明川这么好用?"回教室的路上,夏瑶错愕地提高了嗓门。

"其实……我认识的不是谢明川。"林音小声说,"是贺连周。"

夏瑶:"什么情况?"

林音解释道:"我现在住在他家。"

夏瑶:"你们这么大胆?"

声音都变了调。

家里的事，林音不欲多说，只道："我妈妈和他妈妈是朋友。"

手里的东西握得太紧，甚至有些刺痛，但林音还是没有松开力道，仿佛在借此疏解难以言喻的悸动一般。

直到回到座位，停顿了好一会儿，她才小心翼翼地把那个校牌拿出来，和自己的摆放在一起。

桌面上，两个校牌并排而立。

——高一（3）班林音。

——高一（1）班贺连周。

他给的是高一时的校牌。

林音不由得心想，高一时期的贺连周会是什么样呢？

不管是什么，都恍若和此时此刻的她在另一个时空重叠。

她的心底在悄声说：

——高一（1）班的贺连周，很高兴认识你。

月考成绩出来得很快。

林音排名全年级第九，班级第三。

拿到成绩单后，吴永把她叫到了办公室，鼓励说，她在还没有完全适应四中的基础上取得这个成绩已经不错了，让她再接再厉。

林音老实地点点头。

"可以呀，小同桌，虽然你很聪明，也和贺连周关系匪浅，但你这好成绩有没有可能有那么千分之一的原因是由于我拉着你去找他要的校牌起了作用呢？"夏瑶豪爽地笑了两声，道，"夸我。"

林音不擅玩闹，闻言笑了笑，商量着说："我请你喝饮料吧。"

夏瑶才不客气："行啊，怎么不行。"说完，便拉着林音一起去小卖部。

经过高三教学楼的时候，林音悄然往一处观望，脚步都不由自主地放慢了。

夏瑶拆穿她:"干吗?想贺连周啦?想他你直接去他们班看看呗。"

林音连忙否认:"不是。"

"嗨,小花旦,找阿周呢。"

说话间,身后突然传来一道声音。

林音和夏瑶一起转头,还真就那么巧,贺连周就这么出现了。

看样子是刚从篮球场出来,场景和之前好几次遇到的一样,只不过今天谢明川不在。

因为夏瑶方才的话,林音有些心虚,没吭气。

"周末一起出来玩呗?"刚刚说话的男生再次开口。

林音不知道自己这个称呼到底是怎么传出去的,但这会儿着实做不到出声纠正,目光颤颤了两下,看向贺连周。

盛宴长长地"哦"了一声:"咱周哥说了算啊。"

他又转向贺连周:"周哥,带着小花旦出来和大家一起玩玩嘛。"顺带着点评了句,"家教这么森严。"

林音脸上有些发烫,唇瓣动了动,却又反驳不出来,腮帮子微微鼓起,跟只小仓鼠一样。

贺连周兴致涌起,看着她:"你想去?"

林音斜斜地移开视线:"都、都行。"

贺连周却没移开眼。

"那就这么说定了。"盛宴拍板道,"周末见。"

又随意说了两句,一干人便往教学楼走了。

林音和夏瑶继续往小卖部去,挪开几步后,夏瑶一拍手:"不对劲!"

林音问:"怎么了?"

夏瑶喊道:"刚刚盛宴的话贺连周竟然没有反驳?"

林音了然:"原来那个人叫盛宴。"

夏瑶斜她一眼:"这是重点吗?重点是贺连周,他、没、有、反、驳!"

"毕竟是在开玩笑啦。"林音停顿了一下,笑了笑。

有些事对她来说可望而不可即,她不敢多想。

晚上回到家,姚蔓问起她考试的事情:"感觉怎么样?"

林音如实道:"还可以。"说完,不受控制地看了贺连周一眼。

贺连周回觑着她:"怎么,要奖励?"

"不……"

没等她"是"字出口,贺连周又道:"可以想想要什么。"

某个念头再次浮上脑海,拒绝的话终究没能说出来。

上楼的时候,林音犹犹豫豫,叫住了贺连周。

贺连周看她欲言又止的样子:"想好了?"

林音说话跟从竹筒里倒豆子一样,一个字一个字地往外蹦:"你能不能,帮我录一句话?"

"哪句?"

"'过来'。"

贺连周眉毛一扬,似笑非笑。

无声的对峙中,林音败下阵来:"不、不可以就算了。"

她逃进房间,重重地舒了口气。

手机铃声突然响起,她的心跳都跟着震颤了一下,缓了缓,才点击接听。

是齐梦佳的电话。

要月考的事情,林音有告诉过齐梦佳,所以后者开口的第一句话也是问考得怎么样。

林音把成绩单发给了她。

齐梦佳喜道:"我就知道我们音音到哪里都是棒棒的!"

林音心里一暖，眸中也有了温和的笑意。

齐梦佳嘟囔道："你不在我现在感觉吃辣条都没味道了，好无聊啊！我好想你啊。"

林音垂了垂眸："我也是。"

齐梦佳："那等有时间我去找你玩。"

林音说："好。"

虽然"有时间"这个说法仍然充满了不确定性，但现在的林音在经历昏暗后又照耀到了许多光辉，所以她存有希冀。

周六晚上，林音被贺连周叫出去。

路上，看着不太熟悉的街道，她没太反应过来："要去哪儿？"

"这么快就忘了？"贺连周语调不太明显地上扬了些。

林音闻言，回忆了一番，才想起来，是盛宴说要一起出去玩。

她的确不记得，觉得理亏，没有吱声。

贺连周淡笑一声。

他带着她到了一家卡丁车俱乐部，直接去了三楼娱乐活动区。

那里跟游戏厅很像，此刻十分热闹。

林音跟在贺连周身后进入了一间包厢，里面灯光很有氛围感，门旁边的墙上有一块面积不大的玻璃窗，能从里面看到楼下卡丁车区域的情形。

盛宴看到他们，便迎了过来，先冲林音打了个招呼："小花旦，又见面了。"

林音终于开口："叫我林音就好。"

盛宴看起来很配合的样子："好的，小花旦。"

林音抿唇。

"哦，对了。"盛宴接着说，"有个事得解决一下，给你磕三个是不可能了，不然我给你唱一个吧？"

林音还没明白他在说什么,他旁边的人已经给出了答案:"那个说什么能从周哥手里要到校牌,就给磕几个的,是你小子啊?不是,你跟着瞎凑什么热闹。"

"我闲得慌不行啊。"盛宴理不直气也壮,"再说了,谁能想到会突然蹦出个小花旦啊。"

他说着看向林音:"小花旦,你还没说行不行呢?"

"行个屁,话都撂下了,花旦妹妹,磕,必须让他磕。"

贺连周突然插话:"叫名字。"

几个人异口同声:"好的,周哥。"又异口同声,"林音妹妹,你说,磕还是不磕?"

林音连忙摆手:"不……不用了。"

"怎么能不用呢,别放过他,他不需要。"

"磕,让他磕。"

看热闹不嫌事大的人还在继续起哄,林音有些无所适从,求助似的看向贺连周。

一双小鹿般的眼睛又圆又亮。

对视了一会儿,贺连周喉结滚动了下,按着林音的肩膀,让她坐下,同时自己也不紧不慢地坐在了一旁。

他双手环胸,抬眼,淡道:"磕吧。"

盛宴瞪大了眼,头顶冒出一个大大的问号:"我磕你俩啊?"

空气突然静止了两秒。

贺连周略带笑意的声音响起:"嗯。"

哄闹声又恢复了。

林音心里"咯噔"一声,不受控制地朝身侧的人看去,触及贺连周的目光,视线立马后退,往外移去,看到了一个熟悉的身影——

赛道外，谢明川双手撑在栏杆上，轻而易举地将坐在上面的女生圈在自己的视野范围内，似乎说了句什么，女生穿着赛车服，又飒又酷，面无表情地推了他一把，从栏杆上跳下来，直接走了。

几分钟后，谢明川推门走了进来，大马金刀地坐下，啧道："真难哄。"

嘴上这么说，表情却看起来还挺享受的。

"都哄多久了，还没哄好。我说不对啊，你还有这耐心呢？"有人唏嘘。

"老子乐意。"谢明川笑骂，"不行？"

"行行行，谁敢说不行啊。"

林音眨眨眼，忽地想起了夏瑶说过的话，不禁多打量了谢明川一眼。

"我脸上有钱吗？"谢明川打趣，"妹妹？"

"打住。"盛宴伸出一只手，煞有介事道，"刚刚阿周说了，叫名字，都是兄弟，怎么还能搞特殊呢？"

林音抿抿唇。

"是吗？"谢明川意味深长地看了贺连周一眼。

贺连周迎上他的目光，脸上没有一丝一毫的变化。

没有人看得出来二人之间的涌动。

盛宴张罗着玩起了游戏。

两轮过后，传来敲门声，盛宴过去开门，喊道："程棠悦？"

听到这个名字，林音心里一紧。

程棠悦穿着一套极显身材的裙子走了进来，长鬈发打理得很漂亮："我能一起吗？"

几人同时看向了一位戴着眼镜的男生。

那人摸了摸鼻子："她问我们在哪儿，我就说了。"

在这样的情形下，程棠悦丝毫不觉得尴尬，又问了一遍："不可以吗？"

话问得随意，目光却是紧紧盯着贺连周。

林音的余光也不自觉地朝贺连周看过去，却见他神色淡然，像是压根没注意到落在自己身上的视线一样。

盛宴反应很快，出来打圆场道："怎么会呢？坐坐坐，都是同学。"

程棠悦在空出来的位置坐下，意图比刚才直接了些："贺连周，下周初中同学约着一起拍纪念册，你去吗？"

贺连周没有一丝犹豫："不去。"

程棠悦似乎是意料之中，也并不是真的指望他会去："我就知道你会这么说。"

贺连周没再多言，不置可否。

程棠悦抿了抿唇，有些不甘心。

林音此前和她并没什么接触，但从她表情中，能感觉出她想和贺连周多说几句，但又无从下手。

林音垂了垂眸，不知道为什么突然有些害怕。

万一有一天，自己也面临这样的场景，该怎么做？

她不自觉地看向贺连周，丝毫没料到这点害怕会在后来变成现实。

"做什么？"贺连周的声音打断了她的思索。

林音避开他质询的眼睛："没什么。"

"搞这么僵硬干什么？"盛宴热场向来有一手，"刚刚玩到哪儿了，别停啊，程棠悦你会不会玩，不会让眼镜儿教你。"

气氛再一次活跃起来。

玩了许久后，盛宴凑到林音面前，好奇地问："为什么叫你小花旦啊？是因为你也唱戏吗？"

贺连周的妈妈是做什么的，这群人都知道。

林音沉默了下，推测道："……可能……吧？"

她哪里会知道呢。

"虽欣赏水平有限，但想听。"

"我也想，能唱一个不？"

"那能随便唱吗？什么时候有机会叫我们一起去捧个场呗。"

…………

一群人你一句我一句，热情得很，林音不由得又瞟了贺连周一眼。

贺连周觑着她，有些好笑："要我帮你做主？"

"不用。"林音连忙摇摇头，收回眼，答应道，"好。"

她观察了一下程棠悦，后者似乎已经忘记了刚才的事，玩得挺投入。

林音暗中替她舒了口气。

游戏不知玩了多久，茶几上摆了些刚上的吃食。

林音盯着那份色泽诱人的小龙虾，咽了咽口水。

她已经很久没敢吃了。

就吃一个，应该没关系的吧。

她心里想着，趁着人不注意，悄摸摸地顺过来一个，熟练地剥完壳，塞进了嘴里。

突然被呛了一下。

她觉得不妙，试探着小声叫了句："贺连周。"

没人说话。

林音以为他没听清，凑近了些，又叫了一声："贺连周。"

还是没人说话。

"贺连周。"她稍微提高了点声音。

果不其然！还是没躲过——直接变成了烟嗓。

这一声一出,听到的人都朝她看了过去。

林音往后缩了缩。

看到贺连周轻轻扯唇:"继续。"

第四章
♥ 隐秘的心事

他都听到了还装没听到!

林音的耳垂攀上红晕,有些幽怨地看向贺连周,对上他稍显戏弄的眼神,被烫着般,迅速移开了眼。

又撞上别人打探的目光。

她无处可躲,只好低下了头,恨不得当场遁地而走。

模样着实有些滑稽。

贺连周莞尔,拍了拍她的脑袋,起身:"走了。"

林音赶忙跟着站了起来。

"这就走了?"

"有什么话是我们不能听的啊。"

身后的哄闹声传来,跟浸入了染料一样,将林音的耳朵整个染红。

热烘烘的。

终于来到室外,风迎面扑来,一丝一缕地窜进林音暴露在外的每一寸皮肤,凉意将热度扑散了些。

她不禁打了个寒战。

贺连周察觉到她的动作,眸底星星点点的笑意更甚了。

他放慢了脚步。

林音跟在他身后,只管闷头走,没留意到他什么时候减了速。

两人的距离渐渐拉近,夜色下一大一小两个影子纠缠在一起,摇摇曳曳,重叠又错开,错开又重叠。

突然,贺连周转过身来。

林音一时不备,差点撞上他的胸口,忙不迭后退了一小步。

贺连周看了她半晌,洞若观火似的:"埋怨我呢?"

林音狡辩:"没有。"

贺连周一语不发地看着她,像是在用眼神将她一点一点地剖开了审判。

就在林音快要招架不住的时候,听到他说:"张嘴。"

林音不明所以,下意识地照做。

贺连周右手从口袋里摸出一盒某品牌的润喉糖,单手将盒子打开,拇指和食指捏住左上角那粒,放到林音唇边,稍微一动。

含片便破开包装纸,闯入林音口中。

舌尖传来血橙的味道,酸酸甜甜的,跟橙子汽水一样。

林音一怔,他怎么会知道。

林音小时候对于辣的食物是没什么反应的,直到八岁那年的一个晚上,她正吃着林舒青做的水煮鱼,柳全喝了酒闯到家门口,林舒青不给他开门,他就到处捡东西往房门上砸。

林音被吓到,鱼刺卡到了喉咙,去医院取出来后,嗓子疼了好几天。

从那之后,她只要一吃辣的,就会突然变声,但是一两天过后又会自动恢复。

所以她和林舒青一直以为,这是定律。

后来有一次,她被邻居家的小孩哄骗着吃了辣条,喉咙不舒服,再次出现变声的情况,工作室有位顾客给了她一板润喉糖,吃完后,她的嗓音不到半小时就恢复了。

之后,林舒青就记下了那款润喉糖的品牌,在家里常备着。

不过林音懂事后,为了能唱戏,大多时候都很节制。

这已经是近半年来,她第一次又碰辣的了。

因为嘴馋……

林音有些羞于启齿。

她性格温和,极少使什么小性子,连自己都不知道是怎么了,竟然刚刚有一瞬间在想,听到自己声音变了,贺连周怎么也不问一下呢。

可也不过只有一瞬,她很快便反应过来,这个想法太不应该了,他没什么道理非得问这个。

也许,只是自己太想让他问了。

但就算如此,她也没什么立场产生这种念头,不是吗?

林音没想到这一瞬的情绪也被贺连周捕捉了去,更没想到他早就知道自己那奇怪的症状。

她感到愧疚:"你是在生气吗?"

到底从哪儿得出这个结论的?

贺连周有些好笑,但按兵不动,等着她的下一步动作。

林音伸出右手,捏住他的衣袖,眼睛低垂着,不知在看向什么地方,而后一下一下,拨弄着他的右胳膊。

跟"别跑"刨地一样的动作,只不过幅度和力道都弱化了一倍。

贺连周感觉就跟猫尾巴在自己身上轻轻拂过一样,挑眉:"干什么?"

林音嘀咕道:"哄你……"

贺连周愣了愣,没忍住笑了,和平日里无声的浅笑和似是而非的、不带任何情感的笑不同,是真的笑出了声:"你这叫哄人?"

他背着光,五官置于晦暗中,显得更加立体,漆黑的瞳仁恍若在寒冰中融入一汪春水,笑起来,水珠穿透冰面,晶莹闪烁,摄人心魂。

林音晃了晃神:"嗯。"

管不管用不知道,但从贺连周的反应来看,应该挺傻的。

"那不然。"林音虚心道,"怎么哄,你教教我。"

贺连周意味深长:"你确定想学?"

不太确定。

林音换了个留有空间的说法:"你说了我才知道。"

贺连周垂眸,觑着她,良久,才转身:"还不走?"

林音也没再在这个话题上过多停留,继续跟上他。

过了好一会儿,她才温暾道:"你……怎么知道我嗓子的事?"

贺连周不露声色地斜睨她一眼,很快收回视线:"你今天的解答次数已经用完了。"

林音没看到他这一举动,回道:"那我改天再问。"

贺连周无声地扬了下唇。

他们到家的时候,姚蔓正敷着面膜在楼下做瑜伽,看到林音便扭过头问:"回来啦,玩得开心吗?"

林音轻咳一声,有些心虚,不太敢看身旁的人:"开心。"

嗓音已经差不多恢复了。

话音刚落,便见贺稷带着一股风从外走进来,像往常一样,先上楼,往书房走,只是这次正打着电话,声音洪亮道:"有什么好开心的?你以为我跟你一样闲得脑子生锈去拼什么鸟毛?还不快点给我滚回来。"

林音僵在原地。

贺稷还在继续对着电话另一头的人数落,感受到什么一样,转过头,看向林音,补充了句:"不是说你,不要对号入座。"

然后没停留,又往楼上走。

姚蔓点评道:"好别扭一男的,要不是我,他这辈子估计都得单着。"

林音笑了笑。

这段时间接触下来,她也大致了解了贺稷的性格。虽然不苟言笑,但人很好,想照顾别人情绪的时候,很敏锐。

就像刚刚让她不要对号入座一样。

"哦,对了,过几天家里人要一起吃个饭,阿周他奶奶说想见见你,你愿意跟我们一起去吗?不想去也没关系的,你自己决定。"姚蔓提起。

身边的人都对自己很好,所以尽管有些局促,林音还是道:"我可以的。"

"好,到时候我们一起。"姚蔓交代说,"老太太人挺好相处的,不用紧张。"

林音点点头。

"时候不早了,快去休息吧。"

"好。"

和姚蔓说完晚安,林音看向贺连周。

还没开口,贺连周便率先一步,往楼上走。

林音跟上去。

到了二楼转角,贺连周说:"接着。"

有什么东西朝自己投了过来,林音下意识地伸手,稳稳当当地接住。

是那盒润喉糖。

她迟钝了一秒,贺连周已经走开了。

林音看着他的背影,想起来,好像忘了说谢谢。

下次再补上吧。

这么想着,她回到房间,先把书桌上的课本整理好放进书包里,然后不由得拿出那个润喉糖的盒子,想起晚上发生的事情,嘴角缓缓翘了起来。

她忍不住拿起笔,在盒子内侧,不起眼的角落,一笔一画地写上——

贺、连、周。

从那天起,只要一闻到橙子的味道,她便会想起他的名字。

月底的时候,贺家人一起回老宅吃饭。

林音和"别跑"一起被打包带了过去。

老宅和贺连周他们家离得不远,是贺连周的爷爷奶奶还有二叔在住。

他们到院里的时候,两位老人便出来迎接。

贺连周的奶奶名叫岑秀英,长相大气,慈眉善目,一看就是个好脾气。

爷爷叫贺常圣,话同样不多,但面相也十分和蔼。

姚蔓拉着林音上前,先叫了声"爸、妈",又道:"这个就是音音。"

林音跟着叫人:"爷爷,奶奶。"

"哎哟,长得可真漂亮,还是女孩子好啊。"岑秀英摸了摸林音的头,慨叹一句,视线移到自己亲孙子身上,水端得很平,"当然,像我们阿周这样的男孩子也很好。"

想起家里几个孩子的性格,她又不禁唏嘘:"要是能活跃点就更好了,老贺家就小渝一个活泼的。"

贺稷在一旁冷哼:"像贺渝一样?像他一样就完了,还不如直接把缺心眼写脑门子上。"

"不是,大哥,你不是都漂洋过海在电话里骂过了吗?怎么见了面还要骂呢?"贺渝打着哈欠出来,就听到这么一句,不满地反驳。

他伸手去揽贺连周的肩膀,冷棕色的羊毛卷睡得乱糟糟的,看起来年龄和高中生没什么差别,开口却道:"大侄子,好久不见,二叔为你精心准备了一份礼物,是我最近最最最满意的作品。"

贺连周看都没看他:"不用。"

贺渝也不气馁,眼睛转向林音,凑过来,摸着下巴:"那这位小朋友呢?"

林音还没开口。

贺稷便道:"没人想要你那鸟毛。"

"我再说一次!那才不是什么鸟毛,那叫艺术。"贺渝直起身为自己正名,看了一圈,"明川呢?怎么还不来接见他最爱的舅舅我。"

谢明川?

虽然林音之前在贺连周家里见过谢明川好几次,但大多情况下他都没待多久,也没人刻意提起,她到今天才知道原来他和贺连周还是表兄弟。

林音又不自觉地看向贺连周。

贺连周回望着她,用眼神示意:怎么?

林音摇摇头,没说话。

岑秀英亲切地抓着林音的小手,一群人走进客厅,迅速形成了泾渭分明的阵势。

一边是贺常圣为首的贺家祖孙三代,各自坐着,大半天蹦出来一句话,谈及的还都是正经到不能再正经的话题。

一边是以岑秀英为中心的婆媳二人和自觉跟过来的贺渝,围在一起,八卦聊得热火朝天,唯有林音是个例外,安安静静地听着。

谢明川姗姗来迟:"怎么着?你们贺家终于要分家了?"

岑秀英嗔道:"这浑小子,又去哪儿闯祸去了。"

谢明川笑:"老太太,我人都来了,就别念叨了吧。"

聊了几句,岑秀英张罗着边吃边说。

餐桌上,炮火率先对准的就是谢明川。

贺常圣和贺稷你一句我一句地抖落着他惹了什么事、叫了几次家长,前者更是数落两句,便得加上一句:"你得多和阿周学学。"

贺渝在一旁跟捧哏似的,喊着:"对对对。"

摆明了添油加火。

贺连周脸上不见任何情绪，跟个局外人一样。

谢明川显然对这场面已经免疫了，插科打诨："得，我小舅舅不在，就逮着阿周一个人夸呢。这不家里难得有了个乖的，你们倒是发挥发挥。"

感受到他投过来的目光，正在埋头吃甜品、置身事外的林音："嗯？"

有些蒙。

看到她睁得浑圆的眼睛，贺连周嘴角扬了扬。

贺稷没那么好打发，还是看着谢明川："说说，你怎么打算的？"

贺渝："出国读书？"

谢明川："不去。"

贺稷一脸严肃："那你想干什么？"

谢明川："吃饭。"

贺稷哽了一下，将矛头转向贺渝："坐直了！吃个饭头恨不得埋桌子上，怎么不直接把脑子吃了。"

贺渝："……怎么了呢？现在狗路过都得被踢两脚是吗？"

贺稷不理他，目光继续在餐桌周围轮转，自动略过姚蔓，来到了林音这里。

林音正襟危坐，准备听他"训话"。

贺连周没错过她的表情，又一次扬了扬唇。

贺稷轻哼一声："我有那么可怕？"

林音摇头。

"行了。"见差不多了，岑秀英出来控场，"你可不可怕，自己心里没点数？你们说老大小时候也不这样啊，怎么长着长着比他爸还像个爸呢。"

"就是。"姚蔓接茬，"当年刚认识的时候，那可是一口一个姐姐地叫着。"

贺稷脸上红一阵白一阵的："你提这干什么。"

他夹起一块桂花糕塞进姚蔓嘴里："吃你的。"

所有人都笑了起来。

林音也有些忍俊不禁。

看得出来,大家的感情都很好。

吃完饭,贺连周和谢明川在院子里吹风,问了句:"决定了?"

谢明川跟炫耀似的,半边眉挑起:"不然?"

贺连周:"呵。"

林音正同岑秀英和姚蔓坐在一起聊着天,"别跑"趁着人不注意,从茶几上叼了盒巧克力,就往院里跑。

怕它会吃下去,林音慌忙追了上去。

然后便见那圆滚滚的家伙,冲到贺连周身前,把嘴里叼着的东西递给了他,欢快地摇着尾巴,用头在他腿上蹭来蹭去。

谢明川点评了句:"挺有良心。"

贺连周看了一眼跟上来的林音:"是挺有良心。"

林音一噎。

怎么感觉他是意有所指呢。

没等她细想,就听贺连周淡淡补充道:"知道不乱埋怨人。"

林音再次噎住。

好了,不用感觉了。

林音认错很积极:"对不起。"

这么不经逗?贺连周慢悠悠地叫了声她的名字:"林音。"

他道:"我说怪你了?"

语气轻飘飘的。

林音看过去,只见谢明川也在满是戏谑地盯着她。

她有些不好意思了:"没有。我……先过去了。"

说完就溜。

还没走两步，电话响了，林音接起电话，是齐梦佳打来的，电话那头她欢呼道："音音！我可以去找你玩了！"

上次齐梦佳说一定会来京北找她，没想到这么快。

林音又退了回去，看向贺连周："我朋友要过来，可不可以……"

她有些说不出口。

贺连周已经明白了她的意思："你自己做主就行。"

林音很开心："谢谢你。"

那是贺连周第一次见到她略显激动的样子，眉眼笑开来，弯弯的，一张小脸格外生动。

他难得失了神。

林音看不出他在想什么，又说了一遍："我过去了。"

看着她走远，谢明川"呵"了声："贺大少爷这么善良呢。"

贺连周没理会他这阴阳怪气的话，平静无波地睨了他一眼，又看向林音的背影。

想起她刚刚流露出的欣喜的表情，不知怎么，就回忆起了那晚从她口中散发出的润喉糖的气味。

芳香的，活力四射的，就像饱满的果粒在跃动最欢快的时候炸裂开来。

他突然，有点想吃橙子了。

林音其实不知道为什么自己会在第一时间内想的是问贺连周。

明明她很清楚，即便他同意了，她还是会去征求姚蔓的意见。

能不能让齐梦佳来家里，毕竟也需要家长的允许。

她只是不假思索地先找到了贺连周，就好像潜意识里觉得，从他那里得到肯定后，自己就多了些被支持的底气一般。

事实仿佛也确实如此。

林音去和姚蔓说了这事。

姚蔓立马就同意了:"可以呀,当然可以,几号来呀,到时候让庞叔去接她。"

"谢谢阿姨。"林音笑了笑,心底开始期待和齐梦佳的见面。

齐梦佳来京北的时候,是三月下旬,天气转暖,风也变得温和起来。

她赶很早的航班,为了能尽快和林音见面。

林音和庞叔一起去机场接她。

一见面,隔老远,齐梦佳就冲过来抱住了她:"音音!我终于见到你了!呜呜呜!"

林音老老实实地任她抱着,嘴角漾起好看的弧度。

过了一分钟,齐梦佳才放开她,礼貌地向一旁的庞叔打招呼:"叔叔好。"

"好好好。"庞叔乐呵呵地接过她的行李箱,"快上车吧。"

一起上了车,往贺家去。

齐梦佳和林音坐在后座,絮絮叨叨地同她说着平安镇的事:"我跟你说,你转学后,老郑整天在班里念叨你,本来你不在我就很难过了,他还非得一天一天地戳我伤心事,难怪我老是听不下去他的数学课。

"还有就是学校门口那个卖炸串的王婶,你猜怎么着?她一个人这么多年,最近突然闪婚了,还让我给你带了喜糖来着。

"还有还有……"

齐梦佳像以前一样,话匣子一打开就跟只小麻雀一样,说得眉飞色舞。

林音也像往常一般,静静地听着她讲,只在她提问时,配合地作出回答。

气氛和谐而美好,恍若又回到了在平安镇那些无数个就着日月星辰闲谈玩闹的时刻。

说着说着,齐梦佳变得有些失落了:"我真的好想每天都能见到你。"

093

林音抿了抿唇："我也是。"

"没事，我们开视频也是一样的。"齐梦佳又先一步宽慰道，"我本来想五一放假再来找你的，那样还能一起多待几天，但有点等不及了。"

还有就是，毕竟林音现在住在贺家，她怕待久了会让林音为难。

这点她不打算说出来。

齐梦佳继续道："京北都有什么好玩的？你可要带我去转转。"

林音被她的情绪感染："好。"

说话间，到地方了。

齐梦佳刚刚还在滔滔不绝，下了车就开始有些紧张了，说："这就是……他家啊？"

这个"他"指的是贺连周。

自从那天林音被他从平安镇带到京北，齐梦佳就经常性这么指代。

林音点点头。

"说实话，我之前是有和我爸妈说过……让你跟我们一起生活的。"齐梦佳纠结了片刻，还是决定说出口，"但我妈说，可能留在京北对你来说，会有更广阔的天地。"

她故意开玩笑，张开双臂道："现在看起来确实挺广阔的。"

林音明白她心里一直觉得没能帮到自己，而感到愧疚，应和地"嗯"了一声。

"梦中情房！你快打听打听多少钱，看什么时候买一套，然后我就跑来抱你大腿！"

齐梦佳挽着林音的胳膊："我这个穷鬼怕是靠不住了。不过也不一定，万一广大亲朋好友愿意祝我一臂之力呢。你看啊，我来找你的时候，茶楼老板还说要赞助我呢，但是我哪能要他的钱呀，嘿嘿，我自己攒的钱，来给你一个惊喜。"

她拍拍自己的小包:"我可是把全部身家都带来了,不知道够不够在这里耍两天的,要是不够的话,你可得养我。"

林音温柔地笑了笑:"好。"

贺连周走过来时恰好听了那么一两句,视线从林音一张小脸上划过,见她一副信誓旦旦的样子,唇角不露声色地动了动。

谁养谁啊。

见他慢悠悠地靠近,林音直直地望过去。

贺连周也不避讳她的目光,就那么回望着她。

直到要擦肩时,林音先耐不住这阵仗,睫毛眨了两下:"你要去补课吗?"

贺连周没回话,仍然盯着她:"怎么?"

林音轻咬了下唇瓣:"那你好好补。"

贺连周没吭声。

林音后知后觉自己说了句废话,对他来说补不补似乎都无所谓,她窘迫地不再出声了。

齐梦佳就站在林音身侧,自然也能感受到贺连周的注视,弱弱伸手道:"哈喽。"

贺连周稍一颔首,算是回应,没再过多停留。

他刚一走开,齐梦佳便吞了吞口水,抓住林音的胳膊,声音很小,但语调极重:"他刚刚是不是冲我点头了?"

林音点点头。

"太可怕了。"齐梦佳拍拍胸口,"虽然这人长得贼好看,也不是那种大冰山的类型,可怎么就是给人一种走不进他的世界的感觉呢。"

林音认真道:"没有吧,他人很好的。"

"不对劲。"齐梦佳跟个侦探一样凑近她,"你看他的眼神很不对劲。"

林音目光躲闪,为了防止齐梦佳再说出什么,忙开脱道:"快进去吧,姚阿姨快回来了。"

"小音音,你心虚了是不是?"

"没有的。"

"还装?"

"真没有的。"

直到姚蔓出现,林音才好不容易把齐梦佳唬住,手心都要捏出一把细汗了。

姚蔓为人亲切,齐梦佳和她说了两句话后,刚到时那点不自在很快退散,跟她聊了起来。

"晚上就住家里吧,你想和音音一起住还是?"姚蔓关怀道。

齐梦佳忙回:"谢谢阿姨,我和音音一起睡就行。"

姚蔓:"行,那你们把东西放下去转转吧,正好现在时间还早。"

林音和齐梦佳同时应声,把行李放回房间后,就出了门。

来京北后,其实林音并没怎么出去逛过,对这里也不是很熟悉,还是因为齐梦佳要过来,她专门问夏瑶要了攻略。

齐梦佳只要一玩起来就格外兴奋,没多久,便成了她带着林音到处跑。

两人去的地方挺多,但每一处都没有长时间停留,齐梦佳最大的乐趣就是拉着林音各种拍照。

逛累了,她们便在河边散步。

河岸边的步行道上,山桃花漫出栅栏墙,一团一团的粉拥簇在一起,空气都被浪漫笼罩。

林音微微仰头,闭上眼,深吸一口气,桃花的香味袭来,她唇角含起浅笑。

"音音。"

齐梦佳突然叫了一声。

林音循声看去,只见她跑远了些,正对着她拍照。林音正欲开口,听到齐梦佳制止道："你站着别动，我再拍两张。"

拍完后，齐梦佳翻开相册，极其满意："我可真会拍！音音你太好看了，看看这几张，你好靓，我好爱！"

林音被她夸得有些不好意思。

齐梦佳出主意道："你快发个朋友圈，给咱们平安镇的人看看呀，让他们相信你确实挺好的。"

林音觉得她的话有道理："好。"

贺连周单手撑着头，百无聊赖地盯着桌子上的试卷，不知在想什么。

这周伊始，高三年级安排了周六补课。下午结束的时间早，贺连周他们班静悄悄的，大部分人在埋头刷题。

盛宴一行人刻意放低了声音，走到贺连周位置所在的窗边，"呲呲"了两声。

闻声，贺连周目光不疾不徐地移过去，动作轻慢地起身。

他的同桌自动给他让出了位置，顺带问了一句："你测试题都做完了？"没等到回答，往一旁扫了一眼，惊悚道，"你什么时候写的？"

明明都没怎么见他动笔啊？

贺连周不语，随意地冲他摆了下手。

"阿周，一起去玩呗。"盛宴转了转手中的球。

哪怕人已经出来，被搭着肩膀往楼下走了，贺连周还是无情拒绝："不玩。"

"行吧，我们自己来。"盛宴耸耸肩，"川儿又没来，肯定是去找韩似了。"

贺连周不置可否，垂眸摆弄着手机，不小心点到微信里"发现"一栏，看到林音的头像，鬼使神差地，他近一年，头一次点开朋友圈，映入眼帘的是排成九宫格的照片。

中间那三张明显是抓拍的，少女转头看过来，皮肤在阳光下白得发亮，颧骨处那颗小小的痣若隐若现，一双眼睛无辜又灵动。

贺连周眉梢一扬。

"阿周,你的小尾巴呢?"就在这时,有人打趣道。

"什么毛病,老给人取外号。"盛宴纠正,转而道,"不过还挺可爱的。"

贺连周睨他一眼。

盛宴叫道:"阿周你这什么眼神?我怎么感觉那么意味深长呢。你不会是对林音妹妹有什么想法吧?你放心,虽然她是我的理想型,但要是你有意思的话,我只能忍痛成人之美了。"

贺连周没像以前一样漫不经心地听着他们的玩笑不参与,觑着他:"我需要你成人之美?"

盛宴无语。

那倒确实不需要。

盛宴不服,煞有介事:"可你让我美了。"

其他人无语。

没再理会这二百五,贺连周想起什么:"你们家有新出的录音笔?"

"有啊。"盛宴道,"录音笔?你要这玩意干吗?"

"逗猫。"贺连周意有所指,又缓缓补了两个字,"尾巴。"

"它怎么叫'别跑'?"

回到贺家,林音和齐梦佳同姚蔓一起,坐在花园里煮茶。

"别跑"穿着一件黄色冲锋衣,围着她们三个人来来回回地撒娇,摇头晃脑的,看起来颇为讨喜。

齐梦佳忍不住摸了摸它的脑袋,问道。

这算是把林音之前想问的问题给说出来了,林音不自觉地看向姚蔓。

姚蔓道:"阿周没和你说过吗?"

林音迟疑道:"说过。"

姚蔓："他怎么说的？"

林音："……太闹了。"

"你听他瞎说。"姚蔓笑着轻轻拍了一下"别跑"的背，"这小家伙刚被我们带回家的时候，生了场病，不吃不喝，没有一点活力，后来阿周就给它取了这个名字，寓意永远不要离开。"

永远不要离开。

林音不由得想起了妈妈。

齐梦佳料到她会联想，拿出手机凑近姚蔓："阿姨要不要看看我们今天拍的照片，可好看了，音音你快过来。"

姚蔓立马就领悟到了她的用意，配合地看向她的手机屏幕。

照片是真的好看。

姚蔓越看越喜欢，一张张地翻过去，连连说着自己赶明也要去拍几组。

气氛被她带得活跃起来，林音那点低落的情绪也被悄然掩盖。

突然翻到一张以前在平安镇的旧照，姚蔓感叹道："这衣服真好看。"

齐梦佳骄傲道："这还是音音做的呢。"

"是吗？"姚蔓欣喜，"音音还会做衣服呢？"

林音没多讲，点了点头。

齐梦佳替她补充："音音小时候跟着林阿姨学做戏服呢，她手可巧了。"

"哎。"姚蔓一拍手，"那可以在一楼给你辟出一个专门用来做戏服的房间呀，你要想继续学，我给你找老师。"

"不用的。"林音连忙摆摆手，太麻烦了。

"当然用的，你传承了外婆和妈妈的手艺，肯定也想把它好好发扬下去对不对？"

的确如此。

林音心底的想法被戳中，不再推辞，感激道："谢谢阿姨。"

"这孩子，这么客气干什么。"姚蔓想起往事，"哎，我以前也想让阿周跟我学唱戏呢，但是他从小就挺难琢磨的，我把他带到剧院去看戏，想激起他的兴趣。"

结果，姚蔓看得格外兴奋，问贺连周高不高兴时，他却一脸平淡，抬眸，看向激动的她："有什么好高兴的。"

"你们能想象那个表情吗？有那么一瞬间我差点忘了他是我三岁的儿子，还以为他是我四十几岁的爹。我一开始以为他是对戏不感兴趣，后来才发现，他是什么都不感兴趣。"

偏偏，又好像什么都尽在掌握中一般。

姚蔓说得绘声绘色，齐梦佳跟着愉悦地笑起来。

林音眉眼间也染上笑意。

提起贺连周……

林音看向门口的方向——已经很晚了，他还没回来。

直到被姚蔓催促着去休息，贺连周的身影都没出现。

回到房间，打开门的瞬间，林音听到了楼下的动静，脚步一停。

"干什么？想见贺连周啊。"齐梦佳伸着头往楼下看，打趣。

"佳佳！"林音连忙进到房间内，关上门，耳垂泛起烫意，"你别乱说。"

"我有乱说吗？"齐梦佳盯着她，又重复了一遍，"我真的有乱说吗？"

林音说不出话来了。

耳朵快要被烧化了。

好一会儿，她嘴巴动了动，在脑海中搜刮着措辞，给自己找理由："我那是……那是因为之前冤枉了他，所以……"

所以怎么着，她又继续不下去了。

"那你说说，你是怎么冤枉他的？"这件事林音之前没有告诉齐梦佳，齐梦佳颇感兴趣地问起。

林音把前几日发生的事情告诉了她。

"你肯定对他有什么不一样的心思！"齐梦佳斩钉截铁，"不然你为什么那么在乎他的做法？"

"音音，完了，你是不是沦陷了？"

沦陷？

林音似被什么击中般，呼吸一颤。

在那个十六岁的春天，少女隐秘的心事迅速蔓延。

第五章
♥ 玫瑰火焰

贺连周到家的时候,姚蔓正打算开启自己当日的瑜伽训练。

听到声音,她看了他一眼:"音音她们上楼了。"

他有问吗?

贺连周眼波微动,没说话,准备往楼上去,刚迈上一个台阶,突然想起什么,朝姚蔓看了过去。

林音被齐梦佳拉着八卦了大半个晚上,最后只能装睡来躲避她的追问,却在她睡着后,几乎一夜无眠。

到了第二日清晨,她也毫无困意。

齐梦佳醒来,捧住她的脸,惊呼道:"你不会一直没睡吧?黑眼圈都冒出来了。"

林音有些心虚。

"我们音音真的长大了,都知道想这些事了。"齐梦佳故作沧桑地感慨道。

林音伸手,轻轻拨弄了一下她的胳膊:"佳佳。"

讨饶似的。

齐梦佳知道她脸皮薄,及时终止道:"好了好了,我不说了嘛。"

起床洗漱完,两人一起下楼,早餐已经摆上了餐桌。

贺稷出去和商业伙伴应酬了，不在家，姚蔓热情地招呼着她们俩过去。

贺连周闲散地坐着，举止非常从容。他今天穿了件机车服，和平日里的风格稍微有所出入，但丝毫不违和。

林音像往常一样，走向他身侧的位置，脚步犹豫了一瞬，才落座，不敢看他，微垂着头，有些出神。

"音音。"姚蔓叫了她一声。

林音没有反应。

贺连周斜睨过去。

"音音。"齐梦佳也跟着叫了一声。

林音终于回神："嗯？"

"想什么呢？这么认真。"姚蔓示意，"快吃，不然就凉了。"

林音不知怎么的，下意识地看向了贺连周。

撞上他的目光，飞速转过头，抓住手边的牛奶就往嘴里送。

"哎……"旁人的提醒没来得及出口。

林音烫到了舌头。

贺连周一瞬间就反应过来，递了一杯凉水到她嘴边。

林音顺势拿过喝了两口。

舌尖在凉意袭来下，得到了缓解。

林音又抿了一小口。

余光中看到贺连周骨节分明的手指，脸上隐隐开始发热。

"哎呀，真好。"姚蔓双手握在一起，"我早就幻想过有了女儿后，就像这样，兄妹两个和谐有爱，多美好的画面。"

仿佛一盆凉水当头泼上来，林音一颗心急剧地坠落。

兄妹二字恍若在她和贺连周的关系之间横亘了一把锁，将他们的距离固定在了一个亲近却又难以逾越的境地。

她怎么就差点忘了，最初，姚蔓让她管贺连周叫——哥哥。

林音垂下眼睫，把水杯接了过来，低声说："谢谢。"

尽管有意克制，但声音里的失落还是露出了端倪。

贺连周微不可见地蹙了下眉。

早餐结束，林音和齐梦佳再次出门。

林音有些不在状态，齐梦佳自然看得出来，关切道："怎么了？"又补充，"跟我可不许藏着掖着。"

林音轻抿唇瓣，不知道该怎么说出口。

齐梦佳试探："和……贺连周有关？"

林音顿了顿，才开口："姚阿姨说……让他，做我哥哥。"

齐梦佳也不知道说什么好了。

气氛僵硬了片刻，齐梦佳摆手道："哎呀，姚阿姨不过就是那么一说嘛，又没说不让你们有其他关系，对吧？"

是这样吗？

林音忍不住细想。

"你不要想太多，遵从内心就好啦。"齐梦佳开解。

不想影响她的情绪，林音缓了缓气，勉强笑了笑。

她控制自己不再提起什么乱七八糟的想法，跟着齐梦佳一起闲逛。

齐梦佳又在京北待了一天半，为了课程考虑，必须要回去了。

临走前，姚蔓递给了她一个大红包。

齐梦佳和林音对望一眼，局促道："阿姨，这……"

"拿着！这是我们家的传统，有人来做客，回去的时候得给包红包的。"姚蔓说得煞有介事，"有大师算过了，要是不给，家里恐怕有人要散财。"

齐梦佳："呃！"

林音:"嗯?"

姚蔓:"散财这种事情可大可小,万一来个大的,不可怕吗?"

齐梦佳赞同地点头。

姚蔓:"那就收着。"

"……那好吧。"齐梦佳硬着头皮,把红包接了过来,"谢谢阿姨。"以后有机会再补还回来吧。

姚蔓抱了她一下:"下次再来玩呀。"

齐梦佳笑:"好呀。"

依旧是林音和庞叔送她去机场。

两人一离开,姚蔓便转头看向了自家那位高深莫测的儿子,问:"满意吗?大师?"

贺连周没回话,淡然地同她对视,隔了两秒,唇角轻扬了一下。

"我的天,姚阿姨给得也太多了吧,我有点慌。"车上,齐梦佳抓着林音,放低了声音说,"这算是什么意外之财吗?那最近除了家长,可别再有什么一百以上的钱砸我头上了,我胆小,疑心重,很容易睡不着的。"

林音眼神一闪,她本来还打算想个办法,把这次出行的费用补给齐梦佳的。

齐梦佳家里经济大权都掌握在她那个强势的嫂子手中,虽然她没说,但林音清楚,她的零花钱应该挺难攒下来。

她这么一说,林音的打算似乎短期内不好实现了。

齐梦佳应该会比平常更不容易接受。

齐梦佳没注意到林音的异样,赞道:"姚阿姨人也太好了,活该她越来越有钱。"

一到机场,齐梦佳就跟自动熄火了一样,再多的话也骤然止住,摆手道:"下次见了。"

林音说:"下次,我回去。"

齐梦佳:"那我等你。"

105

送齐梦佳离开后,林音回学校上课,恍然生出一种不真实感。

回到家后,她坐在花园中,没来由地想起了贺连周,不知怎的,总觉得姚蔓给的那个红包和他有关。

是……因为脑海中一直在想他吗?

她有些恍神,"别跑"凑到她身前,拿脑袋不断地拱她。

林音缓慢地叫道:"'别跑'。"

"嗷呜!"

"'别跑'。"

"嗷呜嗷呜嗷呜!"

像是寻到了什么乐趣,她又叫了两声,而后静下来,停顿了一下,轻轻道:"贺连周。"

"别跑"叫得欢快。

林音却觉得周围慢慢地静了下来,仿佛只能听到自己的声音,又叫了一遍:"贺连周。"

贺连周从她身后走过来,恰好听到这声,垂眼,睨着她的头顶,问:"叫我干吗?"

林音仰头往身后望,贺连周正以俯视的角度,目光紧紧地盯着她。

僵持了一秒,贺连周好整以暇:"怎么不叫了?"

林音脸色绯红,支支吾吾,没说出话来。

每当看到她这副模样,贺连周总是饶有兴趣:"就这么停了?"

他还说!

林音无地自容:"我……我不是故意的。"

贺连周轻轻挑眉:"所以?"

没什么好所以的。

林音脑袋垂了下去,似是想以此来躲避回话。

贺连周轻轻扯了扯唇角，右手食指和无名指灵活地一转，手里的东西便调了个个儿。

动作流畅又自然。

他道："拿着。"

什么？

林音顺势抬眼，看到他手里的东西，愣了一下，是录音笔。

脑海中不由得回想起之前说过的话——

"你能不能，帮我录一句话？"

"哪句？"

"'过来'。"

难不成……

林音抬起头的幅度不由得大了些，直直地看着贺连周。

贺连周读出了她的潜台词一样，回道："自己录。"

这要她怎么录啊。

林音心里小小腹诽了一下，当然，也只敢在心里。

贺连周目光不移地观察了会儿她的表情，就知道她在想什么，唇角的弧度加深了些，转身要走。

林音突然提高嗓音叫道："贺连周。"

尾音落下的瞬间，她偷偷按下了录音笔的按钮。

贺连周将她的小动作尽收眼底，脸上的表情丝毫未动："嗯。"

清冽的、低沉的、磁性的声音，从喉咙里漫出。

构造出了那支录音笔悄然无声地吞入的第一个字。

樱花花期将至的时候，姚蔓当真在一楼给林音打造了一个专门制作戏服的房间，各种工具都准备得相当齐全。

本就是出于学习和钻研的目的，所以并不需要赶时间出成果，可以细细打磨。

林音把林舒青收藏的戏服,还有一些未完成的设计图纸全部搬了进去。

其中有一套婚服的刺绣林舒青只绣了一半便离去了,林音思索了良久,觉得妈妈肯定希望每一套经手的衣服都能够完工,因此她打算尝试着完成接下来的工艺。

她极其投入,课外的时间除了学戏,便是将自己锁在这个房间里,不骄不躁地、一针一针地精心刺绣。

恍惚间,好像和林舒青认真忙碌的身影重合在一起。

林音觉得很充实。

"什么时候也给我做一套呀。"姚蔓如此说道。

林音笑应:"好。"

那她会很高兴、很乐意的。

"有个女儿可真好。"姚蔓不知道第几次发出这样的感慨,幽怨地看向贺稷,"我就说要是再要个女儿多好。"

贺稷端起咖啡喝了一口,假装没看到。

姚蔓又说:"还好我现在有音音了。"看向贺连周,故作抽噎,"万一哪天我老了,身娇体弱,被儿媳妇欺负,还能去投奔音音。"

贺连周闻言,目光不由得从林音脸上掠过。

不过林音并没注意到这一细节,听到姚蔓的话,她呼吸一颤,垂眸,有些失神。

她不能想象那一天——看着贺连周结婚成家,她单单是想想,就觉得心脏被紧紧地揪了起来。

"音音不会不愿意吧?"姚蔓玩笑道。

"不……会。"林音艰难地说出口,试图牵牵嘴角,却连勉强的笑容都营造不出。

贺连周睨着她一张心事重重的小脸,一改往日旁观的态势,打断道:"哪天排练？"

姚蔓他们剧团过几日有场演出，她在家里说过，但这话从贺连周嘴里问出来，就有些出乎意料了。

姚蔓奇道："你什么时候关心这个了？"

不等贺连周回话，她便接着说："后天，哎，对了，你之前是不是听音音唱过，感觉怎么样？"

林音提起一口气，期待着他的回答。

贺连周的眸光还在林音身上，轻飘飘地道："不记得了。"

林音不禁垂了垂头。

然后贺连周的声音便从对面传来："你好像有意见？"

林音摇头："没有。"

"那就是的确有了。"

林音："嗯？"

才不是呢！

林音看过去，有些难以置信会被如此曲解的眼神，却正好对上贺连周平静的眸光。

她怔了怔。

他好像是……故意的？

林音嘴巴动了动，一时竟忘了自己要说什么，脑袋转了转，转移话题似的告诉姚蔓，清明节的时候想回平安镇一趟。

"清明，阿周是不是也放假来着？让他跟你一起吧。"姚蔓说。

林音踌躇了一下，潜意识里告诉自己也许应该是拒绝的。接近贺连周这件事，诱惑力太强，她怕自己会就此上瘾，可又当真拒绝不了。

最后，她还是道："好。"

言毕，不经意再次和贺连周对视。

贺连周不冷不热地"哦"了一声："现在没意见了。"

怎么还在歪曲她的话！

明明应该很有理由反驳的，可她因为存了别的心思，没那么多底气。

林音眼神闪烁，避开回答。

贺连周嘴角微微一扬。

彩排过后，姚蔓他们如期开展了正式的演出。

因为并不算是剧团的正规学员，林音没有参与，不过，她和贺连周一起去了剧院，看了姚蔓的表演。

现场气氛和舞台效果极佳，林音沉浸在其中，情绪被带动，一双眼睛亮晶晶的。

贺连周闲适地靠在椅背上，整个人的状态非常悠然，稍一斜眼，将她的表情看得一清二楚，轻轻扯了下唇角。

林音余光中注意到他这一举动，身体僵了僵，调整了下面部表情，坐得笔直，跟小学生刚被教导上课坐姿一样。

贺连周这下直接没忍住轻笑了一声。

林音身体更僵硬了。

他在笑什么呀？

她浑身不自在，只好没话找话，试图缓解："明天就放假了。"

贺连周："所以？"

林音："你开心吗？"

贺连周一顿。

林音也一顿。

她在说什么呀？

"林音。"贺连周拖着调子，慢悠悠地提醒，"看你的戏。"

"噢。"

刚刚那句话开口的后一秒，林音就后悔了，她连忙正襟危坐，不敢再胡言乱语了。

贺连周瞧着她的动作，眉梢的愉悦稍浓了些。

两三秒过去，林音总觉得还是如芒在背，几乎是不吐不快地补了一句："我看着呢。"

半晌，贺连周"嗯"了一声。

嗓音里包裹着明显的笑意。

知道了。

演出结束后，便到了清明假期，林音跟着贺连周一起，回了平安镇。

齐梦佳有林音家的钥匙，得到消息后老早就帮她把家里好好收拾了一遍。

林音和贺连周到的时候，房间里还散发着淡淡的栀子花香。

"你看！那盆幸福树还被我养得翠绿翠绿的，就说小齐师傅顶呱呱很可靠吧，林老板，快快打钱。"齐梦佳指着客厅一角的发财树盆栽，逗趣地拍拍胸脯说。

林音温柔地笑笑。

那棵幸福树是林舒青带着林音一起挑选买回家的，如今已有五年了。

上次和姚蔓一起回来时，林音就问齐梦佳愿不愿意带回家去养，但齐梦佳坚持继续放在林音家里，并且经常过来照料，把它养得极好。

"你……"齐梦佳偷瞄了一眼贺连周，见他神色难辨的样子，忙收回视线，紧盯着林音，不太自然地加了个"们"字，"等下要不要一起去我家吃饭？"

林音去过她家很多次，已经习惯了，但她感觉贺连周是绝对不会习惯的，于是道："不用了。"

齐梦佳自然听得懂她的意思，也颇为认同："那我们出去吃？"

林音再次看向贺连周。

贺连周一扬眉："又要我帮你做主？"

林音立马转头，冲齐梦佳："好的。"

齐梦佳："呃？"

贺连周淡笑了一下。

三人一起去了当地一家特色餐馆，点了些清淡的食物。

最开始那段压迫感过去后，齐梦佳逐渐适应了贺连周的存在，滔滔不绝地拉着林音聊了起来。

林音适时地回应着她，贺连周在一旁不发一言，偶尔视线从林音身上扫过。

气氛倒也不错。

吃完饭后，齐梦佳要回家帮她妈妈带她哥嫂的儿子，得暂时和他们分开。

"想我小小年纪，竟被孩子束缚了手脚。"齐梦佳叹了口气，做惆怅状地一摇头，摆手道，"走了，等会儿我再找你玩。"

林音望着她的背影，有些心疼。

贺连周看她的神情便能猜出一二，打断她的思绪："走吧。"

林音下意识地点点头，跟着他走，走了好一会儿，回过神来："能不能去一下茶楼？"

贺连周睨着她。

林音眼睛直勾勾的，满是期待。

贺连周淡然收回视线："不能。"

林音眨眨眼，呆了呆。

贺连周往前走了两步，气定神闲地回头："还不走？"

"走。"

林音这才反应过来，跟上他，往茶楼去，嘴角慢慢翘了起来。

两人没走多久便到了。

老板一见到她，就迎了过来："哎哟，什么时候回来的？"

林音说刚到没多久。

茶楼里来看戏的多是熟人，也围着她问东问西，关心热情得很。

"今天回来，不得给我们露一手？"有人提议。

老板便顺势问她要不要唱。

林音想到什么，答应了，冲贺连周道："你……能不能等等我？"

又是这样商量的语气？贺连周不浓不淡地觑着她。

林音垂在身侧的小手紧握了两下，佯装镇定地补充道："我知道你会答应的。"

贺连周觑着她，直到她眼神止不住发颤，才大发善心地说了句："知道了。"

"正好，你还有不少东西落在这里，看看有没有什么要带走的。"老板说。

林音称好，看着贺连周被请进雅间后，跟着老板去了后台。

走到以前常坐的那个化妆台前，看清上面的东西，她愣了一下。

那是——润喉糖。

有些记忆恍然在脑海中浮现。

老板问："你想唱什么？"

想起贺连周，林音一字一句地说："《拾玉镯》。"

贺连周依旧坐在第一次来茶馆时所在的位置，身旁没有别人，他也没什么泡茶的闲情雅致，手上有一下没一下地摆弄着棋盘上的棋子，偏头看向戏台的方向。

熟悉的声色，熟悉的装扮，熟悉的戏词。

那抹小小的身影在自己眼中越来越清晰。

一如初见那日的场景。

他手指一动，"叮咚"一声，棋子稳稳地落进棋盒。

戏也随之落幕。

两人并没有在茶楼待多久，因为老板说镇上的玫瑰园有焰火晚会，让他们去看。

113

林音还是习惯性地先看向了贺连周，征求意见似的。

这种活动对于贺连周来说可有可无，但触及林音眼中细碎的亮光，他还是在她开口前，做了决定："走吧。"

林音点点头。

一路上，她一副欲言又止的样子。

贺连周也不戳破，静静地等着她开口。

到了目的地，林音终于抬头看他，叫道："贺连周。"

"你现在记得了吗？"她说，"我那天唱了什么？"

"我、我今天的问答次数应该没有用完吧？"林音望着贺连周，有些忐忑地又加了一句。

尽管她很清楚问这个问题其实没有什么意义，贺连周记不记得并不能代表什么，可她还是怀有一丝侥幸，或许在日常不可避免的接触外，他也能对自己留有一丝半点的印象，就算……就算只是在偶尔某个听到戏的瞬间，想起她唱过的某句也好。

可当贺连周回望过来时，她又有些不敢了。

万一他觉得自己唱得不好呢？万一他压根不喜欢，也不想记得呢？以及，就算是他真的留有印象又能如何呢？

各种各样的问题同时涌入林音的脑海，一边拉扯，一边纠缠，搅得她开始不安。

就在她忍不住想说还是算了，不用给出答案的时候。

贺连周的声音从头顶传来："嗯。"

轻描淡写的一句，钻入林音的耳中，再落在她的心底，一锤定音。

林音："呃？"

她消化了片刻，眼神在问贺连周究竟是在回答哪一个问题。

他只是面无波澜地睨着她，眼底有些细碎的、引子般的光点在翻滚。

林音便明白了，这是属于两个问题的回答。

她眼睛倏然一亮，嘴角不受控制地咧开。

犹豫片刻，她又支吾道："我能不能……再问一个问题。"

贺连周好整以待，示意她说。

林音："我一共有多少次问答的机会啊？"

贺连周顿住。

鬼知道有多少个，他当时也不过随口一说，谁想到她会记得这么清楚。

贺连周断然："问完了。"

早知道不问了。

林音："……噢。"

目光转向玫瑰园内。

那里芳香四溢，玫瑰花瓣在夜色的笼罩下显得更为冷艳。

彼时已经聚集了不少人，大多是在等焰火晚会。

平安镇每年都会在玫瑰园举行三到五次，命名为玫瑰火焰。一开始也并没有特殊的寓意，只是给游客平淡的生活中增添了些娱乐活动。

后来不知怎么传出，在玫瑰火焰下真诚地许愿，那心愿便能实现的传言，吸引了许多游客前来凑热闹。

林音和贺连周都不是爱热闹的人，因此并没有往人群中心去。

站了几分钟后，齐梦佳也来了。

两人便和贺连周讲起玫瑰火焰的神奇。

"你有什么心愿吗？"林音看向贺连周问道。

贺连周张了张嘴，突然有东西从眼前划过，直冲云霄，"咻"的一声，在夜幕中炸开，迅速化成一片，满天的烟火或远或近，绚丽而又盛大。

两人的目光被这份绚丽吸引。

齐梦佳凑到林音耳边道："你要跟着许个愿望吗？"

林音余光瞥向贺连周，从口袋里摸出录音笔。

望向天空。

齐梦佳好奇地道："你这是要干吗？录烟火声？"

林音没有回答，又控制不住地看了贺连周一眼。

在那一瞬间，她悄然叫了声他的名字。

低低的、小心翼翼的，生怕将什么震碎。

只有一声，却又好像是许多遍。

月与星空，烟火与玫瑰都听了去。

但没有人知情。

齐梦佳握住她的手腕，并没触碰到录音笔，疑惑道："这是你买的？"

林音摇了摇头。

齐梦佳："那是从哪儿来的？"

继前两次虚虚掩掩后，林音终于光明正大地朝贺连周看去。

对上他的目光。

两个人都没有说话。

齐梦佳一下就明白了，重重地咳了声："懂了。"

林音拽了拽她的衣袖，示意她不要如此。

齐梦佳本也就不太敢对着贺连周这种气场的人开玩笑，当下便闭了嘴，拉着林音聊起了其他。

有太多话要说，齐梦佳打算晚上跟林音一起住。

林音自然答应，可回了家就开始犯起了难。

不管是让贺连周睡林舒青的房间还是她的房间，似乎都不太合适。

"你能……"林音看了一圈，犹豫地对贺连周开口，又想起来他说过的话，将问句硬生生改成，"你睡沙发吧。"

齐梦佳内心闪过三个问号。

贺连周扬眉。

林音不太敢直视他,支支吾吾地解释:"你说的……我的问答结束了。"

贺连周淡道:"记性不错。"

情绪不明。

"音音!行啊你,都有管家婆的风范了。"进了房间,齐梦佳捧着脸调侃。

"佳佳。"林音娇嗔地叫她。

一秒,两秒……时间慢慢过去,她有些心不在焉地望着门外,终究还是推开了门。

这样,好像不太好。

听到动静,贺连周并未有所反应,只静静地等着。

眼看林音走了过来:"不然……"

贺连周:"不然怎么?"

林音小声说:"不然你还是去酒店吧?"

贺连周并没搭话,只定定地觑着她。

林音说:"我、我怕你睡不好。"

贺连周不冷不热地"哦"了一声:"我的错?"

林音立马:"不是。"

贺连周:"然后?"

林音:"对不起。"

贺连周嘴角略微勾起。

她道什么歉。

他没表示,林音也不说话了。

静默突如其来,持续了一小阵,贺连周下巴一指门的方向:"不睡觉了?"

"睡。"

林音应答得很快,说着便移步过去。

走出几步后,贺连周在她身后说了声:"好好睡你的。"

言外之意就是不用想那么多。

林音点点头,一句晚安卡在喉头,却怎么也吐露不出,末了,挤出一句:"那,我先进去了。"

没等贺连周回话,便快步打开房门,又关上。

贺连周一双眸子盯着她的方向,浅浅扯了下唇。

在平安镇待了三天,林音去看了林舒青好多次,有时是齐梦佳陪着她,有时是她自己去。她有好多的话想和林舒青讲,却又有些不知道该怎么说出口,欲言又止了好多遍,最后只好匆匆忙忙道:"妈妈,等我能告诉你的时候再和你说,好吗?"

妈妈一定不会怪她的。

尽管不舍,但假期转瞬即逝,林音得跟贺连周回京北了。

返程的飞机上,她望着窗外,有些失神。

并没注意到,贺连周落在她头顶的视线。

不易察觉,却不偏不倚。

进入四月后,时间过得出奇地快。

眨眼间,就在日复一日的倒计时中迎来了高考。

高中生涯的结束,对于部分人来说,就像是被解开了束缚的缰绳,积压已久、等待释放的心事或是面临分别、不留遗憾的憧憬催生出的勇气,给予了他们直白的胆量。

找贺连周的人比平日里还要多。

他去学校拿档案,和盛宴一干人经过走廊时,陆陆续续有女生上前说些大同小异的话。

他没什么反应,任由身旁调侃、嘈杂的声音不断,俨然一副置身事外的架势。

林音路过时恰好看到这一幕,远远地望着,一时没收回目光。

贺连周敏锐地察觉到了投在自己身上的视线,偏头看过去。

四目相对,林音连忙避开眼,佯装若无其事地离开了。

"我说小同桌,你走这么快干什么?"夏瑶追上了她,嘴里叼着个棒棒糖,有些不太正经的派头,说,"看有人跟贺连周告白,吃醋了?"

"没有的。"林音本能地辩驳,触及到夏瑶狐疑的眼睛,睫毛不禁眨了眨,说不下去了。

"那句话是怎么说的来着,近水楼台先得月。"夏瑶把胳膊搭在她的肩膀上,出主意道,"你不能自己在这儿玩什么黯然伤神啊,你得抢占先机,跟着上啊。"

林音无法回应她的话。

哪里有那么容易的。

夏瑶看她眼睫低垂的模样,别提多怜惜了,作势就要上前:"你要是不好意思,我去帮你说。"

"别。"林音慌忙拉住了她,又重复了一遍,"别去。"

心跳猛然开始乱糟糟的。

她很难形容,她有多怕。

夏瑶看了她一会儿,最终还是决定听从她的意见,捏了一下她的鼻子道:"那你可自己想好,万一哪天贺连周有了女朋友,你只能躲起来哭吗?"

林音脑袋耷拉了下去。

这个问题的答案,她不敢去想。

可现实却是逼着她不得不想。

学校发生的事,姚蔓自然也知晓了一二,吃饭的时候,煞有介事地冲贺连周举杯道:"恭喜我们阿周,以后就恋爱自由了。"

她说着,又挺感兴趣地问:"说说,大学打算谈恋爱吗?"

贺连周的视线不着痕迹地从林音身上划过,又移向正等着答案的姚蔓,不说话,只无声地扬了下唇。

他没否认。

这个认知在林音心底翻腾着。

这也就意味着，从即刻起，每一分每一秒都充斥着他随时会有女朋友的可能性。

"我还真想看看你谈起恋爱会是什么样的。"姚蔓的语气满是期待。

林音眼底的失落几乎快要掩盖不住了，胸口一股涩意"噌噌"地往外冒。

姚蔓发现了她的不对劲："音音。"

林音没有反应。

姚蔓又叫了声："音音。"

林音猛然回神，胳膊肘差点打翻桌面上的杯子，她下意识地想去将其扶住，贺连周的手也在同一时刻伸了过来。

指尖猝不及防地撞到一起。

温热的触感袭来，林音被烫着般，慌乱地收回了手。

贺连周余光打量着她，微不可见地眯了下眼。

"是哪里不舒服吗？"姚蔓关切地问林音。

林音摇摇头："不是的。"

她挤出一个笑来，尽量让自己看起来变得正常。

姚蔓没多想，单手捧着脸，美滋滋道："等到我们音音也上了大学，再看着你们都安了家，我也就圆满了。"

都，也就是各自的意思吗？

林音极力地想要表现得自然一些，可神色还是黯淡了下去。

姚蔓没注意到，贺连周却是尽收眼底，不动声色地拿出了手机。

一分钟后，铃声响起。

点击接听后，他把手机转给了林音。

林音不明所以地接过。

旋即便听到盛宴的声音传了出来："林妹妹，出来玩呗。"

林音怔了怔，看向贺连周。

贺连周问："不想去？"

她摇了摇头,自然是没拒绝的。

约定的地点,仍旧是那家赛车俱乐部。

林音被贺连周带到的时候,现场已经十分热闹了。

"这个点才组局,你小子必须给个交代。"有男生围攻着盛宴。

后者一边躲避着,一边嚷嚷:"我本来还说明天呢,谁知道咱周哥突然改时间啊。"

恰逢贺连周进门,他立马就凑了过来:"是不是,阿周。"

贺连周没理他,回头看了下林音,示意她找位置坐下。

林音配合得十分默契。

贺连周就在她身侧,一如既往,恍若游离的过客般,静观着旁人嬉闹,只在她被调侃得无所适从,向他求救时,淡然地回望着她:"想说什么?"

林音便只好作罢了。

那么多人看着呢,她要怎么说呀?

贺连周见她神色渐渐有了转变,隐隐笑了下。

"以后四中少了我,不知道得丧失了多少美色。"

"不是,脸呢?要不是小爷讲文明,高低得给你吐一个。"

盛宴身旁的几人互损得欢快,又有人忽地想到什么:"川儿今天是不是有比赛来着?"

面面相觑了几秒,一群人往外跑去:"坏了坏了。"

包厢内一时只剩下林音和贺连周。

林音不禁朝贺连周看过去。

贺连周回觑着她:"想去吗?"

林音其实并不知道是去哪里,可眼下不知说什么好,只得"嗯"了一声。

他不紧不慢地起身。

她跟着他的动作。

121

来到赛道旁。

激烈的赛事已经进入尾声,谢明川如风般冲向终点,单手摘掉头盔,从卡丁车上下来,带着股桀骜不驯的气息。

他那群兄弟朝他围了过去,有人没正形地吹了声口哨。

就在这时,一个男生上前,不知道说了什么。

谢明川随意地活动着手腕,隔了两秒,突然一只手扯住那人的衣领,轻而易举地将人按在了墙上:"你是不是真觉得老子现在没脾气了?"

对方连挣扎的余地都没有。

还是第一次见到这样的谢明川,林音惊了惊。

顺着他的视线,她看到了上次见到的女生,就站在不远处,一张小脸冷冰冰的,漠然地看着这一幕。

谢明川死死地盯着她,满是讽刺地冷笑一声,走了。

"川爷,别介啊。"

"韩似,我川儿又受什么刺激了?"

…………

周围的声音很杂。

林音看呆了。

盛宴凑了过来:"刺激吧?嘿嘿,习惯就好了。"

林音嘴巴张了张,但什么也没说出口。

贺连周垂眼朝她看过去。

下一秒,有人叫他的名字。

所有人都听到了。

同时看过去——是程棠悦。

林音心里一紧。

"贺连周。"程棠悦又叫了一声,表情有些固执,"我有话跟你说。"

贺连周眸色没有什么变化，淡淡地扫了一眼戴眼镜的男生，后者不自在地挠了挠头。

贺连周的视线又转向林音，看了她一会儿，道："进去等我？"

林音已经无法思考了，木然地点点头。

她心不在焉地跟着盛宴他们回到先前的地方。

林音控制不住地往外张望，看不到贺连周和程棠悦，她止不住地去想他们都说了什么，又会有什么样的结果。

她在等待审判似的，怕极了下一秒便会有一把刀子从自己头顶落下。

时间一分一秒过去，她开始变得焦灼起来。

压根没注意到茶几上摆放着的调好的"饮料"到底是什么，试图缓解一样，捧起一杯，便抿了一口。

不太顶用，又一口。

就这么，一口一口喝了下去。

贺连周回来得很快，第一眼便落在了林音身上，她安安静静地坐在那里，眼神不太清明。

许是看到他进来，她小声地叫着："贺连周。"

细细的，有些茫然的声音。

她眼睛晶亮地望着他："我好像……有点难受。"

第六章
♥ 想见的人

贺连周眼神扫过众人。

那是质问。

刚刚围在林音身侧,伸手在她眼前晃悠的盛宴举手道:"可不是我让林妹妹喝的啊,一会儿没留意,就这样了。"

其他人跟着附和:"也不是我。"

林音脑子跟宕机了一样,有些转不过来,怔怔地望着贺连周,似乎不知道他在做什么。

对视几秒,贺连周走近两步,睨着她:"要走吗?"

林音消化了一下他的话,点头。

"能站起来?"

她又一次点头。

起身来。

简直不要太听话。

贺连周一边观察着她的状态,一边分出些眸光看了一眼她喝过的东西。

不到八度的酒精含量。

真能耐。

"走吧。"他稍一偏头,向林音示意。

林音应了声，往门的方向挪了过去。

贺连周紧随其后，同她贴得极近，跟形成了个包围圈从后护着她一般。

到了门口，他长臂一伸，毫不费力地越过林音，触碰到了门把手。

戴眼镜的男生突然站起来，叫了声"阿周"，说："最后一次。"

贺连周没作声，单手放在林音的后脑勺，借力将她推出门外。

有些话，不必多言。

走出俱乐部，林音脚步有些虚浮，恍惚中好像看到程棠悦抹着眼泪跑走。

她心里堵得慌，看着贺连周，却觉得眼前的一切都是朦胧的，又低声叫了遍："贺连周。"

贺连周在她身侧："嗯。"

林音盯着他，不说话了。

看起来还是有些迷茫。

贺连周开口道："还难受？"

林音意图转过身，脚下却一时没站稳，贺连周正要伸手去扶，然而动作还未完成，林音"扑通"一下，头倒在了他的胸口。

贺连周身体僵了一下，垂眸望着她的脑袋，慢慢将手放下，眸色意味不明。

谁也没有说话，静谧得仿佛能听到彼此的呼吸声。

也不知这个姿势维持了多久，晚风阵阵从身上轻拂而过。

林音慢慢地清醒了不少，却丝毫不想起身。

她贪恋这个时刻，贪恋他的气息，贪恋地听着他的心跳。她为自己这卑劣的行径感到心虚，又隐隐有些窃喜。

她从未想过，原来靠近一个人，是如此小心翼翼、慌张无措而又暗自欣然的事情。

不知不觉，陆陆续续有人出来，估摸了一下时间，贺连周的声音从她头顶传来："怎么？"惯有的、带着几分轻慢的语调，"不打算起来了？"

林音睫毛颤动着，缓缓抬起头，对上贺连周耐人寻味的眼睛，视线有些飘忽。

贺连周说："清醒了？"

林音点点头，想起什么，又连忙摇头。

贺连周无声笑了下："走吧。"

林音悄然看了眼他，心里有些打鼓，难不成，他看出自己早就无恙了。

他会怎么想？会对她有什么看法？

林音一路思索，到家后，见贺连周看过来，逃也似的回了房间，连"别跑"追着她撒欢都没留意到。

接下去的一段时间，林音再见到贺连周，本能地试图避开。

她怕贺连周下一秒就会突然冲她发出质疑，问她那晚是不是装的。

尽管他并不会怪罪她，可她还是担忧会在他面前露怯。

贺连周岂能看不出她的举动，状似无意地拦下了她："躲什么？"

林音神色不太自然："没躲。"

贺连周："没有？"

林音："没……"

她本也就撒不下去谎了，刚挤出一个字，贺连周便叫她："林音。"

林音小声："对不起。"

贺连周哽了一下，笑了："你道什么歉？"

林音神色更不自然了。

贺连周又道："理由？"

"我……"林音吞吞吐吐了半天，"我、我不想说。"

声音极小，恍若蚊鸣。

贺连周一挑眉，没再追问了。

安静了一会儿，林音颤颤地看向他："你会生气吗？"

贺连周垂眼，凝视着她："你说呢？"

既然都这样问了……林音按照自己心底的期望咕哝："没有。"

贺连周伸手弹了下她的额头，如杨柳从水面轻轻划过般："没傻。"

只有一下，恍若根本没有发生过的动作，林音却觉得一抹烫意从额头化开，迅速侵占了她脸颊上的每一处细胞。

她更想躲了。

"时机"就是来得那么凑巧，暑假的到来给了林音一个恰到好处的借口。

放假第二天，剧团开展了一场考核，顺利通关后，林音直接回了平安镇。

这次是姚蔓陪她回去的，带着她一起去看了林舒青，就离开了，交代："你想待多久就待多久，什么时候想回去，给我发消息就行。"

林音目送着她离开，脑海中不由得浮现出贺连周的身影。

下次再见他，自己应该就已经平静下来了吧？

她想。

平安镇的夏天算得上惬意。虽然大多时候也是热腾腾的，但本身的宁静似乎无形之中将气温削减了不少，空气中弥漫着沁人的茶香。

林音和齐梦佳整日都窝在一起，不是去茶楼唱唱戏，就是去给林舒青送些花，有时还会去玫瑰园吹会儿风，悠然又闲适。

但，总觉得少了点什么。

中伏天，齐梦佳迷上了在网上看到的一款爱心丸子头的发型，尝试了许多遍，扯掉了不少无辜的头发后，终于绑成功了。

两颗心形的丸子活灵活现地立在头顶，俏皮又可爱。

齐梦佳欢喜得不行，一个劲儿拉着林音合拍，心头涌上了要帮她弄个同款的想法。

对着林音打量了片刻，又突发奇想，帮她做了个简单的编发。

林音发质极好，很少做什么造型，大多时候都是扎个马尾或是散着。

就这么随便编了个发型，显得温柔又仙气。

齐梦佳看到成果，更激动了："音音，你这么看起来真的甜死了！"

无论从齐梦佳这里得到过多少赞赏，林音还是会觉得不太好意思。

她假装低头看齐梦佳发给她的照片，一张张点击着保存，整理相册的时候，突然看到了一张——

贺连周站在夜色里，俯视着不停冲他撒娇的"别跑"，脸上不见任何表情，可若细细留意，便能发觉唇角若有若无的弧度。

这个角度，一看就是偷拍的。

连林音自己都不太确定产生于什么时候。

她手指一颤，连忙将这张照片移入了私密相册。

心又开始乱了起来。

"这什么呀？"

齐梦佳注意到了她的动作，探过头来问。

林音忙不迭关掉了手机："没什么的。"

"小音音。"齐梦佳眯起眼，偷袭过来，挠她痒痒，"你学坏了，竟然跟我有秘密了。"

林音被她闹得不禁笑起来。

与林音和齐梦佳的轻松氛围不同，贺连周这边的气氛就有些怪异了。

自从上次谢明川寒着脸离开后，几天都没露面，任谁联系都是没说两句就挂了。

盛宴几人觉得这样下去不是办法，蜂拥而上找到了贺连周："我说阿周，不然你去看看吧，川儿那狗脾气，现在气头上，咱们不敢惹啊。"

贺连周的视线从他们脸上掠过，淡淡道："那一起去吧。"

他一出面，还真把谢明川给叫了出来。

谢明川一到地方，盛宴就迎了上去，矫揉造作地叫了声："哟，我川儿爷。"

谢明川像往常一样笑骂了声"滚"，大剌剌地坐下，懒洋洋地笑了笑，像是什么都没发生一样。

过了一会儿,他看向贺连周:"你家小花旦呢?"

贺连周瞥了他一下,很快收回眼,目光轻扫过手机屏幕。

够可以的。

走了那么多天,一条信息都没有。

谢明川嗤笑一声:"怎么,跑了?"

贺连周不紧不慢地朝他看去,没说话。

盛宴凑过来插嘴问:"川儿,你和韩似怎么了?"

谢明川嘴角挂着惯有的痞笑,尾音很轻:"我和她……"

他说着,拿起桌子上用于游戏的骰子,把玩了两下,手腕一垂,骰子落入酒杯,掀起层层气泡。

谢明川语气懒洋洋的,但一双眼睛却跟淬了毒一样:"能怎么?"

贺连周又看他一眼,慢悠悠地起身,没过多表示。

谢明川有分寸。

他要走。

立马有人问:"干吗去?"

贺连周嘴角牵了牵。

抓人。

林音从姚蔓那里知道贺连周志愿填了华大。

得知他已经收到录取通知书那天,她拿着手机,在和贺连周的对话框里敲敲打打,半天也没确定一句话。

恭喜?

这貌似是毫无疑问的事情,这么说好像太傻。

……那还能说什么呀?

林音陷入思索,犹犹豫豫着就是没发出一个字。

正有些呆愣时，邻居家的小朋友们叫她和齐梦佳："一起来玩啊。"

齐梦佳拉着林音过去："来来来，我非得看看现在的小孩哥、小孩姐能玩出什么花样来。"

林音只好收回些思绪。

"以 18 为前缀，数 3 的倍数。"有人说明规则。

"光是数数没意思，不然加个砝码？"

"你说加什么？"

"默念一个人的名字三遍，数完，你想见的人就会出现。"

齐梦佳大笑："这也太无聊了吧。"

小朋友叉腰瞪她："到底玩不玩？"

齐梦佳忍俊不禁："玩玩玩。"

游戏开始。

小朋友之一："18-3。"

齐梦佳："18-36。"

轮到林音。

她的心底几乎是不由自主地涌现出——

贺连周。

贺连周。

贺连周。

"18-36……9。"

尾音落下的瞬间，她看到了贺连周。

林音的第一反应是自己看错了。

她眨了下眼，意图辨认。

直到胳膊被齐梦佳握住："音音！贺连周怎么来了？"

林音才有了实感，真的是贺连周。

看着他走近,她还有些没回过神来:"你怎么来了?"

贺连周觑着她:"不欢迎?"

林音摇摇头,同他对视了不到一分钟,眼神已经开始有些闪烁,视线微微错开了些,又不禁看过去。

心跳如击鼓般,"怦怦"作响。

频率愈来愈快。

在他出现的这一刻,她不得不承认,她根本就平静不了。

也根本就控制不住。

那藏好一点就可以了吧?

只要藏得够好,贺连周就不会知道,也不会被人发现,她可以守着这个秘密,像以往那样,继续待在贺连周身边,不会造成任何影响。

林音的情绪不停地翻滚着,最终说服了自己,回道:"……欢迎。"

贺连周扬眉:"怎么欢迎?"

林音说不出话。

贺连周紧睨着她,不冷不热地道:"光嘴上说啊?"

林音眼神偏向一处,慢动作地抬手,鼓了鼓掌。

贺连周莞尔。

没等他开口,小朋友们有模有样地指正道:"林音姐姐,你这样一点都不够有诚意!"

林音呆呆的。

"掌声要像我们这样热烈,才叫欢迎呢。"

林音抿抿唇。

在他们应景似的掌声中,贺连周望向林音:"听到了?"

林音咕哝:"听到了。"

贺连周:"听到什么了?"

林音:"欢迎。"

"欢迎谁？"

"……贺连周。"

她叫起他的名字，缓慢、轻悄，却又不拖泥带水。

一字一字，如音符般，砸在贺连周的心头。

顿了顿，贺连周轻飘飘地"哦"了一声："这就是你的诚意？"

尽管知道他这不过是句无足轻重的调侃话，林音耳垂还是不受控制地攀上了一抹粉色，嘴又变得笨拙起来，说不出话来了。

贺连周近乎是以欣赏的姿态看了会儿她无措的模样，直到齐梦佳在他们两个之间左看看，右看看，十分刻意地咳了一声，才意犹未尽地收回了些目光。

但他的表情还是平淡的，没有任何波澜。

齐梦佳挽住林音的胳膊，看向贺连周："贺少爷，你不会是打算来带音音走的吧？"

贺连周并没在称呼上过多分神，觑着林音，淡道："看她。"

齐梦佳连忙追问："那你过来是干什么的？"

林音也望向贺连周。

贺连周微微挑眉，眼神看起来难以捉摸，反客为主地瞥了一眼齐梦佳："你很希望我带她走？"

齐梦佳："……我不是，我没有！"

贺连周又不紧不慢地看向林音："那就是真不欢迎。"

他又拿她逗乐！

林音说："不是的。"

贺连周："那是什么？"

林音蒙了一下，眨眼，怎么问题又丢给她了？

看着她的反应，贺连周无声地勾了下唇。

关于他来做什么这个问题，最后也没能问出来。

之后的几天,林音依旧重复着之前的生活,大多时候都在茶楼唱戏、听戏,只是身边多了个贺连周,让她不由自主地时不时便会失神。

还有一周多的时间就要开学,姚蔓给林音打来电话,说想带着他们出去玩一玩。

不忍辜负她的热情,林音跟着贺连周回去了。

姚蔓想去海边,林音自然赞成,贺稷和贺连周无所谓。

是以,旅行的目的地就选在了海市。

姚蔓很兴奋,一路都在念:"每次我们家一起出来玩的时候,穿漂亮衣服美美拍照的都只有我一个人,老贺和阿周都跟在冷漠地完成KPI一样,现在好了,有我们宝贝音音,我终于不用独自快乐了。"

说着,她又拍了拍贺连周的肩膀:"以后你有了女朋友,结了婚,再有个女儿,我们快乐的队伍就越来越壮大了。

"不过也不一定,想不想和我出来玩、要不要孩子还是得看你们年轻人的意愿。"姚蔓碎碎念着,得出结论,"还是我们音音最好。"

听到姚蔓的话,贺连周的视线轻轻从林音脸上掠过,眸色意味深长。

不过,无人看到。

林音挤出一个笑来,暗自告诫自己——要藏好,要表现得自然一点,不要被发现。

可神色还是控制不住失了分寸。

到了地方,贺稷的秘书早就订好了酒店,安置好后,姚蔓提出要去看日落。

她拉着林音换衣服、涂防晒霜,好一番折腾才出发。

到了海边,贺连周已经在那儿了。

他穿着简单的黑色T恤和休闲裤,静静地望着海面,恍若周遭的喧嚣和吵闹统统与他无关,像是游离在世外,如同从动漫里走出来一般。

林音看过去,就移不开了眼。

"看阿周呢?"

突然,姚蔓的声音传来。

林音忙道:"没有。"

她吓了一跳,心虚和受惊的双重作用,让她心跳的速率骤然加快。

姚蔓感觉她的反应有些怪,但也没多想:"那边的风景更好看,别在这里发呆呀。"

林音平稳着心跳,说:"好。"

她下意识地不再敢往贺连周那边投去视线,趁着姚蔓拉着一脸严肃的贺稷不知道在说什么时,又不由得开始失神。

贺连周已经看了她有一会儿,见她心不在焉地走近一处堆有废弃船只的角落,便两步上前,跟在她身后。

海风呼呼而过,离得太近,他的衣袖被吹起,从她的鼻尖扫过。

清冽的气息扑面而来,林音的脸一下就开始发烫。

贺连周说:"往哪儿看呢?"

林音:"没哪儿。"

贺连周:"没哪儿是哪儿?"

林音:"……路。"

"林音。"

贺连周叫了她一声。

没等林音回复,他忽地躬身,侧脸几乎要同她贴在一起。

他的存在那么强烈,林音的余光看到他高挺的鼻梁,气息都有些不稳了。

她想开口,嘴巴却像被封印住了一样,然后便听到贺连周在耳畔说:"好好看看,有没有路。"

言毕,他若无其事地直起身,右手轻按了下她的头,走了。

落日余晖勾勒出他如画般的背影。

林音呼吸一滞,小脸像是要被烧化了。

她并未留意到前方的"路"已经被堵死。

也不知晓,在转身的瞬间,贺连周唇角溢出的笑,比平日里浓了不少。

从海市回去,盛宴张罗着举行了一场聚会。

他们那群兄弟,有人要出国,有人通过了空军招飞的考核,盛宴和一个长相很凶的男生勉勉强强考上了本地的一所大学,其他人的学校分散在天南海北。

贺连周的去处早就意料之中。

而出乎意料的是,谢明川回去复读了。

"川儿爷,够哥们,就知道你舍不得我们,你、阿周、六子,日后这京北就是咱们四个的天下。"盛宴夸张地做感慨状。

谢明川抄起茶几上的纸巾盒朝他砸过去:"滚远点。"

他又恢复了浑不惮的样子,如同先前的小插曲从来不曾存在过。

林音不禁多看了一眼。

谢明川敏锐地捕捉到了她的视线,看过来:"妹妹,看我干什么?"

说的话和语调都和以前没差。

林音摇摇头。

随之便听盛宴在一旁道:"我知道了,林音妹妹在抗议把她忽略了,我重来,日后就是我们五个的天下。"

林音往贺连周的方向移了移,试图远离此话的提出者。

盛宴显然没过瘾,举起酒杯道:"来来来,就这么说定了,兄弟们不在的日子,我们五个抱团取暖,缺一个都不行,那句话怎么说的,永远不分离。"

永远不分离。

林音怅然片刻,借着大家起哄之际,捧起饮料,同他们碰了杯。

清脆的声音砸在耳膜,也落在心湖。

惹得她指尖一颤。

暑假就这么看似悄无声息地过去了,有些波澜和痕迹在心底隐秘地生了根。

极力克制，却仍旧发了芽。

贺连周开学的时间比林音要晚，他向来住不惯外面，但军训期间为了方便，还是需要住宿。

姚蔓带着司机去学校送他那天恰好是周日，林音也跟着去了。

贺连周宿舍除了他，还有两个人，一个老成，一个风趣。后者边自来熟地和贺连周打着招呼，丝毫不在意他的平淡反应，边和姚蔓搭着话，顺便再和林音套套近乎："妹妹，常来玩啊。"

林音招架不住这份热情，礼貌地笑了笑。

男生殷勤道："我跟你说……"

贺连周扫过去，突然开口："林音。"

那男生没反应过来："啊？"

贺连周淡淡看他一眼："她叫。"

"……哦。"那男生蒙了一会儿，有些不确定地问，"她刚刚没有回答过我她的名字吗？"

贺连周面色不变："嗯。"

林音莫名被逗笑了。

贺连周朝她看去，二人恰好对视。

林音偏了偏眼。

"那没事我们就先走了。"姚蔓笑呵呵地说。

林音没看贺连周，话却是对他说的："我、我也走了。"

不等贺连周出声，她便跟在姚蔓身后下了楼，坐上车，又不自觉地往他宿舍楼的方向看去。

姚蔓顺着她的目光："看什么呢？"

林音连忙移开视线："没什么。"

姚蔓打趣："舍不得阿周啊？"

136

林音心提了起来，实在不知道该如何应对这样的"玩笑话"。

"不好意思啦？"姚蔓觉得挺有趣，"妹妹舍不得哥哥，有什么好不好意思的。"

林音嘴角稍微牵了牵，没说话。

姚蔓觉得挺不对劲，打量了她片刻，认真道："音音，你要是有心事一定要和我说呀。"

她这人说细心也确实细心，但某些方面很不敏锐也是真的。

看得出来她不含杂质的关切，林音说："好。"

可是，她真的不知道要怎么说。

只能就先这么含糊过去。

开学一周，吴永找到林音和班长许潜，分别递给了他们一份宣传册。

林音接过。

吴永说："学校有个留学项目，你们两个的成绩和各项条件是符合要求的，过段时间会举行一场测试，只要通过，就能得到名额，这是个好机会，你们可以好好考虑考虑。"

林音有些茫然，想说话，却又不知道要说什么，只得点点头。

对将来要读什么大学，她其实并没有什么概念，决定先思考一阵再说。

还没想出个所以然，四中又一次热闹起来。

消息传开，学校请了优秀学子回校做交流。

"盲猜学校抬也会把贺连周抬来，那可是响当当的活招牌啊。"夏瑶"啧"了一声，"不过，小同桌你以后肯定也能做招牌，话说，你以后想跟贺连周上一个大学吗？"

林音怔了怔，这个问题她还真没想过。

他们在老师的组织下，以班级为单位，在大礼堂落座。

贺连周的确来了。

在众人的注视下，不见任何情绪，虽然频繁被点到，但也不过是不咸不淡的回答。

一句多余的话都没有。

提问环节，这个状态就更显然了。

"到底谁能入得了贺连周的眼啊？以后不知道还能不能见到他了。"

"没事，搏一搏，万一两年后又可以和他一个学校呢。"

"就是，到时候，吹吹他吹过的风，走走他走过的路，多浪漫啊。"

…………

耳畔不停传来交谈声。

林音全听了去。

"这次请你们优秀的学长学姐回来，除了帮助你们答疑解惑外，也有鼓舞你们的意思，借着这个时间，大家也可以说一说，你们的目标是什么。"教导主任一改往日的暴躁，春风满面地说。

"这样吧，我先开个头。"他目光往下，点名道，"前几天高二光荣榜换新，排到最前面那个女生，林音，你先说。"

始料未及。

林音朝前看去，同贺连周的目光隔空交汇在一起。

她缓缓起身，身旁的一切似乎都变得模糊起来。

视线范围内只有他，只能看得到他。

像是受到了蛊惑。

她听到自己的声音："我……想去华大。"

"华大啊，不会是因为贺连周吧。"

"就不能只是人家单纯的想去吗？"

"我这猜测又不是没凭没据。你们难道没听说吗？林音现在住在贺连周他们家呢。"

"之前那么多人找贺连周要校牌都没动静,林音一开口,贺连周就给了。"

"我看到好多次,林音跟贺连周说话时脸都红了!"

…………

台下的议论声越来越嘈杂。

落在林音耳朵里,她如坐针毡,有些后悔刚刚的冲动。

万一,贺连周听到了怎么办?

她话锋一转:"隔壁。"

众人纷纷无言。

全场静默了两秒,哄堂大笑。

林音从耳根到脖子迅速红了一片,窘迫的视线无处安放。

贺连周见状,嘴角扬了扬。

"笑笑笑,就知道笑,华大隔壁怎么了?不照样是名校。这是人家的冷幽默懂不懂?"教导主任出面道。

林音更囧了。

……她到底说了些什么啊。

终于能坐下,林音像得到特赦一般,恨不得藏起来。

"我说小同桌,你这是干什么?"夏瑶笑得前俯后仰,"听到别人说你跟贺连周,急着掩饰啊?要我说,这有什么好掩饰的,喜欢一个人又不是什么丢人的事,更何况是贺连周。你说你长得好看,性格又好,还聪明,和贺连周也很熟,这么好的条件,你怕什么,勇敢上就完事了呀。"

林音抿了抿唇。

有那么一瞬间,她感觉自己是被说动了的。

可一抬头,眸光稍微一和贺连周的碰撞到一起,胸口提起的那股气又迅速泄了。

139

到散场时,她立马就想紧贴着大部队,不惹人注意地走。

然而刚迈出两步,贺连周便叫住了她:"林音。"

不慌不忙的、慢悠悠的语调。

好多人都听得到,朝他们看过去。

贺连周表情没有任何变化。

林音顿住脚步。

"留着吧,我先走了。"夏瑶朝林音努了努嘴,优哉游哉地溜了。

林音僵住了似的,没动。

贺连周走近她,并没随即开口,静静地等着周遭的人慢慢散去。

刚刚别人的议论,他隐隐约约听到了些,盯着林音,似笑非笑道:"确定想去华大?"

林音踌躇了片刻,决定坦诚,小声:"嗯。"

贺连周不紧不慢地说出后话:"隔壁。"

林音:……这人是故意的吧!

她一张小脸绷紧,迅速红了,眼睛睁得大大的,跟只偷吃被逮住的小松鼠一样。

贺连周饶有兴致地盯着她。

林音再怎么想避开他的视线,也被他盯得不禁回望过去。

贺连周微一挑眉:"做什么?"

林音说:"没什么。"

贺连周无声地扯了下唇,又看她一眼,转身往外去。

林音在原地停了片刻,跟上他。

刚出门,远远地便看到了程棠悦。

她遥遥看过来,目光如同钉死在贺连周身上,似乎想靠近,又有什么顾忌似的,眼底流露着浓郁的受伤与不甘。

林音唇瓣抿成一条线,悄然朝贺连周看去。

他的方向,显然应该也是能注意到程棠悦的,可连半分视线都没分过去,脚步没停,漠然得仿佛压根没看到。

林音不禁想,那天程棠悦到底和贺连周说了什么。

他此前在面对她时表现得虽然也很平静——那是他在大多数时候惯有的态度,但也没有这么冷淡过。

冷淡到,令人害怕。

林音走在贺连周身后,望着他,捉摸不出来。

贺连周头也没回,便洞悉到她的动作似的:"想说什么?"

林音摇摇头。

她心底涌出些恐惧。

尽管连她自己都不清楚,到底在担忧什么。

不能再想下去了,林音稍稍甩了下脑袋,告诫自己。

恰好,贺连周偏头,问:"还要吗?"

看到他手里的东西,林音呼吸一滞。

那是,他高中全部的校牌。

林音垂在身侧的手捏了捏衣摆:"要。"

她并不知道贺连周为什么会这么问,但欺骗不了自己。

她的确想要。

好像潜意识里觉得,有了这些校牌,她就可以假装拥有他整个高中时期,进而来填满自己整个青春。

她沉浸在自己的情绪中,没留意到,在她给出答案的那刻,贺连周眸底藏着隐匿的、细碎的光亮。

那是,他的心思。

她并未察觉。

新学期的日子按部就班地过着。

虽然贺连周人已不在四中,但有关他的话题依旧不少。

军训结束后,他就住回了家里。

因此,在林音看来,他升入大学后的生活和之前似乎并没有什么变化。

这让她隐隐有些高兴。

她甚至暗中期许着,就这么下去也好,没有变化,就不会有变故,她就能一直这么和贺连周相处着。

国庆过后,贺连周的生日也临近了。

林音想了好久,也不确定要送他什么礼物,只好找齐梦佳求助。

"礼物啊……"齐梦佳沉吟片刻,出主意道,"我觉得像贺连周这样的,肯定对什么昂贵的礼物都不稀奇了,不然你亲手做件衣服,或者绣个什么东西送他?我们音音出手,那才叫价值千金呢!"

价值千金自然是夸张的说法,但林音的确被打开了点思路。

为了能准备得更充分些,林音找个时间去逛了商场,想看看会不会有别的发现。

途经某家品牌店时,她看到了件白色T恤,觉得挺适合贺连周。

他皮肤冷白,穿什么都显露着股非凡的气质。

林音把那件白T买了下来,打算在上面绣个小图案。

贺连周的名字里有个"周"字,和"舟"同音,于是她决定图案便用小船。

在图纸上做好设计,林音便在那间专门留给她做戏服的房间里,一针一针地绣着。

完工后,她停了停,隐秘的情愫冒出头来,她又拿起针线,在小船的旁边补了两个小小的音符。

像是在完成一种神圣的仪式,她在毫不知情的情况下屏住了呼吸。

最后一针落下,她提起的那口气也随之落下。

心跳却一点一点加了速。

林音拿出手机，翻开了隐藏相册，调出了贺连周的照片。

看着看着，失了神。

姚蔓端着一杯热牛奶走进来时，林音丝毫未发觉。

见她一副极其投入的小模样，姚蔓悄然来到了她身后："音音……"

听到声音，林音慌乱地把手机收了起来。

但姚蔓还是看到了她屏幕上的内容，一愣。

——音音不会对阿周……

姚蔓像是发现了什么不得了的秘密，眨眨眼，有些激动："那什么，我就给你送杯牛奶，你继续忙，不用管我。"

林音礼貌道："……谢谢阿姨。"

心里紧张得很。

姚蔓笑眯眯地看着她。

好一会儿，林音感觉手心都要生出一层细汗了，姚蔓才说："那你忙吧，有需要叫我。"

林音说："好。"

目送着姚蔓离开，林音心里的忐忑没有消化一丝半点。

姚阿姨是不是发现什么了？

她陷入了沉思。

忽地，手机铃声响起。

她点开短信一看，是柳全发来的。

——小兔崽子，卷着你妈的钱跑了是吧？

——老子告诉你，跑哪儿都没用，你妈留下的钱该归的是老子。

林音熟练地把这个号码拉黑——她已经不确定究竟重复了多少次这个动作，每次柳全换了新的号码找到她和林舒青，她们母女都是同样的举动。

林音本以为自己都已经免疫了，可心还是不由得沉了沉。

143

放下手机,她已经没有心情再做其他的事情,这才走出房间。紧接着,便看到一团"棉花糖"迎面朝自己扑过来。

"别跑"摇着尾巴,蹦蹦跶跶地绕着她打转。

贺连周不疾不徐地随后走过来,眼睛在林音脸上扫过,把手里"别跑"的牵引绳递过去。

林音看着他,一时没反应过来。

仅有一分钟,贺连周已经收回了手,低睨着"别跑",轻飘飘道:"看来,她并不想和你玩。"

"别跑"仰头望着林音,尾巴倏然垂了下去,喉咙里发出委屈的呜咽声。

可怜极了。

林音连忙蹲下,安抚地抚摸着它毛茸茸的大脑袋:"才不是呢。"

很快就把刚刚柳全的事抛之脑后了。

贺连周垂眼,目光始终停留在她身上。

灯光洒在头顶,映衬出他们的侧影。

姚蔓透过二楼转角处的窗户远远看着这一幕,陶醉地用双手捧住了脸。

贺稷看完报纸上楼,恰好见她如此,停下脚步:"你在傻笑什么?"

姚蔓回头看他,眼睛转了转:"不告诉你。"想到什么,又上前环住他的脖子,"别忘了给儿子准备礼物呀。"

贺连周生日那天,贺家格外热闹,除了他最小的那位叔叔缺席,其他人都到了。

听姚蔓说,她原本打算在家里举办一个派对,但贺连周向来嫌吵,她只好放弃了这个想法。

庆生这件事,对贺连周显然是可有可无的。他唇角偶尔牵起一个几乎看不出痕迹的笑来,却全程像个游离的过客般,只无可无不可地旁观着,并没如何参与。

家里这一环节结束后，盛宴给他打来电话，说要再组一个"兄弟局"。

贺连周没什么过多的表示，但也没拒绝，顺带着默许了大学室友干脆聚在一起的提议。

"林音妹妹呢？来不来？"嚷嚷了一阵，盛宴问。

林音就在贺连周旁边，听得一清二楚。

见贺连周询问的视线移过来，林音点点头。

贺连周眉头一挑，在电话里答应了。

去的那群人，谢明川和盛宴他们，是林音相对来说已经熟悉的，贺连周的室友，她也见过面。

但其他人就很陌生了。

"都是系里同学，来凑热闹的。"贺连周的室友主动解了惑。

其中有位女生站起身，眼睫颤了颤，叫了声贺连周的名字。

贺连周"嗯"了一声，随意坐下，连视线都没在她身上飘过一丝半点。

周围传来不知是谁尴尬的轻咳声。

林音不禁望向贺连周的侧脸。

贺连周有所感应似的看过来。

她连忙收回视线，低下头，不知发生了什么。

林音思绪混乱，频频失神，周遭的声音嘈杂，她却几乎没听到。

坐了好一会儿，她起身去洗手间，回去的时候，路过一个转角，看到了两个人。

贺连周和刚刚那位女生。

林音实在控制不住，停下了脚步。

听到女生说："我收回之前说过的话，我们……我们能不能……就回到以前那样也行。"

贺连周面色不变，声音平静道："没必要。"语气平淡又轻，话却笃定又残忍，"不要再找我了。"

说完，他转过头。

林音赶紧错开一步，往室内去。

她回去得比贺连周快，一进门，就见贺连周的室友和几个人往外探着头，颇有感慨似的："唉，估计这胡恬诗肠子都悔青了，追在阿周屁股后跑了那么久，好歹之前还是能正常说说话的，现在倒好，搞得还不如陌生人。"

"狠心啊，狠心。想想开学以来追他的人有多少，来告白的，不管认不认识，哪个他不是直接避而远之。"

说话者边说边看向盛宴他们，问："他以前也这样？"

盛宴挤眉弄眼地卖了会儿关子，视线落在林音身上，刻意道："何止啊，一旦发现谁喜欢他，那是立马远离，六亲不认。"

林音闻言，心里"咯噔"一声。

盛宴眼波一转，意味深长地拉长了尾音："当然，那得分人，有的人……那肯定除外。"

林音有些慌乱，压根没听到他这后一句。

她垂着头，情绪翻涌，然后便听盛宴叫了声她的名字："林音妹妹……"

他道："你对阿周有没有意思？"

林音猛地抬头，正好对上一圈人打量的目光。

就连从开始起就漫不经心地坐在一旁，事不关己般的谢明川都在挑着眉看她。

那些目光如此滚烫，几乎逼得她无处可躲。

第七章
♥ 你也喜欢他

　　这个问题如同一把秤杆,挑弄着林音心底遮掩秘密的幕布,眼看就要露出一角,她匆忙地捂住,慌乱地逃开。

　　推开门,差点撞进一个人的胸膛。

　　她抬头,恰好同贺连周对视。

　　心跳更是乱了节奏。

　　见她一张小脸红扑扑的,眼神也在飘忽,贺连周觑着她:"怎么了?"

　　林音摇了摇头,嘴巴抿得紧紧的,被定住了般,做不出其他动作。

　　贺连周看了她一会儿,随口问:"想回去?"

　　即使没有回头看,林音也能察觉到身后那些人的视线仍旧放在自己身上,怕他们再说出什么不得了的话,也无法再恍若无事地在这里待下去。

　　想了想,她轻轻"嗯"了一声。

　　贺连周又看她一眼,侧过身:"走。"

　　刚刚的话说完,林音就有些后悔了,他毕竟是这场聚会的主角:"这样……好吗?"

　　贺连周面色不变:"有什么不好的。"

　　说话间,目光淡淡扫过室内一干人。

　　"想干什么干什么,你们随意。"

"对对对，去干什么都行，不用管我们。"

身后传来的声音更像是起哄。

贺连周睨向林音，用眼神向她示意：看到了？

停顿两秒，先一步转身。

林音咬咬唇，紧随其后。

一路吹着风，脸上的烫意渐渐消散，她一颗心也慢慢平静下来。

耳边回荡着盛宴的话，微微怔愣。

她不吭声。

贺连周的视线偶尔飘向她。

不动声色。

到家时，客厅里已经十分安静。

贺连周看着林音心不在焉地跟着自己上了楼，并没多过问，到了她房间门口，又扫她一眼，往自己房间去。

打开房门林音才反应过来，立马拿上早就准备好的礼品袋，叫住快进房间的贺连周："……等等。"

贺连周回头。

林音上前，也不敢看他，垂着眸，将手里的东西塞给他。

贺连周瞟了一眼礼品袋里的东西，一眼就看到了白色 T 恤上的图案，轻挑了下眉："送我？"

林音点点头："嗯。"然后连忙往自己房间里窜，只留下一句声音极小的，"晚、晚安。"

贺连周盯着她合上的房门，轻扯唇角，又望了眼手里的东西，驻足片刻，才缓步走开。

林音靠在门上，感觉他离开后，悄悄地打开了门，探出头去，望着他的背影。

久久地，一瞬间也舍不得移开。

眸色越来越深。

藏着满满的贪恋和惶恐。

姚蔓护肤结束，感觉有些口渴，打算下楼喝水，到楼梯转角时，便看到了这一幕。

她躲在一处，眼中闪过一丝精光。

自从盛宴问过那个问题，林音就时常处在忐忑之中，生怕他们将此告诉贺连周，贺连周再问起自己。

为此，她悄然在心底编了各种说辞。

只是，没一个觉得妥当的。

所幸，往后的一个多月里，贺连周都没提起这事。

她稍微松了口气。

十二月中旬，剧团有场演出，因此十一月底开始，林音的时间安排得极其紧凑。

课外，她基本上都待在剧团。

偶尔她参与排练的时候，贺连周也会去。

今天贺连周也在。

林音唱完后，不自觉地朝他看，跟想要他点评两句似的。

贺连周只是回望着她，唇角噙着似有若无的笑："有问题？"

最终毫无例外，都是林音先败下阵来，转移目光："没、没有。"

每每这个时候，贺连周眼底的笑意都会更浓一些。

虽不明显，但若是细细观察，定能发觉。

只不过，林音恰好避开了眼。

并没看到。

剧团的演出很成功。

虽然林音依旧没有登台，但全程参与了彩排，受到了许多前辈的好评。

"我们音音这么厉害,很快就能登台演出了。"结束那天,姚蔓鼓励她,"不用着急。"

林音并不急,能跟着剧团学习她已经很开心了。

但面对姚蔓的鼓励,她还是乖巧地点了点头:"好。"

姚蔓摸着她的头发,越看越喜欢,突然来了兴致:"陪我去逛逛街吧。"

林音仍旧乖巧:"好。"

说是姚蔓想逛,但实际上,她都在给林音买东西。

林音看着她兴奋地一家店一家店逛过去,看到什么都想给她选,连忙道:"阿姨,不用的。"

"用的用的。"姚蔓挽着她的胳膊,"还是说你觉得阿姨眼光不好,你不喜欢。"

"不是的。"林音回得更快。

姚蔓眼光很好,但是……

林音刚想说都太贵了,就听姚蔓道:"那就是喜欢喽。"见林音还想开口,笑了,"开玩笑啦,我想给你买嘛,你要是觉得这样有负担的话,那我就努力控制一下自己,但你千万别和我客气,好吗?"

林音对她别提有多感激了,也冲她笑:"好。"

姚蔓拉住她的手,满意了,指着就近的一家服装店:"我们去那里看看怎么样?"

林音看着她兴奋的模样,自然没有拒绝。

进入店里,姚蔓立马看中了好几件裙子。

正逐件举起问林音怎么样时,忽然听到有人热切地叫她:"哎哟,贺太太。"

姚蔓看见走近的人,不咸不淡地回了声:"李太太。"

并没有想多交谈的意愿。

可那位李太太显然不是同样的想法,继续道:"来 Shopping 啊?"

姚蔓礼貌地微笑了下,算是默认。

林音也同她一起，顺声看去，只见那位李太太一直打量着自己，那目光让她觉得格外不适，她本能地往姚蔓身后躲了躲。

听到李太太问："这是……阿周的女朋友呀？"

林音呼吸一滞，朝姚蔓看去，想看她的反应。

姚蔓也在同一时间看向她，心里盘算着，要不干脆趁这个机会问问音音到底是不是对阿周有意思？

可就这么问的话，音音一定会害羞吧？

这孩子怕是到时候更不知道怎么面对他们了。

还是等时机成熟再问吧。

于是，姚蔓回了句："朋友的女儿。"

听到姚蔓的回答，林音没说话，她乖乖站在一旁，但身体微僵，控制不住的失落感涌上心头。

她没想到，这次竟然是柳全的电话帮了个忙。

手机响起的那一秒，她以要接电话为由，暂时远离了些。

"你别以为不回我信息就行了，等老子找着你……"柳全的声音从听筒里传来。

林音直接掐断了电话。

在原地等了一会儿，她才回去。

姚蔓和李太太所在的位置后面有面放置包包的展墙，林音走过去的时候，恰好听到李太太的声音从墙对面传过来。

"说起女朋友，阿周这上了大学，离谈女朋友也不远了吧。哎呀，贺太太，我可得提醒你呀，最近唐家那小儿子不就认识了只认钱的小姑娘，闹了多少笑话哟，你可得留意着些，小心阿周……"

没等她说完，姚蔓已经听不下去了，皮笑肉不笑地打断："我赶时间。"

李太太愣了一下，笑呵呵道："那你忙，你忙，我结完账就先走了。"

151

姚蔓没再回话。

李太太离开后，林音才去找姚蔓。

姚蔓还在嘀咕："整天就爱嚼舌根，真是讨厌。"

面对林音，她换了副表情："我们继续看裙子吧。"

不用再和李太太说话，姚蔓心情恢复得很快，最后试都没试，看中的衣服全让人包了起来。

逛完一圈后，姚蔓要去洗手间，林音就在不远处等她。

林音正在发着呆，前方一道熟悉的声音传来："不用，我买完就回去了。"

程棠悦手上拎着大包小包，发完语音消息，便和林音来了个对视。

林音完全没想到会在这里碰到她，顿了顿，朝她扬起一个僵硬的笑来，不知道该不该打声招呼。

犹豫间，程棠悦先开了口："贺连周跟你说了？"

林音不太明白："什、什么？"

"也是。"程棠悦嘲讽地嗤笑一声，"他怎么可能会说。"低声道，"他那么狠心。"

林音唇瓣动了动，却不知道要说什么。

程棠悦似乎也并不打算等她回应，只继续道："这几年，我费尽心思认识他身边的朋友，费尽心思闯进他的视线，费尽心思和他产生交集。从刚开始时，他连我名字都记不住，到后来难得还能一起参加些活动，聊上些话。我以为身边的人都能看出我对他的心思，他应该也明白，但他什么都没说，那我还是有机会的。可是，我和他说了，说了我喜欢他，就得到他一句话——'以后别见面了。'

"心思一挑明，就被他彻底疏远了。

"再怎么努力，他都是那么冷漠，一点用都没有。"

林音听着程棠悦如同喃喃自语一般的话，脑海中不由得再次浮现出他生日那晚，盛宴他们的声音。

——"想想开学以来追他的人有多少,来告白的,不管认不认识,哪个他不是直接避而远之。"

——"一旦发现谁喜欢他,那是立马远离,不留情面。"

眼前又浮现出不经意间看到过的,在程棠悦和贺连周生日时出现的那位女生面前,他没什么表情却漠然到极致的身影。

林音只觉得心跳都停滞了一瞬。

程棠悦又低嘲了一声:"可真无情。"然后看了林音一眼,调整了下拎着袋子的姿势,就要离开。

擦肩而过的后两秒,她忽然回头,说:"林音,你也喜欢他,对吧?"

林音指尖一颤。

望着她,想说话,又说不出来。

程棠悦只轻笑一声,走了,没再多说一个字。

可林音站在原地,心里如被什么敲击着,七上八下,忐忑了起来。

她对贺连周的情愫,自以为隐藏得很好的心思,如今贺连周的朋友好像看出来了,程棠悦也看出来了,那,贺连周什么时候会知道?

她不敢想象。

如果他知道会怎样?会像远离别人一样远离自己吗?

她不敢赌。

不能再这样了,不能让贺连周发现。

"音音。"姚蔓回来时叫了她好几声,都不见她有反应,伸手在她眼前晃了晃,"音音?"

林音回过神。

姚蔓道:"怎么在发呆呀?"

"没事。"林音笑了笑,心底却是情绪翻涌。

绝对不能!

153

林音下定决心要在贺连周面前掩饰好,她要表现得自然一点、平静一点,不能再被任何人看出任何端倪。

她怕一不留神就会暴露,所以在贺连周面前,刻意地控制自己少说话,也尽量不做过多的表情。

她天真地以为,只要这样,就不会有人看出问题。

次数多了,贺连周不禁睨向她:"学哑术呢?"

林音支支吾吾,含糊地摇摇头,假意要去找姚蔓。

这表现实在是反常,贺连周蹙了蹙眉。

他一时没动。

林音就躲在角落,悄悄地望着他。

她似乎开始习惯这样偷看他,也不知道该怎么形容自己有多想向他靠得近一点,再近一点。

只要一看到他,心尖每一处神经都会被调动起来。

可她只能奢求远远地看着他就好。

多看一眼,只这么看着,一直看着,就能一丝一丝成全她对他的贪念。

她宁愿这样,也不敢赌,万一当真向他迈近一步,捅破那层窗户纸,会得到什么样的结果。

可能会永远"失去"他,从此面对的都是他的疏离、冷淡和形同陌路。

以往那些相处的场面统统会消散。

单是想想,她都会觉得害怕。

会考前夕,吴永之前所说的那个留学项目的测试要开展了。

既然答应了参加,林音对待起来就非常认真。

周五放学后,吴永又一次把她和许潜叫到办公室,给了他们一些测试题:"这些都是前几年的题目,你们先拿回去好好做一做,看看哪些知识点没有掌握的,及时查漏补缺。"

林音和许潜一起接过,道了谢后,离开了办公室。

"林音。"回教室拿书包时,许潜突然叫住了她。

林音看向他,无声地发出疑问。

许潜晃了晃手中的测试题:"周末你有时间吗?有的话我们一起提前做个测试怎么样?正好有什么不会的题,还能互相讲解一下。"

林音想了想,点头,答应了。

许潜笑起来很是阳光:"那地点定好我发你?"

林音:"好。"

许潜提供了三个地点供林音选择,最后两人约在了学校附近的一家咖啡店。

他们选了个靠窗的位置,许潜拿出手机,点开了计时器:"按照正常考试时间计时,铃声响停笔?"

林音点点头。

许潜:"那我点开始了?"

林音:"好。"

计时器开始转动。

咖啡店里人来人往,时而安静,时而吵闹,林音丝毫没留意到,全神贯注地动着笔。

贺连周被盛宴骚扰了大半天,被他叫出来一起打球。

为了方便,他们去了四中。

因为是周末,且他们本来也就是四中的学生,所以并没受到阻拦。

只不过,贺连周并没什么兴致,到了地方也不过是随意地把玩着手机,眸色微深。

见他如此,盛宴欠欠地靠过来:"咱周哥今儿个心情欠佳啊,是什么能困扰到咱周哥的?说出来也让我们开开眼?"

贺连周淡淡地瞥了他一眼,没有回话。

他眸子微闪,又想起林音最近的异常行为。

没得到任何答案,盛宴也已经习以为常,已经结束了几场球,他过了瘾,张罗着要走。

几人一起走出校外,经过某家咖啡店时,盛宴眼珠一转,就看到了靠窗的人:"那不林音妹妹吗?"

贺连周看过去。

彼时测试已经结束了。

林音和许潜交换了测试题,对着答案,互相给对方评卷。

林音化学和生物都不错,物理有些薄弱,而许潜最擅长的就是物理。

他扫视着林音的试卷,用笔尖指着一道题道:"这道题你的解题思路有些问题……"

林音虚心地听他讲。

两人凑得近。

许潜每说一句,林音便点点头。

等许潜讲完,她收回试卷的间隙,随意地往外看了一眼,便转过了头,并没有看到贺连周他们。

但贺连周一行人显然看到了她的动作。

盛宴摸着下巴:"你说她到底是看到我们了,还是没看到啊?"

谢明川轻嗤:"你去问问。"

"那我倒是无所谓,这不是怕到时候林妹妹会觉得尴尬嘛。"盛宴继续推测,"话说好像最近见面她都没怎么说话,难道是因为上次的事情,害羞了?"

贺连周目光扫过去,带着质疑。

盛宴这才想起来,那天晚上的事还没跟他说过呢,于是粗略地提了一句。

贺连周掀了掀眼皮。

盛宴举手:"那不是就调侃一下嘛,再说了,那我也不是瞎说是不是,她在你面前确实不太一样啊。"

贺连周眉心动了动,情绪难辨,不知道在想什么。

过了一会儿,他才又往林音的方向看去。

谢明川一副看好戏的模样,在他身侧:"再不出手,猫要跑了。"

看着窗边正垂着脑袋写字的小姑娘,和她对面时不时看向她的男生,贺连周眯了眯眼。

因为测试题有些多,林音直到晚上才回去。

刚进门,"别跑"便朝她冲了过来。

林音抱了抱它,抬眼,看到坐在沙发上的贺连周目光正跟着她转。

她眸光移开,不等有所反应,"别跑"叼住她的衣角就往他的方向拖。

林音稍稍咬了下唇,只能顺势过去,在他身侧坐下。

谁也没有开口。

林音感受到贺连周的气息,精神高度紧张了起来。

没留意到,"别跑"从贺连周身侧叼起了一个玩具到她面前。

她一时没反应,直到"别跑"嗷呜叫了两声,才收回思绪,配合地接过它口中的东西。

那玩具还是之前她买的。

"这不是你选的。"贺连周的声音在下一秒响起,觑着她,缓慢道,"怎么,现在不喜欢了?"

意有所指似的。

不过林音并没听出来,摇摇头:"喜欢的。"

贺连周眸色深了深,看了她好一会儿,叫她:"林音……"

这一声低沉而又不同以往的郑重。

林音脑袋空白,直直地望着他。

一双眼睛清澈又透亮。

157

贺连周看了她好一会儿,想说什么,又改了主意,起身,伸手按了下她的脑袋,换成了一句:"晚安。"

林音耳垂发烫,半响,等他走远了,才小声回:"……晚安。"

她揉了揉耳朵,觉得有些可惜。

要是刚刚有录下来就好了。

测试和会考都如期进行,没有任何意外。

考试结束,林音也松了口气。

齐梦佳和他们考试时间差不多,一考完就给林音打来电话,说是邻居王奶奶要搬到离平安镇很远的城市,跟着儿子去生活了,问林音有没有时间回来道个别。

在平安镇那些年,王奶奶经常给林音送些好吃的、小手工艺品之类的东西,鼓励她唱戏,也没少帮衬她和妈妈。

王奶奶年纪大了,这一走,还不知道下次见面要等多久,林音想了想,决定回去送送她。

她把想法告诉了姚蔓。

姚蔓很支持:"这个当然要去啦,要不要我陪你?"

"不用了。"林音摆摆手,每次她要回去,姚蔓总是不放心,都会让人陪着,林音实在不好意思再麻烦,"我自己可以的。"

"好吧。"姚蔓尊重她的想法,"那到时候遇到什么问题,一定要第一时间给我打电话哦。"

林音笑了笑,应下。

她一侧头,恰好对上贺连周看过来的视线,连忙垂了垂眸。

贺连周几不可见地挑了挑眉。

去机场时,是贺连周送的她。

他一路上都一如既往的平淡,林音本身就话不多,还克制着自己,因此围绕在两人之间的氛围很安静。

要过安检时，林音背好随身带的书包。

忽地，感觉身后书包拉链被拉开，好像有人往里面放了什么东西。

她疑惑地看向始作俑者。

贺连周面不改色："锦囊，你要是走丢了用。"

林音小声反驳："我不会走丢的。"

贺连周睨着她："说不准。"

林音接不出话了。

所幸，贺连周也没为难她，偏了偏头，示意她可以走了。

林音迟疑地抬起胳膊，冲他挥了挥手。

飞机上，她打开书包，翻了翻，想看看贺连周到底放了什么。

只不过找了一圈，都是自己带的东西，并没发现什么新的。

是在逗她玩吗？

林音抱住书包，不知怎的，又有些想笑。

几个小时的行程，到平安镇，她连家都还没回，直接被齐梦佳扯到了王奶奶家。

她们到的时候，已经有很多人了。

齐梦佳拉着林音的手，告诉她："咱们好多邻居都过来了。"

她说着跑去抱住了王奶奶的脖子，撒娇："呜呜，王奶奶，我舍不得你。"

王奶奶笑得慈祥，拍拍她的肩膀，又朝林音伸出手。

林音顺势把右手递过去，被老人家握住。

王奶奶左右看看她们两个："我也舍不得你们，你们俩好好长大，我又不是不回来了。"

齐梦佳向来是个会逗人开心的，连忙道："回来给我带特产。"

王奶奶捏了捏她的鼻子："好好好，从小就是个小馋虫。"

齐梦佳嘿嘿直笑。

林音也不禁笑起来。

说是送别，气氛倒也不错。

在王奶奶家吃完饭，她还要收拾行李，众人不再打扰，逐渐散去。

"我们先回你家……"齐梦佳刚向林音提议，就接到了家里的电话，说让她先买点药回去。

她肩膀耷拉了下去，哀叹一声。

"没关系，正好我想先去看看妈妈。"林音安抚她。

"那好吧，等下我再去找你。"

"好。"

和齐梦佳分开，林音去了墓园。

看着墓碑上林舒青的照片，她伸手轻抚了两下，一点一点倾诉着："妈妈，你最近好吗？

"我很好，有在好好学戏，也有继续做戏服。就是有好多话想和你讲。"

顿了顿，她才像是下定决心般，继续道："你……还记得贺连周吗？就是姚阿姨的儿子。

"他很好，真的很好很好。

"我、我喜欢他，喜欢到不知道该怎么办才好了。"

…………

林音不知道自己说了多久，直到腿都有些麻了，拿出手机，才看到贺连周一个多小时前发的消息。

她给他的备注只有一个简单的字母"Z"。

Z：笔袋打开。

林音回了个问号过去。

贺连周回复得很快，但并没明说。

Z：回家再听，知道了吗？

林音虽然不太明白，但还是先应下了。

YIN：好。

Z：好是什么意思？

YIN：……知道了。

贺连周没再回复了。

林音拿出书包，找到自己的笔袋。这个笔袋是齐梦佳送的，她平常虽然经常带着，但很少往里面放东西，因此在飞机上看到它，她也就没再多关注。

此刻，经贺连周提醒，她缓缓拉开笔袋的拉链。

手指一顿。

只见里面赫然躺着一支录音笔。

林音拿出那支录音笔，紧紧地握在手中。

心跳提到了嗓子眼。

里面会是什么内容呢？

她迫不及待地想要点开，又因为担忧而有些顾忌。

——"回家再听，知道了吗？"

贺连周的话在心底响起。

回家听。

回家再听。

林音提醒着自己，似乎这样就能缓解此刻被摇晃的气泡水一样即刻就要喷发而出的交织在一起的情绪。

林音加快了自己的脚步。

快到家楼下时，突然有人从角落里窜出来，拦住她："老子可找到你了。"

看到浑身是酒气的柳全，林音拉开同他的距离，一句话也不想搭腔。

柳全粗声粗气地说道："听说你被一家有钱人带走了？怪不得敢跟老子这

么横。"

林音一点也不想和他说话,意图绕开路走。

却听到柳全在她身后喊:"别以为老子不知道,老子刚刚都听到了你跟你妈说了——

"你喜欢那家小子?"

"轰"的一声。

林音只感觉像是被人迎面来了一击,浑身的汗毛都竖了起来。

她握紧了手中的录音笔,慌乱地想跑开。

柳全用蛮劲去抓她的手腕。

他伸手一甩,林音差点摔倒。

录音笔在力的作用下飞出去。

"砰——"掉进了下水道。

林音只觉得那一瞬间,自己的心也被重重地砸下。

她慌忙冲到窨井盖旁,费力地想把它拉起来,去够录音笔。

可是那东西像被焊在了上面,她使劲也挪不动。

双手被不断摩擦着,却仿佛感觉不到疼似的。

"有头脑,喜欢个有钱的。听说贺家那小子还是独生子,你要是能把他拿下,以后还不是要多少钱有多少钱。"

柳全还在她身后恍若无事地哈哈大笑。

林音只觉得那笑声格外刺耳。

"我不是你!"她冲他吼了一声,继续着手里的动作。

齐梦佳从家里过来,见到这一幕,连忙跑过来:"音音,你怎么了?"

见到她,林音的眼泪再也忍不住,"啪啪嗒嗒"地往下掉:"佳佳,掉进去了,贺连周给我的东西掉进去了。"

着急又无措的样子。

齐梦佳边拍着她的背,边道:"别哭别哭,我们找人帮帮忙。"

齐梦佳一喊,听到动静的邻居跑了出来,见状,也关切地问发生了什么事。

齐梦佳说:"音音的东西掉进去了。"

邻居一句多余的话都没有,让她们移开些位置,从家里拿来工具。

费了一会儿工夫,把那支录音笔打捞了上来。

林音根本顾不上脏不脏,立马就拿过来,试图打开。

然而已经没有任何反应了。

一遍又一遍。

她不停地尝试。

可并没有什么用。

柳全醉醺醺的,嫌弃地捏着鼻子:"就一不值钱的破玩意,跟个宝贝似的,没捞着点贵的啊。"

林音死死地盯着他。

她向来温柔恬静,几乎不曾同任何人发出敌意,所有的厌恨基本上都来源于眼前这个人。

不等她说话,邻居们已经开始赶柳全:

"谁让你来这里的。"

"快滚,以后再来,小心我们不客气。"

"滚滚滚。"

柳全脚步凌乱,大着舌头嚷嚷着:"你们这群人,等老子有了钱,要你们好看。"

他被赶走。

邻居们纷纷关心了一番林音。

林音心情低落,但还是有礼貌地一一道了谢。

等人群散开,齐梦佳挽住她的胳膊:"你别急,我们去找人修一修,一定可以修好的。"

林音抱着微弱的期望,点点头。

时间不算太晚,镇上做电子产品维修的师傅还没下班。

齐梦佳带着林音过去,拿出录音笔。

戴着眼镜的年轻人把录音笔拆开,研究了半天,才抬头。

林音紧张地看向他。

听到他说:"主板坏了,修复不了了。"

她神色瞬间黯然下去,失落地垂着头。

齐梦佳安慰她:"不然你就把今天的事告诉贺连周,他肯定不会怪你的。"

今天的事。

林音忽地想起柳全,一股凉意从心底泛起。

柳全也知道了。

这次不一样。

此前盛宴他们和程棠悦最多算是猜测,可这一回,是她亲口向妈妈说出来的,被柳全听到了。

林音当然知道贺连周大概不会怪她,可她不能把柳全的名字带到贺连周面前。

以柳全的无赖本性,肯定会缠着她闹的。

一旦贺连周注意到,她这么费心隐藏的秘密,也就会在他面前彻底摊开。

到了那时……

林音垂在身侧的手握成了拳,不断地收紧。

她的恐慌齐梦佳一清二楚,犹豫着说:"你有没有想过,万一,贺连周也喜欢你呢?"

林音垂了垂眸,声音恍若蚊鸣:"可万一……他不喜欢呢?"

齐梦佳也沉默了。

她很想说"我感觉贺连周对你挺不一般的啊",可是,喜欢这种事,最为奇怪，也忌讳错觉。

她不能断言自己的感觉是不是对的。

齐梦佳抿了抿唇，两个人都没再说话了。

一整个晚上，林音基本没睡。

本来休息日就短，又不想再见到柳全，林音没待多久，便返程了。

回到贺家，贺连周正斜倚在门口，他已经等了有一会儿，见到她，目光从她脸上扫过，隔了半分钟，开口："听过了？"

他面上不见什么表情，眼底却蓄着看不分明的情绪，垂眼看她的时候，不露痕迹地遮掩住了。

林音并没注意到，听他提及录音笔的事，含糊不清地说了句："……嗯。"

她撒了谎。

根本不敢和贺连周对视，眼神闪躲地错开他："我、我先去楼上放下东西。"

借口太明显。

她在逃避这个话题。

贺连周身形一顿，望着她的背影，眼睛微微眯起，眸色变沉，愈演愈烈。

目光钉死在楼上那扇已经关紧的房门上。

屋内，林音隔着门斜眼往外看，仿佛想借此望向贺连周。

她心里乱糟糟的，寄希望于柳全酒醒后忘记一切，什么都别发生。

可事实并不如愿。

第二天一早，庞叔正好有事要出去办，要经过学校，于是姚蔓便提议，让他顺带把林音捎过去。

林音没拒绝。

到了学校附近，庞叔停了车，林音同他说完再见，看着他开车离开，拿起书包朝校内去。

肩膀上猛地一沉,有一双手按住了她。

她一回头,就对上了一张笑容满是算计的脸。

柳全跟苍蝇盯着一块大肥肉一样,一直望着庞叔逐渐远去的车:"乖女儿,那车不便宜吧。"

林音心底情绪翻涌着,甩开他,快步往校门的方向走。

柳全不依不饶,不停地拿那双粗糙的手去触碰她:"别以为你攀上有钱人,翅膀就硬了,你身上流的是老子的血。

"哟,还敢推老子是吧。来来来,推,让你们学校的人都看看,你这个没良心的白眼狼,光顾着自己享受,完全不管你老子死活。"

…………

他的声音越来越大。

所幸已经到了快要上课的节点,时间有些晚了,校门口并没什么人。

但林音还是觉得难堪极了,加快了速度,跨进校门,冲门口的保安指了指还在叫嚣的柳全:"叔叔,那个人一直跟着我。"

尽职尽责的保安为了学生安全,三两下把柳全轰走了。

隔好远,林音还能听到柳全骂骂咧咧的声音。

粗鄙不堪。

她嘴唇抿成一条直线。

这是林音第一次迟到。

任课老师对平日乖巧听话的她没什么脾气,并没多说什么,让她回座位。

"小同桌,你怎么这个脸色!"夏瑶看到她,惊呼了一声,"你遇到鬼啦?"

和遇到鬼也没差了。

林音摇摇头。

夏瑶伸手摸了摸她的额头,念叨着:"那你脸色怎么这么差,难不成是低血糖了？"

　　她说着，从课桌里摸出两个巧克力来，塞给她："你快垫垫。"

　　林音实在是连开口的心情都没有，勉强朝她笑了笑，算是回应她的善意，接了过来。

　　一直握在手里，思绪飞远，都捏化了也没察觉。

　　直到肩膀被人拍了拍，她猛然一颤，跟受惊的小鹿一样，睁大了眼睛看过去。

　　许潜愣了愣，抱歉道："吓到你了？"

　　林音高高悬起的心一点点落下："没有。"

　　许潜问她："你对过答案了吗？"

　　知道他说的应该是测试的事情，林音点点头。

　　许潜问："怎么样？"

　　林音说："还好。"

　　许潜又说了什么，她左听进一句，右落下一句，回得断断续续。

　　大抵是看出她不在状态，许潜也没再过多干扰："结果应该这几天就要公布了，到时候再说。"

　　林音小幅度地点了点头。

　　一整天林音都频频走神。

　　她没骑单车，放学后神思游离地去坐地铁。

　　经过一个红绿灯，快要到地铁站口时，她隐隐感觉身后有道豺狼一般的视线追着自己，余光一扫，一眼就看到了马路对面站着的柳全。

　　他竟然在跟踪她？

　　林音感觉一阵阵恶心迅速窜遍全身。

　　她脚步慌乱地跑进地铁站，直接冲进了卫生间。

　　不敢做出任何动作。

　　柳全想干什么？

167

跟着她一起去贺家吗?

林音抓着书包背带的双手死死地收紧。

她不知在那里待了多久。

直到姚蔓因为担心,电话打来好几次,她才忐忑地走出去。

四处观望着,小心翼翼,生怕柳全如瘟神一般再缠上来。

终于到家,她才稍微松了口气。

姚蔓正站在院子里等她,见她回来,忙道:"怎么这么晚?"

林音谎称和同学有些事耽误了。

说了两句,往客厅走。

她左脚刚迈进去,恰好同在楼梯口看过来的贺连周的视线撞在一起。

她急切地别开眼,睫毛乱颤。

晚上林音做了一场梦。

先是姚蔓看着她不可思议的表情。

然后是柳全站在贺家贪婪而又狰狞的笑脸。

一瞬间,脑海中浮现出李太太和姚蔓说话的片段。

紧接着,是身后站着很多人,窃窃私语,到处都是嘲笑声——

"真没想到,贺家还会摊上这种人呢。"

"想钱想疯了吧。"

一句一句。

看笑话一样指指点点。

最后画面定格在贺连周身上。

他一双冰冷的眸子睨着她,毫无温度。

那眼神,如同一把利刃,瞬间穿透她的心脏。

疼得她气都喘不过来。

她骤然惊醒。

一身冷汗。

她靠在床头,整个人蜷缩起来。

她好怕,真的好怕那样的贺连周,怕会那样对她的贺连周,怕从此永远失去得以靠近他的可能性。

也怕,她会让他成为别人的笑柄。

林音根本不知道自己是怎么熬到天亮的。

一大早,头疼得要命,下楼的时候走路都不太稳。

姚蔓感觉不对,拿出温度计帮她一测。

发烧了。

姚蔓帮她请了假,让她在家休息。

这正合林音的意,因为柳全,她甚至不敢出去。

"那你快去躺着吧,我去给你煮点汤。"和吴永说完情况后,姚蔓催促她。

林音点点头,转身,发现贺连周不知什么时候正盯着她。

也不说话,神情难辨。

因为心虚,林音忙不迭垂眸。

没留意到,贺连周的眸光越来越暗,一片复杂。

这点状况姚蔓全部看在眼里。

这两个孩子怎么了?

难不成发生了什么事情?

姚蔓若有所思,觉得是时候点明一下了,上楼给林音送汤时,旁敲侧击地问:"音音,你觉得阿周怎么样?"

林音没想到她会问这个问题,诚实地道:"他很好。"

姚蔓:"那你有没有对他……"

林音手指一顿,姚蔓为什么会这样问?

她也知道了什么?

这会儿的她战战兢兢，再也经不起刺激。

她脑袋飞速运转，试图找可以转移话题的契机。

就在这时，手机一响，是许潜给她发来微信：测试通过了，我们拿到名额了。

林音像抓到救命稻草一样，听到自己的声音，打断姚蔓的话："阿姨！"

她说："我想出国留学。"

只要她不在，柳全就找不上她。

那他就做不了什么，也不会有人知道发生的事情，一切都还可以维持原有的样子。

他那个人，没什么脑子，知道她去了国外，捞不到好处后，大概就消停了。

思及此处，她给柳全发去最后一条信息：我已经被贺家赶走了，以后都不一定能回国，你满意了吧！

那是，当时的她，能想到的唯一的办法了。

贺连周是最后一个收到消息的人，那晚，他睨着她，眸色深沉得快要滴出水来："确定要走？"

林音整个人处在一种慌不择路的状态，她精神紧绷，不敢再往后退，近乎决绝地点了点头。

贺连周默然良久，冷笑："随你。"

转眼，就是六年。

第八章

♥ 别走

认识贺连周一年,国外六年,七年的时光,恍若隔世。

回忆收起,林音还在直直地望着贺连周,等着他的答案。

贺连周也在睨着她,掀了掀眼皮:"重要吗?"

林音诚恳地点点头。

重要。

贺连周嘲弄地扯了下嘴角,眸色晦暗不明。

并没回答。

林音抿抿唇,想说什么,犹犹豫豫,最终又只好吞下,转而说道:"那……晚安。"

贺连周淡淡地应:"嗯。"

一步一步挪进房间,林音的余光不自觉地往贺连周身上飘。

六年前,她刚到国外那会儿,整个人都如同一只惊弓之鸟,浑浑噩噩了好长一段时间,自己都不知道自己在做什么。

等情绪一平稳,她就有些后悔了,但不管是在什么情景下做出的决定,她总归要对此负责,更何况那时年少,也想不出其他更好的应对方式。

无奈,她只能选择就这么待在国外,认认真真地把学业完成。

一开始,她甚至天真地想过,也许这样一来,当真"远离"了贺连周,就会渐渐淡化对他的感觉,这样,又能在归国后坦然地同他相处,回到以往他们所处的状态,那可能是眼下面临的所有困境的最优解。

只是,需要时间而已。

只需要时间。

可那些见不到贺连周的日子,她的脑海中一遍又一遍地浮现出他的模样。

有时离得很近,有时隔得很远,但最终画面都会越来越清晰。

无论如何,也模糊不了一点。

她忘不掉他。

也骗不了自己。

所以一毕业,林音便回了国,可是……想起贺连周如今的冷淡,她睫毛低垂,在眼下投射出一片小小的阴影。

人贴在房门上,仿佛隔着门还能听到他的心跳。

她深呼一口气,提起精神来。

没关系,起码现在又离他近了。

说不定……

说不定很快就能有转机。

她告诉自己。

次日,天气极好。

蓝天白云,无声中为人间散落一丝暖意。

一整个晚上林音都没怎么睡好,她翻来覆去,许多次想推开门,和贺连周聊聊,可手反复触碰到门把手后又退缩了,最终也没迈出那一步。

在岁月的沉淀下,她依旧缺少勇气,但她还是决定尝试勇敢。

一早,林音便站在贺连周的门口,她深吸一口气,刚准备敲门,房门从里面打开了。

172

林音一瞬间有些慌乱，但马上控制好了自己的表情，扬起嘴角和他打招呼。

"早。"

贺连周目光蜻蜓点水般从她脸上掠过，声音低沉："嗯。"

没过多表示，去洗漱了。

林音视线随着他动，直到看不见，才随之去收拾自己。

她动作快，弄好头发再次走出自己房间后，就守在浴室门口。

贺连周一出来，便看到她似乎很是纠结的一张小脸。

林音试探着问："我、我们去刘阿婆那里吃早餐好不好？"

刘阿婆的早餐铺离梧桐巷隔了两条街，以前贺连周跟着她来平安镇时，林音带他去过。

当时的场景似乎还历历在目——

热气腾腾的特色早餐一份份摆在眼前，贺连周淡扫一眼装在瓷碗里的赤豆小圆子，眼皮都没抬一下，也没动。

林音手里捏着汤匙，踌躇片刻，道："你是不是……"

贺连周觑向她："是不是什么？"

林音看了看周围似乎同他格格不入的环境，放低了声音："是不是不习惯啊？"

贺连周好整以暇："如果我说是呢？"

"那……"林音支支吾吾，也"那"不出个所以然，最后憋出一句，"那你忍忍？"

贺连周扯了扯唇，叫她："林音。"

他语调上扬："挺会出主意啊。"

林音耳尖悄然泛红，像是躲在树枝间无声无息熟透的红樱桃。

往事仿佛近在咫尺，每一个细节都还印象深刻。

林音很想再和贺连周一起经历一番。

贺连周看着眼前这张熟悉的、满是期待似的望着她的小脸，不动声色地移开眸光："随意。"

态度模糊，但也没拒绝。

到了早餐铺，就听到刘阿婆和她老伴洪亮的声音。

林音走上前，乖巧地和刘阿婆打招呼。

正在忙碌的中年女人抬头看她，顿了一下，一拍手，激动道："音音呀，哎哟，你这孩子可算是回来了，之前小佳告诉我们你出国了，这几年也没见你回来过。"边说边对着林音上下打量，"真好，越来越水灵了。"

唠了好一阵，她才切入正题："还是老几样儿？"

林音偏头看贺连周，在征求他的意见。

见贺连周没吭声，她点点头。

二人在一处相对僻静的位置坐下，空气中弥漫着时浓时淡的槐花香。

不到半分钟，刘阿婆来上菜，笑呵呵地冲他们说："快尝尝，以前你们来不是最爱点这个。"

林音眼睛偷偷瞄贺连周。

贺连周能察觉到她的视线，眼波未动，平淡道："忘了。"

林音一僵。

刘阿婆看不出他们之间的异样，看了眼贺连周，又看看林音，笑眯眯地道："你们俩感情倒是挺稳定的。"

"我们……"林音脸上有些发烫，打算向刘阿婆解释。

后者却摆摆手："哎呀，年轻人脸皮薄，我懂。"

说完去忙了。

林音也不好再打扰她，只好朝贺连周道："阿婆她……可能误会了。"

贺连周看她一眼，并没什么反应，几秒后，视线又移开："嗯。"

神情没有任何变化。

也完全没有要继续说下去的意思。

林音嘴巴动了动,握着筷子的手紧了紧。

她本来就不是善于主动交谈、会活跃气氛的性格,眼下同他说话都是好不容易憋出来的,可他一直这么不咸不淡的,她实在没有办法,不知道该怎么才好了。

一顿早餐,在两人的沉默中结束。

林音和刘阿婆道了别,同贺连周一起去看林舒青。

贺连周在墓园外面等她,并没跟着进去。

林音熟稔地走到林舒青墓前。

这几年,她回国的次数少,每次回来都会来看妈妈,但行程匆匆,除了贺家人和齐梦佳,在平安镇的老街坊邻居都没见,所以那群人才以为她没回来过。

原因无他,她有太多割舍不掉的东西,怕待得太久,就不想走了,会不管不顾地干脆留在国内。

那样,无论对她的学业、她的爱好、她得到的机会、关爱她的人还是她本身来说,都太任性了。

而那些日子,她回国,贺连周到国外,明明是有不少机会可以见面的,可她看到他的次数却越来越少。

他也……一次比一次冷淡。

"妈妈,我又来看你了。"林音看着墓碑上林舒青的照片,眼睛有些酸,"这次是真的回来,再也不出去了。"

可是,好像有很重要的东西变了。

当年她茫然无措地到异国他乡,原因之一就是怕再也无法靠近贺连周,而现在,虽然没到那种程度,可又有什么分别?

林音眼睛泛起一层薄雾,涩然地说出口:"我想和他回到过去。"

真的好想。

好想。

林音待得有些久,临走的时候揉了揉眼睛,让自己感觉不像是哭过才动身。

贺连周没下车,车窗半开着,远远地看她走过来,在他面前站定。

他一眼就看出她微红的眼眶,心猛地被揪了一下,随意搭在方向盘上的右手微不可见地收紧,却强迫自己不去理会,偏了下头,示意她上车。

"回哪儿?"他问。

林音不知道怎么回答才比较合适:"回你……家。"

贺连周显然听懂了她的意思,沉默片刻,发动了引擎。

一路无话。

林音在这样的气氛中垂着头,跟霜打的茄子一样,蔫了半路才想起来给姚蔓发了微信。

姚蔓的电话很快就打了过来:"音音,你回国啦?什么时候回来的?"

林音老实道:"昨天。"

"现在才说!"姚蔓嗔道,"想给我个惊喜呀?"

林音有些愧疚:"对不起……"

"说什么呢!"姚蔓可不敢再开玩笑了,"快回来,给你做好吃的。"

林音:"好。"

挂断电话,车里又没了声音。

贺连周如同一个局外人,从头到尾,面无表情地听着,对她们的对话未置一词。

林音不由得咬了咬唇瓣。

直到快到贺家的时候,她调整好情绪。

一下车,等在门口的姚蔓就把她抱住了:"可想死我了。"

"别跑"也围着她跳来蹦去。

虽然有很长一段时间聚少离多,这小家伙还是黏她黏得紧。

姚蔓亲昵地抓着林音的手:"快进去,今天我可亲自下厨了呢,得好好迎接下我们音音。"

林音嘴角漾起一个小小的弧度,跟着她走了两步,不由得回头去看贺连周,却见他根本没下车,反而再次打起方向盘。

姚蔓也注意到了,奇怪地问:"你去哪儿?不在家吃饭了?"

贺连周说:"有事。"

眼神没再在谁身上多停留一分,调转了方向。

林音眼中闪过一抹失落之色。

姚蔓看在眼里,心里直叹气。

也不知道这两人到底发生了什么,这几年奇奇怪怪的,谁都能看得出来,但问谁谁也不说。

她决定还是得想想办法搞清楚,拍了拍林音的肩膀:"进去吧。"

林音只得点点头。

贺家今天很热闹。

贺连周猜也能猜得出来,从家里出来后,他来到了自己一套临江的房子,却没上去,就待在车里。

也不知过了多久,他摸出一支烟,修长的手指拨动了一下打火机,点燃,吸了一口。

想起六年前的事,他眯了眯眼。

只吸了一口,便抬手将烟按灭了。

到底是抽不惯。

林音不想扰了姚蔓的兴致,可还是会有意无意地往门口望,仿佛在期待着下一秒就能看到贺连周的身影。

姚蔓看出了她的心不在焉,故意道:"对了,音音,你帮我问问阿周什么时候回来,真的是,这父子俩,一个两个的不着家。"

她来问吗？林音提起一口气，隔了半分钟，才说："好。"

打开同贺连周的对话框，她思索着开场白，输入删掉，删掉输入地重复了好几遍，最终还是只发出去一句——

LIN：阿姨让我问问你什么时候回来。

五分钟后，收到了贺连周的回复。

Z：不一定。

姚蔓问："阿周怎么说？"

林音如实告知。

姚蔓道："那可能和你叔叔一样，是有急事要处理，改天他们俩有空，咱们一起出去吃呀。"

林音回应地点点头，后知后觉……

阿姨这是在有意安抚她？

她轻轻咬唇，没声张，又和姚蔓聊了些近况，虽然大多时候都是姚蔓问，她答的形式。

聊了一会儿，她就收到齐梦佳急哄哄约她的消息：地址发你了，快来呀。

这几年，齐梦佳在京北读大学，如今在一家化妆品公司工作，林音回国的事情第一个就告诉了她，和她说好了，等她从平安镇回来两人就见面。

两人约在一家清吧。

齐梦佳以前很少沾酒，工作后倒是喜欢上了微醺的感觉，地点是她定的。

林音到了之后，齐梦佳一把抱住她，激动了好半天才带着她坐下："你见到那个什么总了？"

她指的是赵绪。

林音点点头，小声道："也遇到了贺连周。"

"贺连周？他怎么会在平安镇？"齐梦佳眨眨眼，"快和我说说什么情况。"

林音把在平安镇发生的事情事无巨细地告诉了她。

"这样啊。"齐梦佳回忆起过去，长叹一声，"也就是当年我们俩都年龄小，也没个什么主意，不然可能还能想到更好的解决方法。"又问，"音音，你现在……到底是怎么想的？"

怎么想的呢？

其实林音也不是很明白，她只是迫切地想要找回以前的贺连周，他的冷淡疏离让她难受至极，想要靠近他的欲望一日比一日浓烈，几乎快要把她淹没了。

她的"叛逆"期像是晚了足足六年，现在只想凭着本能做事，至于其他的，她统统不想在乎了。

齐梦佳自然是支持她的，温柔地拍了拍林音的肩膀："想做什么就去做吧，我永远是你背后的女人。"

林音被她的语气感染，嘴角有了些许笑意。

"那你打算怎么做？"齐梦佳接着问。

笑意瞬间僵硬，林音垂眸："我不知道。"

她真的不知道。

她从小就聪明，许多东西都是一点就通，可唯独在贺连周面前，大脑仿佛生了锈。

无力透了。

看出她的失落，齐梦佳鼓励道："没关系，反正你人都回来了，咱们慢慢想办法嘛，肯定能回到以前那样的。"

说完，她又佯怒："不对啊，你说你念着这个，想着那个的，怎么不先关心关心我。不行，我吃醋了，你必须陪我喝酒，你买单！"

林音被她说笑了："好。"

齐梦佳果断点单。

这里她常来，兴冲冲地给林音介绍自己比较喜欢的几款调酒，想要借此分散下林音的注意力，让林音开心一点。

林音很配合地一一尝了过去，最开始只是轻抿一口，后来不知不觉间悄然喝了好几杯。

　　齐梦佳拦住了她："你酒量那么小，不能喝了。"

　　可为时已晚，林音茫然地看着她，眼神已经不太清明了。

　　"不喝了不喝了，要回去休息了。"齐梦佳赶紧夺走她手里的酒杯，拉她起身，询问道，"今晚你住我那里，还是回贺家？"

　　林音像是没听明白她在说什么，一双圆滚滚的眼睛盯着她，无辜而又格外动人。

　　齐梦佳灵机一动，打车将她送回贺家。

　　到了贺家门口，她扶着林音下车。

　　庞叔正在院子里擦车，听到动静，走过来，看到她们的模样，柔声道："这是喝酒了？"

　　齐梦佳跟庞叔也见过几面，算是认识。她解释道："音音一沾酒就容易醉，麻烦庞叔帮忙把她带进去吧，我就先走了。"

　　庞叔温和道："这么晚了，不然就在这儿休息一晚？"

　　齐梦佳摆摆手："不用啦，我没醉，而且明天还得上班呢。"

　　庞叔没再过多挽留，看着她打车离开后，搀扶着林音进门，边走边说："太太已经睡了，庞叔送你回房间休息好不好？"

　　林音反应了一下他的话，点点头。

　　回到房间十几分钟后，她又打开了门。

　　贺连周回家的时候已经很晚了，客厅里的大灯都灭了。

　　他踏着月光，不紧不慢地往里走，借着微弱的光线，看到沙发上缩着一个小人儿。

　　她比几年前见到的时候还要瘦，安安静静地坐在那里，直直地看着他。

　　同她对视一秒，贺连周一语未发，脚步未停。

突然，被她叫住："贺连周。"

她声音软绵绵的，像被塞了一团棉花，一步一步地朝他挪了过来。

贺连周看着她红扑扑的耳尖，微微眯眼。

还学会喝酒了？

沉默间，林音神色迷蒙，眼睛亮晶晶地仰头望着他。

贺连周看了她一会儿，抓着她的胳膊往楼上去。

一路将她送进房间，带到床上。

林音眼皮快要抬不起来，眨巴眨巴，咕哝了声："贺连周……"

贺连周喉结滚了滚，下意识地想要伸手揉一把她的头发，手探出去一点，又骤然僵住，握紧了拳，下颌紧绷。

只睨着她的头顶，眸色越来越暗，半晌，丢下一句："就这点长进？"

也不知道究竟是在说谁。

林音醒来时茫然了好一会儿，她昨晚喝得有点多，最后的记忆停留在回到家后晕头转向地去楼下找水喝。

什么时候再次躺到床上的？她回忆了一下，隐隐记得好像后来有人扶着她上了楼。

林音费力地在脑海中搜索，想要看得再仔细一点。

一双骨节分明的大手渐渐清晰起来。

白皙、干净、修长、有力。

那是属于贺连周的。

她的心湖骤然被拨动了一下。

早餐时间，林音坐在楼下，眼睛止不住地往楼梯的方向瞄。

就是迟迟不见贺连周。

姚蔓看出了她的动作，告诉她："阿周出差了，这几天都不在家。"

林音怔了怔："……哦。"

神情有些黯淡了。

那岂不是又要好几天见不到。

姚蔓看得疼惜："你要想找他，可以给他打电话。"

被她这么一说，林音还是有些窘迫，忙摇摇头："没有的。"

耳垂微微发烫。

接下来的几天，林音又细化了一遍已经绘制好的分镜，赵绪联系了她，约她出来谈谈剧本的事情。

"阿周怎么说？打算投资吗？"这是见面后赵绪问出的第一句话。

林音摇摇头。

那天过后，贺连周并没有任何表示。

"我稍微打听了下你们的关系，想要贺家的投资，应该是你张张嘴就可以办到的事情吧。"赵绪别有深意地看着她。

林音抿了抿唇："我……"

"不想拿关系要求他，是吧？"赵绪笃定道。

林音点点头。

"可以猜到。"赵绪微微一笑，换了话题，"准备得怎么样了？"

"现在只有剧本和分镜是确定的，摄影、化妆团队那些正在接触。"林音老老实实地回答。

"行，练练胆子，跟我去见资方的时候拿出来用。"

林音愣了一瞬，反应过来，他这是答应合作了？她真诚地道："谢谢您。"

"别用敬称了，听得人心凉凉的。"赵绪摸了摸下巴，"再说，不用谢，我也想顺便满足下我的八卦心。"

林音顿住。

赵绪："说到这儿了，有些事我提前和你讲清楚，既然我参与了，我就还是会去争取寄州的投资，你能明白吗？"

——寄州集团是贺家的产业。

林音点点头。

她明白。

正事就算暂时聊完了,赵绪看着她,突然来了一句:"看来你还不知道?"

林音不明所以。

赵绪拿出手机,调出一段视频:"你那天晚上在茶馆唱的戏,被人发到了网上。"

林音顺势看过去,只见热度已经很高了,评论区里不少人喊着——

△我去我去我去!唱得也太好了吧。

△好甜美,我好爱。

△新老婆!

…………

正看着,赵绪忽地说了句:"阿周。"

林音下意识顺着他的视线看过去,瞳孔放大了些。

贺连周和几个朋友走进来,那群人中有不少林音是认识的,一瞬间,这一幕和学生时代仿佛重叠在了一起。

贺连周也看到了她,目光不露痕迹地扫过她和赵绪此时此刻的姿势。

"林音妹……"盛宴先走近,叫到一半,想起身边的人,又觉得不妥,"你回来了呀。"

看了看她对面的赵绪,一瞬间跟吃了什么难以下咽的东西一样:"你们俩怎么在一起?你们这是……"

林音的目光一个劲儿往贺连周身上飘,解释:"我们在聊工作。"

"聊工作啊。"盛宴将信将疑,视线从她身上再转向赵绪,脸上挑衅的嫌弃不加掩饰,"那你们先聊,咱们改天再聚。"

一阵寒暄,贺连周一个字都没说。

从他们身旁走过的时候,语气不明地说了句:"不是吃不了辣?"

他还记得！意识到他是在和自己说话，林音一喜，连忙朝他看过去，张了张口，话还没说，他已经走远了。

林音望着他的背影，余光看向面前的餐盘，心底刚刚升起的那点雀跃骤然凝固。

他看起来好像并没有想要她的回答，也不过只是随口说一句吧。

赵绪将她的表情变化尽收眼底，眸中闪着某种光芒，开口道："女主演是不是还没定，我倒是有个推荐人选。明天她在剧院有场演出，要不要去看看？"

他压低了声音，有些暧昧地说："阿周也很熟悉。"

林音心倏然一紧，手颤了颤，说："好。"

盛宴没听到赵绪刻意放轻的那句话，两人的一问一答倒是听得清楚，啧啧两声："他们俩倒约上了。"

贺连周当然也听得到，不作表示，又走了几步，接到一个电话。

听到地址，他长久不语。

过了好一会儿，他才道："知道了。"

林音在院子里一边轻抚着"别跑"，一边琢磨着看过无数次的剧本。

偶尔抬头看看动静。

也不知道过了多久，她终于看到了想见的人。

他衬衫随意地解开一个扣，有风吹过，隐隐可见流畅分明的肌肉线条包裹在里面。

林音反应过来时，人已经走了过去，连忙喊住他："贺连周。"

贺连周停下脚步，转头看她，静静地等着她的后话。

一对视，林音的嘴就笨起来："你回来了。"

贺连周睨向她。

林音意识到自己问了一句废话，改口道："那晚……是不是你把我送回房间的？"

贺连周表情不变："怎么？"

林音说："谢、谢谢。"

贺连周没有立马回答，深深地看了她一眼，没再停留："不用。"

依旧是不咸不淡的一句话，却让林音被些许细碎的欣喜笼罩。

他和她多说了几个字。

只有几个字，也能让她心底生出些微弱的希望。

赵绪很快就把时间和地点发给了林音。

是一部名为《逐风》的舞剧。

林音本想先搜索一下相关的演员，认真考虑了一下，还是放弃了，决定凭直觉去判断到底合不合适。

第二天下午，剧院门口。

林音到的时候，赵绪已经在等她了。

她穿着鹅黄色的碎花连衣裙，外面搭着一件同色系的开衫，整个人如同一颗棉花糖，温柔又甜美。

赵绪毫不吝啬地夸赞道："你今天很漂亮。"

林音有些不好意思："谢谢。"

"进场吧。"赵绪别有深意地歪了歪头，"也许，今天会有意外的收获。"

林音微微怔了怔，以为他的意思是他推荐的那个人肯定很合适，也没多想。

他们占据着绝佳的位置，刚一落座，林音就听到周围激动的声音——

"为了来看我们昭昭，我可是提前半个月就开始练手速！终于，让我抢到票了！"

"我就慢了一秒，票就没了，高价找人买的。"

"啊啊啊！怎么办？我好激动，不行，我得再检查检查设备，等下绝对不能错过任何一个瞬间。"

…………

票这么难买……

林音不禁看向旁边。

赵绪看出她的疑问,耸了耸肩,用只有两个人才能听到的声音道:"票是直接找主演要的,他原本邀请了人,对方有事来不了,就便宜我们了。"

林音了然,安安静静地将目光转向舞台。

音乐起,身着红裙的女生赤足,踩着轻盈的舞步来到舞台中央。

身姿婀娜,腰很细,轻纱遮面,缓缓露出正脸,标准的浓颜系长相,骨相和五官都十分优越,明艳动人,漂亮得不像话。

一眼便能把人吸引去。

林音眼睛眨也不眨,看得入了迷。

直到结束,场内的尖叫声此起彼伏,林音才回过神来。

听到赵绪说:"怎么样?是不是和你的女主很适配?"

适配。

再适配不过了。

林音点头。

赵绪又道:"想见见她吗?"

林音头点得更快了。

赵绪带她去后台,林音有些紧张,她没见过唐昭昭,在心底思考着该怎么和她说出第一句话,怎么才能说服她来演自己的女主。

快要走到化妆间时,却在转角处看到熟悉的身影。

贺……连周?

没等她细细思索,只见唐昭昭从贺连周手里接过一捧粉色玫瑰,葱白的手指在花瓣上划过,语气骄纵:"我今天不喜欢粉玫瑰了。"

贺连周一脸不置可否。

盛宴在一旁插话道:"我说唐大小姐,你这叫今天吗?你不是两个多小时前还说喜欢的吗?"

离得远,林音并不能听清唐昭昭又说了什么。

只是听到盛宴嚷嚷道:"那我应该叫你什么?嫂子啊?"

林音只觉得脑袋里"轰"的一声,有什么东西直直地向她砸下来。

花是贺连周送的。

盛宴叫她嫂子。

贺连周,他……有女朋友了?

她呼吸一滞,手里的包掉在地上,发出清脆的声响。

几人一起往这边看过来。

目光从林音脸上移向她旁边的赵绪,贺连周稍稍眯眼。

"林……"盛宴生生忍住呼之欲出的"妹妹"两个字,轻咳一声,一脸怀疑地看向赵绪,"你们怎么到这里来了?"

贺连周倒是知道他们俩有约着来看演出的事情,毕竟昨天听到了。但不知道他们过来后台这里是要干吗。

林音心里乱糟糟的,压根听不到他在说什么,随便点了点头。

贺连周将她的动作看在眼里,微微蹙了蹙眉。

赵绪的视线在他们俩身上流转着,露出狐狸般的微笑,替她解释:"我们在筹备一部电影,觉得昭昭很符合女主形象,想来争取一下。"

"你觉得这个场合。"唐昭昭环视一圈,质问,"合适吗?"

林音望着她。

控制不住地望着她。

完全忘了自己在做什么。

唐昭昭不避不闪地回视着林音。

这场景持续了足有一分钟,盛宴伸手在林音眼前晃了晃,"哎哎"了几声:"怎么还盯着咱们唐大美人儿发起呆了?"

唐昭昭也在这时问:"看我干什么?"

187

林音为自己的失态感到抱歉，强压下心底的沉重，以免再次犯错，说："你、你好美。"

盛宴和赵绪噎了一下，都被逗笑了。

贺连周唇角也有了轻微的弧度。

盛宴不太客气地冲赵绪说："你笑什么笑。"

赵绪眼角抽搐了一下，看起来似乎有些无奈："能不能讲点道理？"

林音对这些全无反应，被定住了般微垂着眼。

"谢谢。"唐昭昭坦然地接受她的夸奖，"你也很漂亮。"

"工作的事，找我经纪人约时间谈吧。"唐昭昭捧着玫瑰，闻了闻，开始高贵地赶人，"你们可以走了。"

"得嘞，姑奶奶。"盛宴摇头慨叹一句，一起从后台离开，他看向林音，"哦对，正好我们晚上要聚聚，一起呗。"

林音望着贺连周，眼神中包含着太多东西，声音轻得像是一阵风："好。"

盛宴拍了拍赵绪的肩膀："啧，你一把年纪，就别去了，再把腰闪了。"

赵绪嘴角抽了抽："我谢谢你。"

地点是熟悉的地方。

那家赛车俱乐部。

林音六年没来，却也没有太大的变化。

走进几人常在的那间包厢，林音一眼就看到热闹中央的人。

是谢明川。

他八风不动地坐着，旁边有人满是八卦地问："怎么回事儿？"

他轻笑，懒洋洋地回："什么怎么回事儿？"

"少装蒜，说是那个脱粉的事，什么粉丝这么牛，脱个粉闹得这么沸沸扬扬？"

谢明川眉尾一挑，卖弄似的，看得出来心情不差。

"进来吧。"见贺连周没什么表示,盛宴冲林音说。

林音点点头,走进去。

所有人的目光都落在了她身上。

谢明川看了眼贺连周,又看了眼面前的女孩,表情有些奇怪:"稀客啊,妹妹。"

林音勉强扯出一个笑容。

谢明川又说:"这次回来还走吗?"

林音摇摇头,失魂落魄。

不走了。

可是,也没什么用了。

贺连周仍旧一言不发,却尽数捕捉到了她的反应,瞥向盛宴。

盛宴立刻会意,打了个响指:"都这么拘着干吗,好不容易聚一次,玩点开心的。"

林音静静地看着他们玩,那些声音离自己明明很近,却又好像很远很远。

笑闹间,不知谁提了句:"我突然想起来,顺子上个月开始一直在追一个女生,你们知道他说喜欢人家的原因是什么吗?因为,对方马步扎得比他好看。"

顺子反驳道:"这有什么好奇怪的,心动就是这么出乎意料,很难理解吗?阿周不是还喜欢让他睡过沙发的⋯⋯"

他话没说完,被贺连周淡淡扫了一眼,果断认怂,端起一杯酒:"我干了。"

林音随之垂眸。

真的,有喜欢的人了啊。

真的,有女朋友了啊。

她眼眶酸涩,心仿佛被挖走了一块,空落落作痛。

聚会一直持续到晚上,散场时,贺连周没喝酒,带着林音回去。

路上,他余光落在她身上。

只见她靠在椅背上，低着头，整个人蔫蔫的，跟快要碎掉了一样。

到了家，车停好后，迟钝了大半天，她才有所感应地去解安全带，手却好几次没摸对地方。

好不容易解开安全带推开车门，一只脚探出去，却踩了个空，跟跄了一下。

贺连周倾身过来，单手撑在车门框上，她的手正好搭上他的胳膊，他提醒："看路。"

他的温度从掌心传来，林音被烫着般收回手，站稳后，丢下一句"谢谢"便匆匆而去。

贺连周皱了皱眉，看着那个小小的身影逐渐消失在自己的视线中。

回到房间，林音全身的力气仿佛瞬间被抽干，跌落在自己房间的小沙发上，抱着腿，蜷缩起来。

她没忍住，在搜索引擎上输入了"唐昭昭"三个字。

唐昭昭家里是做珠宝生意的，从她曾祖父开始，家境就很富裕，她上头还有个哥哥，从小是被捧在手心里长大的。

她那么美丽、那么骄傲、那么耀眼，看起来和贺连周那么般配。

林音胸口闷着一股气。

她好像，应该放弃了。

贺连周有女朋友了，她就不能再抱着想要接近他的心思，她必须收好自己那点贪念，保持好和他的距离，不能跨越雷池半步。

林音逼迫自己忙碌起来，连续多日和赵绪一起细化项目书。

但只要一空下来，她就会控制不住地走神。

赵绪见她如此，问："心情不好？"

林音连装模作样的笑都做不出来，摇摇头。

赵绪若有所思，难道和他预料的有偏差？

看着眼前的小姑娘难过的样子，他难得有了点良心："我把剧本介绍给寄州旗下一家电影制片公司看了,也就是漫影,你应该听说过。对方很感兴趣,约我们改天到公司谈,准备准备?"

漫影是头部制作公司,林音当然知道,但她这会儿说话都觉得无力,只得点点头。

贺连周是在林音走后不到五分钟的时间里,接到赵绪的电话的。

彼时他正结束一场远程会议,站在落地窗前,听赵绪说:"林小导演的心情貌似挺不妙的,贺总知不知道原因?"

他话里明显藏着话,贺连周平静地道:"你想说什么?"

赵绪说:"也没什么,就是问问贺总想不想知道。"

贺连周不语,半晌,道:"没事挂了。"

挂断电话,他望着远处,落单的飞鸟在追逐着同伴,明明很有规律地震动着翅膀,但每每快要靠近的时候,距离总会又一次拉开。

就像他和她一样。

后面几天,林音基本不出门,把自己关在房间做PPT。

要去漫影前的第三天晚上,姚蔓要陪同贺稷出席一场酒宴,不在家。

林音一觉睡醒,感觉浑身发冷,头阵阵昏沉。

她打开自己书桌的抽屉,想要翻一翻有没有体温计。

却一眼看到了一支录音笔。

崭新却已经失去了生命力,安安静静地被她带在身边六年。

林音握住那支录音笔,手不断地收紧,再收紧。

鼻头发酸。

过了十几分钟,她才将录音笔又放回去,起身,出门,一怔。

贺连周正好上楼。

四目相对,贺连周看了她一眼,从她身侧走过。

倏然,手腕被一只柔软的小手抓住。

他身形一顿。

她手上的温度有点不太正常。

发烧了？

贺连周偏头看她。

林音开口，嗓子疼得厉害："别走。"

贺连周呼吸一滞，手臂上青筋暴起，极力克制着，终究还是没克制住，反握住她的手腕，声音低沉："再说一遍。"

再说一遍不让谁走。

"别走。"

林音哽咽着，她已经不知道自己在做什么了，只觉得骗过他的这件事，起码应该有个解释："对不起。"

贺连周看着她，眸色幽深。

林音的眼泪如滚珠般一颗一颗往下砸，瓮声瓮气："对不起，贺连周。

"我骗了你。

"当年你给我的录音，我没听。"

贺连周骤然僵住。

第九章
♥ 欢迎回来

仿佛过了漫长的一个世纪。

贺连周喉头一滚："你说什么？"

林音呼出来的气热腾腾的，说话时带着点鼻音，即使意识不太清明，她也不想提起柳全，只道："录音笔被弄坏了，打不开了……"

贺连周垂眼，目光紧紧锁定在她身上。

如果林音此刻抬起头，就会看到他眸中好似有风起云涌，各种各样复杂难辨的情绪交织在一起，仿佛有什么东西呼之欲出，又隐忍不发。

良久，他抬手在她额间探了下。

烫得厉害。

他叫来了庞叔，手指越过林音的头顶，往后，动作流畅地覆在她的后脑勺，带着她回到房间，将她按在小沙发上。

庞叔观察了下林音的状态，拿出额温枪一测，果不其然，高烧。他从药箱里取出退热贴和药，正要递给林音。

贺连周顺势把药盒接了过来，冲林音道："张嘴。"

林音晕乎乎的，跟着照做。

贺连周长指一动，药片冲破包装滑入口中，林音的眉头立马皱在一起。

"苦。"

贺连周始终注视着她，端起一杯水放在她嘴边。

林音就着杯子一小口一小口地抿着，感觉有所缓解，才自动和水杯拉开了些许距离。

贺连周什么都没说，放下水杯，又拿过退热贴贴在她额头上。

林音往后躲了躲，泪朦朦的鹿眼直勾勾地望着他："凉。"

贺连周还是没说话，只睨着她，目光如鹰隼般，几乎要把她吞没了。

好半天，突然扬了下唇。

林音退烧很快，又休息了两天，总算是恢复了些力气，但身上还是热燥燥的。

这天一早，她往冰箱走去，想喝点什么解解渴。

她打开冰箱门，粗略地看了一圈，正要拿一瓶茉莉花茶，一只手却比她更快伸过来，从一旁抽出一瓶冰水。

熟悉的气息扑面而来，她下意识地看过去。

贺连周也在看她，见她不说话，道："想要？"

林音摇摇头。

贺连周好整以暇："那还盯着？"

林音偏了偏眼："对、对不起。"

贺连周觑着她，停顿了两秒，叫她："林音。"尾音稍微拖长，"你道什么歉，身体还没好，少喝冰的，来吃早餐。"

轻飘飘的、带着一点揶揄意味的语气，和六年前没有任何差别。

说完，他不紧不慢地往餐厅的方向走。

林音怔怔地望着他的背影。

感觉……他好像有些不一样了。

不能多想。

林音轻轻甩了下头，提醒自己，强行将心底的所有想法都按压下去，跟着去了餐厅。

姚蔓也在，她招呼林音坐下吃早餐，林音拿起牛奶喝了一小口。

听到姚蔓问："音音，昨天我们碰到赵绪了，听他说你打算拍电影呀？"

林音承认地点点头，小声解释说："现在还在筹备阶段，想等到出成品再和你们说的。"

姚蔓哪能看不出她不想麻烦家里的意思，表示期待："那现在准备得怎么样啦？"

林音老实又避重就轻地回答说上午约好要去谈投资的事情。

没有提起要谈的公司。

"今天吗？"她不说，姚蔓也就不多追问，放手让她去做，又想起什么，"你跟谁一起呀？需不需要让庞叔送你？"

"不用的。"林音忙道，"我和赵哥一起。"

听到这个称呼，贺连周目光从她脸上扫过，很轻，很快，让人几乎无法察觉。

姚蔓随口称赞了一句："也好，赵绪这孩子还是挺不错的，你们年轻人一起也比较好探讨想法。"

本是不夹杂任何元素的一句话，却让贺连周也随之看了她一眼，然后，起身。

举止随性中又彰显着一股运筹帷幄的气势。

林音突然很想看看他工作时的样子。

可是……

看了又能怎么样呢，无非是增添不该有的妄想罢了。

她克制着，垂着头，不去多看贺连周，自然也没察觉到他的视线在自己身上停留了几秒。

直到感觉到他逐渐走远，林音才抬起头，去寻那抹早已消失的身影，心底怅然一片。

"音音。"姚蔓叫她。

林音没听到。

姚蔓又提高音量，叫了她一声。

林音茫然地看向她。

姚蔓犹豫着，终究还是忍不住，想问："你和阿周……"

林音睫毛一颤，不敢在这个话题上过深地聊下去："阿姨，时、时间不够了，我得去准备一下。"

几乎是闻声而逃。

姚蔓很善解人意地没拦林音，看着林音走开，长长地叹了口气。

她余光看向一旁，贺稷这个大忙人还在边吃饭边看报，像是丝毫没有听到她们都说了什么，又重重地叹息一声。

贺稷内心闪过一排省略号。

林音在房间待到九点，才收到赵绪通知她会合的时间。

林音向来是守时的人，看到消息便出发了，一点没耽搁。

姚蔓送她到门口："那就等我们音音的好消息了。"

林音冲她笑了笑："谢谢阿姨。"

到了约定的地点，赵绪带着她一起去了漫影。

路上，他握着方向盘，目不斜视地问："心情好点了吗？"

林音不知道该怎么回答，勉强牵了牵唇角，算作回应。

赵绪又说："阿周他……"

林音看着他，似乎不明白他为什么会提到贺连周。

"算了。"赵绪摇摇头，换了话题，"你和唐昭昭接触了吗？"

提起这个名字，林音轻轻抿唇："还没。"

赵绪终于偏头看了眼她，意味深长道："有空和她聊聊吧。"

林音没接这句话，虽然她很清楚，早晚是要和唐昭昭"聊聊"的，无论是从工作的角度，还是……

她也清楚，在那之前，她必须尽快做好心理建设，起码面对唐昭昭时，不能再像上次一样失态。

可是，无论这样告诉自己多少遍，心还是被揪着般的难受。

四十分钟左右，他们到了目的地。

迎接他们的负责人是一位非常干练的职业女性，名叫杨延泞，三十五六岁，齐肩短发，涂着哑光棕咖色调的口红。

没有特别长时间的寒暄，直接切入正题，就剧本的定位、故事内核、人物形象等等，做了详细的说明和沟通。

对方对题材挺感兴趣，对汉剧文化也有所了解，对于影视行业更是熟悉且认知独特，许多见解一针见血。针对她的提问，林音温和地一一回答，赵绪时而补充两句，几人聊得很愉快。

不知不觉一个小时就过去了。

忽地，会客室的门被敲响。

林音看到杨延泞的眉头一蹙，眼神犀利地看过去，似是想看看是谁这么没有眼力见，看清来人后，又缓了神色，起身道："何特助。"

有人极力压低声音也难以掩饰激动的声音从外面传来："小贺总来了！"

"他怎么会突然来我们这里？"

"我们刚刚还看到何特助了，还以为他自己过来的呢。"

…………

嚷嚷了半天，最先开口说话那人"呃"了一声："没过来，直接去楼上了。"

众人无语。

林音听着她们的对话，呼吸紧促了些。

小贺总——她有听姚蔓提起过，这是公司的人对贺连周的称呼。

贺连周……来了？

不等她求证，门又被关紧。

何特助微微一笑，沉稳道："小贺总来视察，正好听说这边在谈项目，就安排我来了解一下，不用管我，你们继续。"

即使贺连周没有出现在眼前，林音还是觉得无形中有一股压迫感笼罩着自己，硬着头皮和负责人沿着刚刚的话题继续探讨。

又过了半个小时，会话结束。

杨延泞告知林音和赵绪，他们会在之后再次进行评估，又道："何特助觉得如何？"

"有几个小问题不是很明确。"何特助并没直面回答，而是欠了欠身，冲林音道，"还麻烦这位女士协助我向小贺总解答一下。"

林音指尖一颤，思考能力仿佛被抽走了一瞬，下意识地往前走了两步。

赵绪一副看透一切的表情，眼睛里尽是精光，也跟着起身。

何特助微笑着，拦下了他："赵总这次前来，我们本来应该好好招待，只是刚刚上来的时候，恰巧在楼下碰到了赵老先生，他听说您在这里，很想见见您，这会儿还在等着回复呢。"

赵绪眼皮直抽抽："……贺连周他故意的吧。"

何特助继续微笑："抱歉，我不太明白赵总的意思。"又道，"不知赵总觉得我应不应该请他上来？"

赵绪咬了咬牙，看起来很想飙句脏话，又克制住了，离开的时候，甚至还能保持体面，皮笑肉不笑地冲室内其他两人礼貌地说一句："改天再谈。"

变化太快，林音徒劳地张了张嘴，看着他快速走远。

何特助仍旧在微笑，冲她做了个"请"的手势。

林音有些蒙地跟着他来到楼上。

楼上是总经办所在的地方，相对来说很安静。

贺连周硕士毕业后，就接手了家里的产业。这家公司其实不属于他接管的范围，而是属于他的小叔叔，贺连周也只是偶尔会代替对方过来听听汇报，但还是给他准备了一间位置极佳的办公室。

何特助走在前面，到了地方后，替林音开了门，引着她走入室内，冲正站在落地窗前的男人道:"贺总,人带过来了。"

贺连周"嗯"了一声。

何特助颔首,关上了门。

林音站在那里,有些不知所措。

其实在一定程度上来讲,她并不是特别希望贺连周会亲自参与进来。这样,她的工作、她和贺氏的合作很容易会掺杂一些其他的东西。

所幸贺连周也没提起这件事,转过身来,面对她,微抬下巴,点了点办公桌不远处的沙发:"坐。"

林音挪步过去,刚刚坐好,手机跟炮轰一样响了起来。

她连忙开启静音,看到内容,望向贺连周。

贺连周了然,看似是在询问,但语气明显已然笃定:"赵绪发的?"

林音点点头,忽然蹦出一句:"不做人。"

贺连周一挑眉:"嗯?"

林音弱弱地解释:"他……说。"

空气凝固了一秒,贺连周睨着她,饶有兴致地扬了下唇:"学得不错。"

有些尴尬。

林音垂着脑袋,她也不想做人了想做鸵鸟。

贺连周看了她一会儿,叫来了何特助。

像是早就已经安排好的,很快就有餐厅的工作人员送来精美的饭菜。

那些人忙活完,便退出了办公室。

一时间,室内又剩下两个人。

林音怔了怔,自从六年前到了国外,她一忙起来或者有心事的时候,时常会忽略掉胃里的感觉,此时此刻诱人的香味传来,她才意识到自己似乎是有些饥肠辘辘了。

她不解地看向贺连周。

有一瞬间,某个大胆的想法在脑海中乍现——

贺连周不会是来和她一起吃饭的吧？

这个想法只存在一秒，就被她掐断。

不要再抱有不该有的想法了。

林音在心底敲敲自己的脑袋，头也慢慢垂得更低。

直到贺连周的声音从头顶传来："不饿？"

林音摇摇头，顺手拿起一块糕点，咬了一口，微甜的味道刚刚触碰到舌尖，她便被上面的抹茶粉呛了一下。

一杯水递到了嘴边。

她稍一侧头，对上贺连周的视线，眼睛连忙偏开，接过他手中的水杯，说："谢、谢。"

拿起水杯喝了一口，又被呛到。

贺连周睨着她："吃不下？"

林音摇摇头。

不是。

她集中注意力，开始好好吃饭。

贺连周没再说什么，周遭安安静静。

林音偶尔拿余光瞄向他，他始终都是慢条斯理的，每一点细微的动作都分外养眼。

也不知怎的，她忽然想起了唐昭昭："……你女朋友。"

贺连周稍微挑起半边眉，觑向她。

林音这话几乎是不由自主地跳出来的，只好顺势说："真好看。"

贺连周不作声，眸色深邃地盯着她，藏着某种让人看不透的东西，良久，才出声，并没回应她说的话，而是道："下午有事？"

林音没明白他为什么要这么问，但也只是摇了摇头。

贺连周显然没有多说什么的意思，面上不见任何情绪。

林音悄悄打量着他，也就问不出口了。

她有些不知所措。

吃过饭后，贺连周交代道："楼下等我。"

他看向她，面色依旧平静，但语气却放得很轻："知道了吗？"

林音乖乖地点了点头："知道了。"

她一个人下楼。

路上，陆陆续续有今天见过她来公司的人往她身上看。

林音保持着礼貌的微笑，走出办公楼，为了不惹人注意，专门往前走出了一段距离。

贺连周出现得很快。

他坐在车后座，缓缓降下车窗，用眼神示意她过来。

林音上了车，在他身侧落座，见司机启程，不禁问："要去哪里？"

贺连周看了她一眼，并没回答，眉眼间似乎写着"到了不就知道了"。

车最终缓缓驶进贺家老宅。

林音虽然也来过这里好几次，但都是和姚蔓一起，或者是家庭大聚会的情况下，还没有和贺连周单独过来的前例，因此下车的时候，她有些恍惚。

不太清楚贺连周怎么会带她来这里。

她正思考着，听到动静的人已经迎上来。

岑秀英心态好，这几年又注重保养，丝毫看不出年纪，见到林音，一如既往的慈祥："怎么过来也没提前说一声。"

她道："前两天我还和小蔓说呢，你这孩子，回来了也不知道来看看奶奶。"

林音腼腆地笑笑，心道：看来贺连周是临时决定带自己来这里的。

更疑惑了。

岑秀英拉着林音，摸摸她的发尾，爱不释手似的。

贺渝这时凑了过来,脸上还有几处挂着水彩,朝林音打了个响指:"这位小朋友,正好我有礼物送你。来,你跟我过来。"

林音犹疑的目光往一处望,快要瞄准贺连周的时候又硬生生地转到了岑秀英的脸上。

岑秀英慈爱地笑了笑,语气平缓:"快进去吧。"

林音跟在她身旁,小手始终被她拉着。

贺连周淡扫一眼她们的动作,掀了掀眼皮,不疾不徐地在后面,同她们保持着不远不近的距离。

只有贺渝像只撒欢的麻雀一样,一溜烟冲回自己房间,拿出了一幅画。

画面很青春。

穿着校服的少女站在操场的跑道上,似乎有人叫她,她回过头,恰好有纸飞机从头顶划过。

林音愣了一秒。

这场景她好像经历过,但不太记得是什么时候的事情,更感觉奇怪的是,贺渝怎么会画出这个画面的。

"是不是很还原,这还是我从……"

贺渝正说得起劲,贺连周突然插话:"二叔。"

贺渝"啊"了一声:"怎么了?"

贺连周面不改色:"没事。"

贺渝翻了个白眼,也忘了刚刚说到哪儿了,继续向林音展示自己的画,得意道:"这个送你,当作毕业礼物,浪漫吧,我简直不要太贴心。"又努着嘴,指了指贺连周,"不像这小子,是不是都没好好跟你说欢迎回来。"

林音往贺连周那里看过去。

贺连周微一挑眉,无声地向她示意:怎么?

林音摇摇头,冲贺渝道了谢。

贺渝说:"本人可从不随便为人作画的啊,要好好珍惜,记住了吗?"

林音老老实实地点头。

看着她一本正经的小脸，贺连周淡淡勾了勾唇。

说话间，有人从楼上下来。

是一个五官俊朗的男人，穿着一身裁剪得体的西装，一边整理着袖口，一边稳步往楼下走。

浑身透出清冷，看起来严厉而不容侵犯，又好像被一层薄薄的朦胧笼罩，极其性感。

简而言之，让人无法移开眼。

林音听到岑秀英叫他："斯衍。"

她瞬间反应过来，这人就是贺连周的小叔叔——贺斯衍。

贺斯衍是贺稷那一辈年龄最小的，也就比贺连周大了几岁，身上散发着一股浓浓的压迫感。

岑秀英介绍着彼此："这是音音，之前有和你说过的。音音，这是我们家老幺，你跟阿周一样，叫小叔叔就好。"

林音跟他说话都忐忑："小、小叔叔。"

贺斯衍淡淡地应："嗯。"

林音深呼了口气。

岑秀英问："你不是刚出差回来，怎么又要出去啊？"

贺斯衍说："接昭昭。"

昭昭？

唐昭昭？

林音眨眨眼。

又听岑秀英说："哎呀，那快去吧。上次昭昭演出我们都没去成，好好给人家赔个不是，还有啊，你们俩的婚期也该定了吧。"

婚、婚期？

林音整个人一僵。

她抬头,不由自主地看向贺连周。

贺连周也正在看着她,眼底流露着零碎的揶揄。

她连忙别开头。

林音都不知道自己是怎么和贺连周一起告别离开的。

她的脑中思绪万千,后面周围的人说了什么,她全部没听到。

只是被"唐昭昭不是贺连周的女朋友,是自己误会了"这个认知包裹着。

走到车前,她手足无措地胡乱转身,却不偏不倚地迎上贺连周的目光。

贺连周语气上扬:"女朋友?"

这三个字突如其来,砸落在耳膜,林音心跳猛地漏了一拍,而后快速震颤起来。

林音说不出话来,耳垂发烫,除了有误会他和唐昭昭的羞窘,还有一种更难以言明的情绪在心底横冲直撞。

贺连周没放过她,又补了句:"真好看。"

林音咬咬唇瓣。

再逗下去怕是都要找条地缝钻进去了,贺连周又看了她几秒钟,淡笑,放过了她,叫来自己的司机,冲她说:"等下让他送你回去。"

林音问:"那你?"

贺连周言简意赅:"我回公司。"

林音点点头,脑子里乱乱的,也没来得及细想。

他取了老宅的车,打算自己开回去,打开车门的瞬间,忽然转过头,说道:"欢迎。"

林音的嘴比脑子快:"什么?"

话开口的下一秒,她便反应过来,他是在回应贺渝说的话。

——欢迎回来。

她唇瓣动了动,像是在隐忍,可终究还是没忍住,嘴角缓缓翘了起来。

得知"女朋友"事件是个乌龙之后,林音一边隐隐有些窃喜,一边又有些害怕,不知道同样的心路历程什么时候会再次经历一遍。

心底五味杂陈的。

某处的声音在提醒着她,不如趁此把握机会,成功了,就能名正言顺、再无顾忌地无限靠近贺连周。

这声音不断地重复、重复。

一遍又一遍。

如同击鼓聚将一般,将她的勇气一丝一丝凝结在一起。

然而,一旦她想往前跨越一步,便会快速地松垮下去。

反反复复。

怎么就那么难呢?

林音忍不住问自己。

她极力地试图勇敢一些,却只能做到一点点地往他的方向挪。

赵绪已经观赏了好一阵她脸上变化多端的神情,终于开口问:"你和阿周怎么样了?"

"什么?"林音沉浸在自己的思绪中,听他说话,反应了一下,不太明白地问。

"你们……"赵绪看着她,一时哑然,颇有些不知如何评价的意味,又带着点"报仇"的意思,阴笑,"算了,让贺连周自己体会去吧。"

林音更是疑惑了,望着他。

然而不等得到解答,正式会谈就要开始了。

林音这才意识到,他们今天是和上次的负责人约好了继续谈项目的,刚刚等待对方的过程中,她一直在神游,眼下对方出现,她连忙坐直了些,集中注意力。

经过不断的磨合、商讨之后，双方最终达成了一致意见。

确定合作的时候，林音其实有些许担忧对方会提起那天在公司的事情，提起贺连周，但那人什么都没多说，看起来并不知道她和贺连周的那层"关系"。

林音兀自松了口气。

与此同时，突然想起，贺连周当日的一切做法，不会是在帮她"掩饰"吧？

心头涌起一股暖意。

漫影有着丰富的制作经验和非常专业且优秀的制作团队，林音和对方安排的对接人一起，认认真真地一一确定了剧组的工作人员。

往后又过了几天，赵绪告诉她，已经派人联系了唐昭昭的经纪人，约了时间面谈，不过那天他有事走不开，需要林音自己过去。

即使提前做了准备，真的到了要见面的时候，林音还是在心底做了好一番心理建设。

唐昭昭行程安排得紧，林音到的时候，她刚结束一场活动。

推开休息室的门，林音便看见贺斯衍也在，他的长腿交叠，倚在沙发上，胳膊随意搭在沙发扶手，右手食指支着头，手腕垂成一个好看的弧度。

唐昭昭想靠近贺斯衍，却被他的食指往额头一拨，将两人隔开了些距离。

林音礼貌地叫人："唐小姐，小……叔叔。"

贺斯衍淡应，没有过多表示。

唐昭昭向她看过来。

林音稳了稳心神，简明扼要地说明了来意，以及想要邀请唐昭昭出演的理由和诚意。

字里行间，都诚恳到不行。

唐昭昭听完，瞥了眼她手中准备好的剧本："放下吧，我会看的。"

"要一起去逛逛吗？"她紧接着说，晃了晃手中的黑卡，"你的……"刻意停顿了一下，继续说，"小叔叔买单。"

林音连忙摆摆手："不、不用了。"

唐昭昭耸耸肩："你决定。"

林音最终还是同意了，前前后后，花费的时间并不长。

但林音没想到，没多久，齐梦佳就给她转来了一条链接：音音宝贝，你又被挂上网了。

林音点开链接，只见那是几张抓拍到的照片，画面中她和唐昭昭一前一后走出活动现场，倒是没见贺斯衍的身影。

照片被人放到了网上，热度不断高涨。

△这不是之前那个唱戏的小甜妹吗？

△她怎么会和我们昭昭认识的？看起来不像是能混在一起的类型啊，我次元壁破了。

△果然美女的朋友也是美女。

…………

众人热火朝天议论的间隙，有人开始开启了侦探模式，扒了半天，还真挖掘出了真相。

△内幕消息，保准可靠，小甜妹是因为要为电影选角，才接触唐大美人的。

△一整个期待住！

…………

发酵很快，连不怎么关注娱乐事件的姚蔓也知晓了，晚饭时，笑着冲林音说："你见过昭昭啦？"

林音点点头。

姚蔓津津乐道："昭昭和斯衍从小就定了亲，不过那孩子之前在国外学艺术，两人基本上都没见过面，斯衍性子又冷，你爷爷奶奶都商量过了，如果昭昭不愿意，这门亲事就不作数了，没想到两人相处得还挺好。"

定亲。

听到这两个字眼,林音不自觉地看了眼贺连周。

贺连周好整以暇地睨着她。

林音被他的视线烫到般,别开头,却不小心碰倒了一旁的杯子,酸奶溅了出来。

下一秒,便听到贺连周说:"伸手。"

林音下意识照做,目光偏向一侧,又不禁去看,贺连周拿过纸巾,慢条斯理地给她擦拭着手指。

她耳垂红了个透彻。

姚蔓手里拿着没来得及送出去的纸巾,左看看,右看看,脱口而出:"你们俩和好啦?"

空气恍若停滞了一秒。

一瞬间,几人都想起那段两人反应异常的日子。

林音睫毛低垂,这段时间,好像和贺连周越来越像回到了过去。她刻意不去想他冷淡漠然的样子,可如今忽地被提起,过往的记忆不可抑制地浮现在脑海,她又庆幸他的不再疏远,又有些后怕,因为到现在她也没弄清其中的缘由。

万一有一天,又回到那样,要怎么办?

而贺连周眸光复杂地看着她,内里是化不开的情绪。

周遭陷入了诡异的静谧。

还好,消息提示音打破了这气氛。

林音借机起身,走远了些,拿出手机,接通电话。

那边人开门见山,态度很好:"林老师您好,我是'且听你说'团队的策划,我们团队是专门弘扬非物质文化遗产的。看了您唱汉剧的视频,非常喜欢,所以特意向之前唱戏的那家茶楼的老板要来了您的手机号,不知道您有没有时间,我们想邀请您进行一场专访。"

"如果您不想过多出镜的话,我们会尽量避免露脸镜头。"

对方语气诚恳,如果能让更多人了解到汉剧当然是好的,林音思索了一会儿,答应了。

月中,林音收到了"海岛影展"的邀约。

这场影展将会展示六部曾在某个评奖活动中获奖的优秀电影和微电影作品,林音大学时期拍摄的一部微电影位列其中。

"我们音音可真是太厉害了。"姚蔓看到邀请函时,欣慰之余又不禁感叹,"我总感觉你昨天还是个小姑娘,一转眼,都长成小大人了。"

她边说边问:"你说是不是,阿周?"

"别跑"在一旁,歪着脑袋,像是在听她们说什么。

贺连周睨向林音,上下一扫,意有所指:"没看出来。"

……说的是她的个子吗?

贺连周还在看着她:"有意见?"

林音摇头:"没有。"

贺连周看向姚蔓:"这不是还跟以前一样。"

林音莫名觉得他说的不是表面意思。

活动在月底正式开幕,林音那天穿了一条浅粉色的礼服,耳边的碎发微微卷起一个弧度,看起来温柔可人。

到了现场,她悄然环视一圈,从一堆陌生面孔中,看到了一张熟悉的脸。

林音上前谦逊地打招呼:"莫老。"

这人叫莫怪,人如其名,脾气非常古怪。

林音第一次见他时,他正在横鼻子竖眼地发脾气,嗓门洪亮,林音被他那阵仗吓到,呆愣了一秒,就见他臭着一张脸问:"你在看什么?"

林音称赞他的作品。

他丝毫不领情:"那你倒是说说,好在哪里。"

林音真诚地点明自己觉得好的地方,感觉稍有欠缺的部分选择了留白。

209

老莫听完"哼"了一声,手背在身后就走,走出两步,冒出一句:"跟我一起看。"

林音那会儿不好拒绝,谁曾想和他有了简单交谈后,发现两人对艺术的看法出奇地相似,老莫交了她这个朋友,竟促成了一段忘年交。

那之后林音才知道他的身份,对他更是敬重了几分。

两人平日里联系并不多,也不刻意保持,相处得很随意。

旁边的人和老莫寒暄,他不爱搭理,见林音过来,抱着个保温杯,问道:"筹备得怎么样了?"

这是在问她想拍的那部电影的事。

林音如实告知了情况。

老莫点点头,又横眉道:"这里太吵,我去清静清静。"

林音点点头:"好。"

目送老莫离开,林音整理了一下裙摆,移向嘉宾区。

所有的位置都是提前安排好的,上面贴着名牌。

林音的位置靠前且临近过道,她走过去时,只见座位旁站着一个留着大胡子的男人,他正在和周围的人聊得热络,视线落在林音身上。

那眼神让林音感觉非常不舒服。

这人她记得,他叫孙善仁,入行已经有些年头了。

林音脚步迟疑了一下,还是走了过去,礼貌地和周围的人打过招呼后,正要落座,便听到孙善仁阴阳怪气地说:"怎么过了这么长时间,有些后辈还是这么不懂事。"

林音不是听不懂孙善仁的意思,眼看周围人都在看着,不想多生事端,干脆把位置让了出来:"您坐。"

孙善仁一脸得意,还真就大摇大摆地坐下了。

他的位置在后排,林音没多说,坐过去。

影展很快开始。

中场休息的时候，林音离开现场，寻到一个僻静处，她换了换气。

拿出手机，发现有好几条消息提示。

她先点进去微信，看到最上面那条消息发出者的备注——夏瑶。

夏瑶：小同桌，你要回国发展啦？我在网上看到你照片了，还是那么好看！

她还是那样，台词都没怎么变。

林音有些恍惚。

她刚出国那会儿，情绪低沉，基本上没什么交流的欲望，和夏瑶的联系越来越少，慢慢就悄无声息地断了。

神奇的是，时隔这么久突然又联系上，竟然也不觉得突兀。

聊了几句，夏瑶约她什么时候有空出去玩，林音答应了。

夏瑶又想到什么，发来语音："对了，后来给你发的资料什么的还在我这儿呢，哦，还有高二的校牌，当时不是发晚了嘛，你出国之后，被贺连周拿走了。"

林音一怔。

跟有感应似的，贺连周的消息在这时跳出来：结束了？

林音回：还没。

没动静了。

隔了两三秒，林音又发：是有什么事吗？

贺连周：接你。

林音指尖刚触碰到键盘，那边紧接着：不让？

林音忙道：没有的。

她一点点打出"那我等你"四个字，右手拇指的指腹悬在发送键上足有半分钟，也没按下去，又一个字一个字地删掉。

唇角忽然就止不住勾起。

然后退出微信，看到提示里有十几个未接来电，都来自同一个号码。

为免是工作相关的事宜，会错过，林音回拨过去。那边的人接得极快："我的好女儿，你终于接电话了。网上说你都要拍电影了？爸爸就知道你有出息，你说你这几年也不见人影,都不知道爸爸多想……"

那粗鄙的声音、装腔作势的腔调又一次闯入生活,林音把电话掐断,握紧了手机。

柳全!

林音不明白,为什么每次自己的生活有所好转的时候,柳全总是会出现。

他就像一匹贪婪的豺狼,躲在暗处,一直在她不知道的地方窥视着她的生活,一旦发现可以狩猎的时候,便眼泛绿光地闻风而动。

她在原地站了一会儿,赶走柳全带来的坏情绪,调整好状态,才重新回到位置上。

其间好几次,她悄悄看时间,想起贺连周不久前的消息,隐隐升起些期待。

她静静地等待着结束。

终于到了最后一部影片。

故事中有个配角,人生得美,楚楚动人,昆曲唱得极好,但命运悲惨,让人印象深刻。

播放完,林音沉浸在其中,动作慢了一秒。

贺连周的电话打了过来,她不想耽搁,收回思绪,就要离开。

孙善仁在这时看向了她。

他神色傲慢,左右环顾着,说:"别看人家小林年纪小,会的可多了,听说也会唱戏呢,现在这电影也放完了,正好应应景,给我们来一首啊。"

他声音不大不小,周围的人有不少能听到。

林音启唇,正欲说话。

她旁边的女人先听不下去,开口讽刺道:"差不多得了吧,还给你唱,你可真有那么大脸?"

林音冲她道了谢,没再停留。

贺连周的车停在 VIP 通道出口不远处，从外看不到车内的场景，她走过去，自觉地打开车门，坐了上去。

贺连周视线随着她动，看了她一会儿，面上不见任何表情，只问："怎么了？"

林音一顿，她觉得自己的表情应该看起来挺正常，不明白贺连周从哪里瞧出了端倪，摇摇头。

眼神清澈又无辜。

贺连周情绪不明，十几秒后，拿出一个包装精美的盒子递给她。

林音不明所以地打开，是某个品牌最新款的相机。

她望着贺连周："这是……"

贺连周淡淡地解释："礼物。"

林音面色犹豫。

贺连周轻挑眉眼："不想要？"

林音摇摇头："我，能不能换个礼物？"

"如果……"她踌躇着，有些事情迟早要面对。

贺连周不语，等着她继续说。

林音换了个说法："你能、能不能不要不理我，一直……"

如果有一天，对他的心思不可阻挡地暴露在他面前，他……可以拒绝，可以对她保持距离，可是能不能，不要用那种冷漠到极致的目光看向她，从此当她不存在。

她有些语无伦次，但话大抵是明了的。

贺连周睨着她："我没理你？"

林音抿着嘴，一副意有所指的样子。

贺连周目光深浓，似要将她穿透般，末了，扫了一眼她手中的东西："收好。"

没有正面回答。

按照他的性子,这是答应了的。

林音心底清楚,却还是直直地望着他。

目光灼灼,有些倔强,像是非要得到一个明确的答案。

四目相对,贺连周停顿了一会儿,轻笑了下:"行。"

他道:"可以了?"

得到肯定的回答,林音悄然舒了口气,见贺连周还在盯着自己,忙避开眼。

联系完唐昭昭,其他演员的选定工作也在稳步进行,为了推动进度,当月二十八号,林音和主创人员一起去采景。

按照她的剧本,故事的发生地原型是平安镇,因此,一行人便前往了那里。

赵绪也有同行。

安排好行程后,几人就投入到了工作中。

过程中,赵绪和林音聊起:"那事儿你知道吗?"

林音不解地看向他。

赵绪摇摇头:"感觉你也不知道。"

林音不是八卦的人,但听他这么说,忍不住问:"什么?"

"老莫对人动了手,闹得还挺大的。"赵绪边说,边掏出手机给她看,"喏,都传开了。"

林音顺势看向他打开的网页。

地点是熟悉的,就是上次海岛影展的现场;人也是熟悉的,孙善仁。

那天她走后又发生什么事情了吗?

林音拿出手机,给老莫发去消息。

对方回复得简单粗暴:瞎操心。

摆明了不想多说。

同一时间,贺氏旗下各家公司的管理者到总部汇报工作。

进入会议室之前,何特助把各家交上来的报告整理好,看到有被提及的和林音合作的项目,他看向一旁,只见自己的上司也正在垂眼看着,便问了一句:"漫影那边还不知道您和林小姐的关系,您看需不需要……"

不等他说完,贺连周一掀眼皮。

何特助之所以能稳坐在这个位置上,很大一部分原因是能够迅速领略到自家上司的意思,立马说:"对不起,我不该怀疑林小姐的能力。"

贺连周挑了挑眉。

会议准时召开。

各家公司按照顺序进行汇报,贺连周只默然地听着,偶尔提点几句,让人看不出任何情绪。

轮到漫影时,那位管理者流畅地把正在进行、准备进行的项目等进行了分析说明,又提起:"其中一个项目,有个很合适的导演人选,但最近挺受争议……"

有人插话道:"莫怪是吧?说来也是奇怪,这人我接触过,虽然有点恃才傲物,但也不像会动手打人的人啊。"

又有知情者说:"这个我知道。他打的那个人叫孙善仁,仗着早些年小有成绩,出了名的爱欺压新人,在圈子里名声并不好。这次老莫动手,是因为那个孙善仁在影展上诋毁一个后辈,说人家小姑娘是攀着他上位的,背后指不定怎么怎么样,总之很难听,老莫才发脾气的。这个事情应该很快就会被澄清,对他影响不大,不会造成多少合作风险。"

影展?

贺连周朝说话的人看过去。

正好听到那人在继续说。

"那个后辈叫什么来着,好像刚刚汇报中还提到和漫影有合作的。"她想了下,"哦,对,林音。"

尾音落下的下一秒,贺连周眸光一冷,空气骤然凝固。

在众人瞬间噤声的氛围中，他缓缓扫向何特助。

"小贺总放心。"何特助一推眼镜，"我会好好处理的。"

想起林音那日的反应，贺连周看向何特助："今天的行程都往后推一推。"

林音难得一个劲儿刷起了手机。

网页不停在刷新，有关老莫"打人"的热度居高不下，网友们推测的原因能有一箩筐，但就是没有一个准确的说法。

她不得不担忧。

赵绪见她如此，安抚道："你不用担心，老莫入圈这么多年，讨厌他的人多了去了，不差再翻一番。"

林音：……并没有被安抚到。

赵绪又换了种说法："放心吧，虽然他脾气烂得要死，但人品还是有目共睹的，他不爱解释，总有人替他解释。"

林音思索了一下，觉得也有道理，不愿影响旁边人的心情，只得先点点头。

赵绪见她还在想，干脆提议去云溪茶楼喝喝茶。

已经忙碌了一段时间，同行的人明显对此挺感兴趣，林音不想扫兴。

到了茶楼，老板一看到她就乐了："又回来啦，之前有个什么团队的找我要你的号码，给我看了他们做的视频，我看那群孩子挺诚恳，就给了。瞧我这脑子，看到你才想起来，还没和你说呢。"

"没关系。"林音说，"他们已经和我说过了。"

老板："那就好，那你这次回来是要长住还是？"

林音诚实地说明了此次前来的目的。

"那敢情好啊。"老板一拍手，"正好，多待一段时间，让咱们街坊邻居都看看，我们平安镇也要出大导演了。"

林音有些不好意思地笑笑。

茶楼这几天在搞活动，热闹得很，寒暄几句后，老板不得不先去忙。

跟林音一起过来的一个美工是个很有古典气质的女生，搜索了一下活动，发了条链接到他们几人组建的群里，说："邀请好友转发朋友圈，就有机会获得汉剧插画合集呢，数量有限，大家帮帮忙，我真的很想要。"

林音第一个帮她转发了。

十分钟不到，那个自称为"且听你说"团队策划的人发来消息：林老师，您是不是在云溪茶楼？我们也在这里！

对方正好在搞一期茶楼推荐合集，没想到会如此巧合，声称择日不如撞日，问林音有没有时间，能不能直接将专访在平安镇给安排了。

林音想了想，把事情告知了身边的人，询问了一下他们的意见，又补充道："不会占用工作时间的。"

"可以啊，有什么不可以的。"有人率先表态，"我是没什么意见。"

"我也没有。"

其他人也跟着应和。

最后目光都落在了赵绪身上。

他抿了口茶，眉眼间透着一股精明："我看起来很像有意见？"

没人反对。

又坐了一会儿，赵绪他们先回酒店休息了。

林音答应了策划，就在茶楼和他们见了面。

"且听你说"的成员是一群活力四射的大学生，有男有女，专访的内容应该已经提前准备过，很充分，林音始终温和地回答着。

结束后，策划小姑娘笑容灿烂地道："谢谢林老师，我们回去后做好会先发给您看一遍的。"

林音也回之一笑，和他们道完别后，看到群里早就发布出来的时间安排，决定先回家里看看。

她边走边刷新了下手机页面，给老莫发的消息那边还没回复。

217

快到家楼下时，贺连周突然发来一条：在哪儿？

林音：回家。

"路上"两个字还没打完，有个人影突然从前面的楼道口窜出来。

"我的乖女儿。"

虚伪而又无耻的一张脸，就这么出现在眼前。

是柳全。

林音抿紧唇，一点都不想看到他，侧过身便要走。

柳全一双厚重的手捏住了她的肩膀，虚情假意道："你老子天天在这儿转，可算是等到你了。你一个人在国外这么多年，我是日思夜想，那叫一个心疼啊。"

他的力气很重，林音只感到肩膀一阵酸痛，费力地挣脱，才把他推开。

柳全也没在意，继续说："要我说，就是那贺家太没良心，亏你之前还喜欢贺家那小子喜欢到跑你妈坟前哭唧唧的，结果人家转头就把你给丢了。"

柳全还在继续："现在好了，你都要当导演了，进了那什么圈，那接触的还不都是有钱人，犯不着去傍什么狗屁贺家嘛。"

林音憋着一口气，眼睛都憋红了："你闭嘴。"

她不能忍受柳全这样的人侮辱贺家。

柳全一横眉："长本事了，冲你老子喊什么喊？还不让说了？你不会还惦记着贺家那小子呢？没出息，喜欢能值几个钱？"

他说个不停，讨人厌的声音一点点钻入林音的耳膜，林音忍无可忍："我就是喜欢他，我喜欢他，跟你有什么关系？"

她很少情绪波动这么剧烈，虽然几乎是吼出来的，声音却依旧不是很大，身体有些发抖，眼泪止不住地溢出来，她极力抑制着，不想让柳全看到。

"你就是……"

柳全伸手指她，只不过还没靠近，一只手挡在身前，他手腕被一折，发出一声惨叫。

柳全捂住手，怒视来人："你是谁啊？"

贺连周冷冷地看着他。

林音看着熟悉的背影,有些怔愣:"贺……"

柳全意识到眼前的人是谁,眼睛一转,笑容谄媚地凑了过来:"你就是姓贺的那小子吧?"

林音赶忙拉住贺连周的衣摆,声音几乎带着点祈求:"我、我们走吧。"

她不想让贺连周看到柳全那丑陋的嘴脸,不想让他知道这个人就是她的父亲,她的身体里可能还流着和他一样的血。

贺连周感受到林音的颤抖,拉住她的手腕,带着她上楼,临走前,看垃圾一般瞥了柳全一眼。

见他们离开,柳全还想跟上,只不过还没走两步,便被在偏僻处等候的何特助拦了下来。

终于到家,终于安静下来。

林音缓冲了片刻,忐忑地垂着脑袋,她不知道贺连周怎么会出现在这里,不知道柳全的话他有没有听到,她不知道怎么开口:"我……"

贺连周的眼中酝酿着风暴,像下一秒就要有什么巨浪翻涌而出:"那天给你的录音,现在还要听吗?"

林音有些发蒙地抬头看他,不太明白。

贺连周紧盯着她:"谈恋爱吗?"

恍若一道重锤砸在头顶,震得林音意识迟钝:"你、你说什么?"

贺连周继续:"一起。"

林音眼眶一下就湿了,呆呆的,似乎用了好大的力气才反应过来他的话是什么意思。

她重重点头。

两人站在原地,谁也没有动。

空气中却好像有千百种情愫在流转,在呼啸,在碰撞,在相融。

过了好长时间,林音终于开口,声音如蚊鸣般,有些发颤:"贺连周。"

贺连周轻应:"嗯。"

"贺连周。"

"嗯。"

"贺连周。"她又叫了一声,不确定地问,"我们……真的在一起了吗?"

很久很久,低沉而又有力的声音响起:"是真的。"

第十章
　　♥ 心里的人是她

　　又是静默。

　　深邃幽远的静默。

　　他们彼此都需要在静默中消化心底一层一层翻滚的情绪。

　　林音脑袋有些发蒙，费劲地握紧自己的手，似是想用这种方式来验证眼前的一切是真实发生的。

　　原来，六年前，贺连周给她的录音是这样的内容？

　　原来，他在那个时候对她有着她对他一样的情愫？

　　原来，他们早就是心意相通的，直到现在？

　　原来，原来贺连周也喜欢她啊……

　　原来在那场暗恋的哑剧里，她从来都不是在唱独角戏。

　　贺连周凝望着她，久久不语，面色平静，心底却早已风起云涌。

　　六年前，她告诉他听过了录音，对他躲躲闪闪，甚至跑到国外。他以为她是在用这种方式表示拒绝，所以他遵从她的意愿，克制着，远离她。

　　没想到，竟是一场误会。

　　那些日子……

　　算了，贺连周想着，似不知是该气还是该叹息。

他释然地笑了一下。

反正最后都是她,本来就是她。

见她抬头望着自己,他道:"想说什么?"

林音一双眼睛湿漉漉的:"'嗯'是……什么意思?"

贺连周睨着她:"你说呢?"

"我。"林音咬了咬唇瓣,"我想听你说。"

贺连周没有立马回答,停顿了一会儿,视线落在她垂在身侧握成拳头的手上。他一手附上她的后脑勺,一捞,将人按在了自己胸口:"这样清楚了吗?"

低磁的声音从胸腔传来,如电流般划过林音的耳膜,酥酥麻麻的。

听着他沉稳的心跳,一声一声,林音手不自觉地抓住他的衣摆,终于慢慢地有了实感。

两人也不知道维持这个姿势多久,何特助的电话打了过来。

林音还贴在他身上,听到他对着听筒沉默片刻,说:"知道了。"

见他挂断电话,她不禁问:"是……有事要忙吗?"

贺连周垂眼望着她的小脑袋:"有场发布会要出席。"

"那……"林音有些不舍,慢吞吞地从他怀中移出来,"那你快去吧。"

贺连周一挑眉:"现在就想赶我走?"

林音脸颊发红:"不是。"

"才这么一会儿,就变心了?"他尾音上扬,"林音,挺无情啊。"

林音脸上红晕更甚,脑子还没缓过来,不知该如何接话。

贺连周见她话都不知道怎么说的样子,扯了扯唇,放过了她:"等我。"

林音点点头,将他送到楼下。

何特助和司机就在不远处等。

林音同他道了别,目送着贺连周走远,有些留恋他的温度。

直到他的车消失在视野里,她才一步三回头地转身,想到什么,唇角溢出笑来。

没关系,很快就会见面的,他现在,是她的男朋友了。

贺连周明显心情不错,虽然还是没多少表情,但何特助感受到了,适时开口:"刚刚那位解决了,还有……"

贺连周不发话,也没什么表示。

听何特助继续:"孙善仁会去。"

第二天,林音依旧按部就班地进行着工作,只是空闲下来又开始频频走神。但这次和此前截然不同,她会不由自主地微微扬唇。

赵绪看在眼里,一双狐狸眼斜过去:"发生什么好事了?"

林音有些羞涩,耳垂一红,一时不知道要如何说出口。

所幸赵绪也没一直追着这个话题问:"老莫的事情有进展了。"

"怎么样?"林音忽而有些惭愧,她沉浸在和贺连周双向奔赴的喜悦里,快要腻在其中,竟然忽略了老莫的事情。

赵绪示意她看手机。

林音点开微博,一看,首先映入眼帘的是一段视频——

那似乎是一场酒局,在场的有不少业界人士,虽然打了码,但经常在圈里露脸的人很容易被分辨出来。

画面里,孙善仁弓着身,谄媚地向几个大佬级人物挨个敬酒,坐在主位的人却一直没动。视频做了消声处理,也不知道那人说了什么,孙善仁离开座位,站得远离了众人一些。

这时,突然有声音了,能听到,孙善仁正在唱歌。

歌本身没有什么问题,但在这样的场合里显得有些滑稽。

网上的争议很大——

△搞什么?这种讨好的嘴脸也太那啥了吧。

△楼上,你怎么就知道他不是被欺凌了呢?

△欺凌个屁,他这是自找的好吗?我是剧组化妆师,这个孙善仁一直是个

欺软怕硬的货色，整天对我们吆五喝六还乱贬低人，有时候甚至还动手，够恶心了吧，我看他这就是报应，大快人心。

△就是，我早就想说了。他要是职业道德高点倒也好说，但明明签好的合约，组好的团队，说变卦就变卦，就为了把巴结他的人拉进来，一直打压我们，害得我们维护自身利益都艰难。

△莫导那天打他就是因为他侮辱莫导啊，我都听那天现场的人说了，他因为比赛输给了一个后辈，觉得丢了脸，动不动就刁难人家，还污蔑莫导和那位后辈的关系，说得可难听了，要我说，打得没错。

…………

越来越多的知情人出来发声，控诉着孙善仁的行为，事件写得清清楚楚，并声称可以随时去验证自己所言是真是假。

对孙善仁的声讨急速上升，老莫也得以洗刷"冤屈"。

林音看完松了口气，正打算退出软件时，又看到有新的热点出来。

有位自称是孙善仁学生的男生出来爆料，罗列了证据，一条一条地说明了自己长期被孙善仁压榨、威胁、剽窃创意的事，并指出，孙善仁现有的、有名的、自称为自己创作的三部作品里，有两部的编剧其实都是他。

这话一出，更是引起了轩然大波。

林音的目光落在手机屏幕上的某些字眼上，陷入了思考。

赵绪津津有味地看够了热闹，才指了指最开始视频里那个坐在主位的身影。

"知道是谁吗？"

林音看向他，摇头。

不知道。

赵绪说："寄州总部市场部的一把手。"

寄州？

林音一怔。

赵绪接着说:"如果我没猜错,这酒局应该也是某人弄出来的。"

某人?

林音望着赵绪,后者也正意味深长地看着她。

林音被看得有些心虚,和同行的人打了个招呼,往一旁挪了几步,犹豫了几秒,拨通了贺连周的电话。

那边接得很快,等着她先开口。

林音问:"那个孙善仁……"

直觉告诉她,这件事贺连周似乎有干涉。

话题是她先开的,可贺连周很快就把主动权夺了过去:"开口先问别人?"

慢悠悠的语调。

林音老实道:"对不起。"

贺连周逗弄人似的:"然后呢?"

林音乖巧道:"……我错了。"

贺连周唇角牵了牵,没再得寸进尺,转而问:"还有几天?"

话没说全,但林音一下就领悟到了,他是在问她还有几天回去。

她如实道:"五天。"

贺连周:"嗯。"

没再说话了。

林音握着手机,有些舍不得挂断,就那么放在耳边听着,试图听到他的呼吸声。

贺连周跟看透了她的意图一样,不动声色:"还想说什么?"

"没……"林音连忙说,"那我先挂了。"

"等等。"贺连周阻止了她。

林音问:"还有事吗?"

"不想挂。"贺连周那边隔了两秒才说话,"不可以?"

林音悄然咧开嘴角。

225

可以。

说是五天，但因为期间碰到了些有待商榷的事情，和团队人员又进行了讨论和重新选景，真正回去已经是一周后。

林音到家的时候，贺连周也刚刚下班回来，从车上下来。

四目相对，眼睛里只有他的身影，她的心跳开始狂乱起来，就那么看着他。

直到贺连周说："不过来？"

林音一点一点地挪过去。

贺连周自然地牵住了她的手。

指尖互相触碰的那一瞬，像是有一股热流，从彼此的血液中流过。

林音脸上隐隐发烫，任他带着自己往家里走。

可下一秒，姚蔓迎上来，叫她的名字，她动作极其灵敏，一下就抽回了自己的手。

贺连周轻轻挑了下眉，觑着她，在质问似的。

林音不敢直视他的目光，正躲避着，姚蔓又叫了她一声："音音。"

林音顺势走向姚蔓："阿姨。"

"一下去这么多天，累坏了吧？"姚蔓关切地问。

林音小幅度地摇了摇头，笑了笑："不累。"

姚蔓抓住她的手："快回家好好休息休息。"

林音称好，边回应着姚蔓的话，边和她一起走进客厅。

姚蔓对电影的事情很感兴趣，拉着林音问个不停。林音一直温和地回答她的问题，但旁边贺连周的目光却让人无法忽视，让她感到如芒在背。

终于等到姚蔓有事要做，被支开，林音看向贺连周："我们……先不让阿姨知道好不好？"

她还不知道要怎么跟姚蔓说，而且在那之前，还有好多事，起码要先把柳全这个隐患"解决"掉。

贺连周睨着她,不语,也看不出是什么态度。

林音伸手,触碰到他的胳膊,而后,一下一下地拂蹭起来。

这动作太过熟悉。

恍惚中,记忆又回到那年——

十六岁的少女手指跟猫尾巴一样在他身上拂过,含糊地说:"哄你。"又一副虚心求教的模样,"那不然,怎么哄,你教教我。"

"林音。"

贺连周叫她。

有些突然。

林音下意识地抬头,还没开口,贺连周忽地俯下身,凑近她。

差一点。

就只差一点点。

唇瓣便要贴上她的唇瓣。

他还在一寸一寸逼近,身上雪松的味道扑在林音的鼻尖。

林音感觉呼吸都被扼制住,睫毛轻轻颤了颤,不受控制地闭上眼。

听到贺连周说:"知道怎么哄人了吗?"

林音哪里敢说话,睫毛颤动得厉害。

偏偏贺连周不放过她,还在问:"知道了吗?"

林音不吭声。

他便继续:"不说?"

温热的呼吸扑在眼皮上,痒痒的,林音却保持着姿势没动:"知、知道了。"

没动静了。

林音等了一会儿,并没感受到下一步动作。

她缓缓睁开眼，只见贺连周正好整以暇地看着她，脸腾地红了个透彻。

姚蔓回来看到这一幕："怎么啦？"

"没、没什么。"林音忙道。

说完，她的视线和贺连周撞上，飞速移开了眼。

贺连周无声地扬了扬唇。

采景结束后，唐昭昭的经纪人给了回复，说他们决定接下这部剧。

这无疑大大提高了后续选角的热度。

后面好些天，林音跟着选角导演一起挑选合适的人选，在齐梦佳的接连抗议下，终于抽出时间，和她见了面。

"你不是告诉我说你和贺连周在一起了？"齐梦佳猛吸了一大口饮料，"快跟我讲讲到底怎么回事？"

和贺连周确认关系后，林音就把这事告诉了齐梦佳，但因为这段时间两人都忙得不可开交，并没有深入交谈过。

听到她问，林音虽然有些不好意思，但还是向她讲述了事情的经过。

"这么刺激！"齐梦佳超级激动地叫了一声。

周围的人都看了过来，林音扯了扯齐梦佳的手腕，当作提醒，齐梦佳才稍微克制一点。

"这是无巧不成书啊。哎，我就说当年就感觉贺连周对你很不一样吧，也怪我，要是那个时候帮你做好判断，也不至于让你们错过这么几年。"

林音摇头："不是的。"

怎么能怪她呢。

要怪，也是自己不够勇敢吧。

齐梦佳一看她的表情，就知道她心中所想，慨叹了下："算了算了，以前的事过去了就不提了，我们音音终于是得偿所愿了。

"真好，甜甜的恋爱什么时候能轮到我啊。"齐梦佳撇撇嘴，忽而又拿出两张门票道:"哦,正好,我正说带你去看演唱会呢,就当顺便庆祝啦。"

林音接过她递过来的门票,看到上面的名字,便愣住了。

林音和齐梦佳没待多久,后者便被上司一个出其不意的电话叫走,强忍着打工人的怨气跑去加班了。

林音本打算回去,但贺连周说他会顺路过来,她便在原地等着他。

贺连周今天自己开了车,上车后,林音看着他,一副欲言又止的样子。

贺连周也看向她:"怎么了?"

林音说:"佳佳要带我去看演唱会。"

贺连周没开口,等着她继续说。

林音接着道:"……谢明川的。"

贺连周还是没作声,那眼神明晃晃地写着:然后?

林音道出自己的疑惑:"他,以前不是不喜欢音乐吗?"

贺连周这次终于说话了,直直地觑着她:"记得挺清楚。"

林音被他的眼神弄得莫名有些发虚:"……也没有很清楚。"

只是稍微有点印象。

她记得以前他们有次出去玩的时候,谢明川说过对音乐无感,她没有刻意关注过他的消息,不知道他怎么会去做起了音乐。

刚刚提起这话也不过是略有好奇而已,她果断转移了话题:"你要去吗?"

贺连周没有回答要还是不要,只是反问:"你请我?"

林音不假思索:"好。"

贺连周挑了下眉。

林音答应得干脆,可到了真正买票时,才发现自己着实是唐突了。

因为……根本买不到。

她试了很多种方式,但没有一种具有可行性,只能打电话去问齐梦佳。

"你说门票啊,那是我上司给的,好像说是从内部人员那里拿到的。谢明川很抢手的，一般都是刚开票就被抢空，现在这个节点，很难还有票的呀。"

齐梦佳说着反应过来："不对啊，你说你要带贺连周去？这事对他来说不是轻而易举吗？你去找他呀！"

林音没招了。

晚上，林音在书房门口徘徊了一小会儿，敲响了门。

书房隔音很好，在里面说的话外面根本听不到。

没过半分钟，门被推开。

贺连周颇有兴致地看着眼前的人："现在不怕被发现了？"

林音小声嘟囔："阿姨上楼后我过来的。"

贺连周睨着她的头顶，有些好笑。

楼下忽然传来动静，林音就跟惊弓之鸟一样，推着贺连周，连带着他一起进了书房内。

关上门，她方才的敏捷便消散了："我……"

贺连周接过她的话茬，拖长调子"哦"了一声："你喜欢偷偷摸摸的？"

林音无言。

"不错。"贺连周不冷不热地点评，"挺会玩。"

回不得这话，林音赶忙说正事："那个，我没抢到票。"

她商量："你能不能……"

贺连周："能不能什么？"

林音弱弱："能不能自己想想办法？"

贺连周无语。

林音又补充："我可以给你转账。"

贺连周听笑了："你很有钱？"

林音耳垂一红。

"可惜了。"贺连周话锋一转，伸手按了按她的脑袋，"那天有事，花不了你的钱了。"

言毕,他不紧不慢地迈着长腿往书桌前去。

林音揉了揉发烫的耳朵。

听到他问:"说完了?"

她点点头。

贺连周冲小沙发的位置一偏头:"过来待会儿?"

林音慢吞吞地移过去,坐在他身前不远处,拿眼睛悄悄瞄他工作中的样子,越看越想看得更多,丝毫藏不住自己的欢喜。

贺连周余光将她的小动作看了个彻底,由着她来,偶尔坏心思地故意捉住她的视线。

两个人的目光一旦撞到一起,林音便会一双眼睛不知往哪儿放般四处观望。

迟迟不见他收回眼,她又顾左右而言他:"你、你看着我干什么?"

贺连周慢悠悠地靠向椅背,一字一顿:"喜欢,不行?"

林音垂着头,嘴角缓慢而不失节奏地上扬,心底像是有蜜糖漫过,甜意在每一个细胞扩散开来。

无穷无尽。

喜欢这两个字,实在是再美好不过了。

演唱会的时间是两天后的晚上。

林音跟齐梦佳一起去了现场。

到了地方后,"且听你说"团队给林音发来了剪好的视频让她先审核,看看有没有地方觉得不妥。

时间还早,林音认真地看了一遍,觉得没有什么需要修改。给对方回复后,演唱会开始了。

她们的位置观赏效果极佳。

齐梦佳连日来被工作搞得灰头土脸，现下完全是解放自我的状态，跟着一众观众唱得不亦乐乎。

林音被左右两边的欢呼和合唱声夹击，配合地小幅度摇晃着手中的应援棒，时不时给齐梦佳递过去水。

演唱会很精彩。

结束后，两人一起出场，齐梦佳还沉浸在演唱会的氛围里依依不舍，她长吁一声，边小口喝着水润着嗓子，边痛快道："我那破上司终于干了件人事，好爽好爽，好想再来一次。"

她高兴，林音自然也开心，笑着任她朝自己贴上来。

忽地，听她惊奇道："音音，那是不是贺连周啊？"

林音顺着她指的方向望过去，看到一个在人流中备受瞩目的人正缓缓走来，有些错愕。

贺连周在林音面前驻足，扫了一眼她身旁的齐梦佳。

齐梦佳见状招了招手，算作打招呼。

贺连周和当年的反应几乎一样——微微颔首，当作回应。

何特助随之上前一步，把手中带着logo的包装袋递向齐梦佳。

齐梦佳："这是？"

何特助露出从容的微笑："我们小贺总的一点见面礼，还请笑纳。"

"送我的呀？"齐梦佳不确信地眨眨眼，"这……不好吧。"

在最后一个字落下的前一秒，手已经把东西接了过来。她眉开眼笑，作势要离开："那什么，你们约你们的吧。"

林音想叫住她，可还没开口，齐梦佳便冲她挥了挥手，开溜了："我就不打扰啦。"

等她走远，林音看向贺连周："你怎么来了？"

贺连周觑着她,今天她化了淡妆,唇瓣粉嫩嫩的,他眼尾微不可见地一挑,道:"碰巧路过。"

林音:……一听就知在说着玩。

贺连周看着她的表情,淡笑了下,单手覆上她的肩膀,借势推着她上车。

路上,林音才得知是盛宴说要给谢明川庆功,贺连周要带她过去。

她给齐梦佳发消息,感觉有些歉疚。

齐梦佳回复语音:"哎呀,这有什么关系啦!是我自己要走的,又不是你赶我。再说了!我刚刚搜了搜,送的这包顶我八个多月工资呢!我算是知道什么叫作姐妹得道,跟着成仙了。怎么说,现在就是非常激动,恨不得马上冲到我那狗上司家里把钱甩他脸上。"

林音失笑,听她似乎真的挺开心,放下心来,看向身侧的贺连周:"谢谢你送佳佳的礼物。"

贺连周回睨着:"怎么谢?"

林音想了想,说:"改天我也给你买。"

贺连周顿了下,没想到是这么个答案,喉间溢出一声轻笑:"行。"

盛宴安排的地方是私人会所,离举办演唱会的地点相距不远。很快到了地方,下车后贺连周自然地牵过林音的手,两人并肩走过去。

一走近,便听到热闹的声响。

不知道谁喊了句:"川儿,我愿意单方面宣称你为今晚全场最骚的男人。"

谢明川笑骂一声。

林音走在稍微靠后一点的位置,同贺连周挨得近,被他握着的小手正好被他的身形挡住,又加上灯光昏暗,他们过来的时候,其他人并没看出异样。

只有在起哄声中吊儿郎当笑起的谢明川视线从他们两人身上飘过,挑起半边眉看着贺连周。

贺连周不偏不倚地迎上他的目光。

这点暗潮汹涌旁人未曾留意，盛宴冲林音打了个响指："林音妹妹，我们刚刚还赌阿周会不会带你过来呢。"

林音浅浅地笑了笑，在盛宴的示意下走过去，这才注意到谢明川身旁坐着的人。

黑色无袖露脐背心，牛仔短裤，半长的灰白色巴黎画染，一张小脸冷冰冰的，好像是当年在赛车俱乐部和谢明川在一起的女生。

林音听到有人叫她："韩似。"

"稀奇啊，冒昧问一句，你怎么会跟川儿一起，这算是作为他的……"

韩似眼皮都没动一下："前女友。"

"那你现在是？"

"在追他。"

众人的眼神纷纷看向谢明川，只见当事人神色玩味，眉眼间还在说"就是这样"似的，微一沉默，评价出一句长长的："6——"

"我说差不多得了，你们一个个的，从到这儿开始，不是秀恩爱的就是秀骚操作的，能不能尊重一下这是一个非情侣约会性质的和平友爱玩乐局，尊重一下在场的单身青年，也就是我——"盛宴侧身，"还有，林……"

见他指过来，林音看了他一眼，然后小幅度地往贺连周的方向移了两步。

盛宴动作顿住，眨眨眼："什么意思？"

林音方才的小动作对贺连周显然挺受用。贺连周面上不动，垂在身侧的手又一次流畅地将她的手包裹住。

"不是你们……"盛宴原地转了两圈，单手捂了捂脸，才看向他们，"你们俩什么情况？"

林音的脸有些红。

贺连周淡睨着盛宴："很难理解？"

意思再明显不过了。

"合着在场的就剩我一个孤家寡人了？"盛宴反应了一瞬，备受打击，"凭什么？我不服！"

众人表示一秒钟的同情，然后，让他自己玩去了。

贺连周引着林音坐下。

原本倚在沙发一角的谢明川坐起，懒懒散散地倒了一杯酒，放到林音面前，话却是看着贺连周说的："恭喜。"又看回林音，"我很好奇，你是什么时候喜欢上阿周的？"

"我也好奇。"

"还有，什么时候在一起的？谁先告的白？怎么告的？"

"说说呗。"

林音在一行人七嘴八舌的"审判"中无处可躲，跟只无措的小仓鼠一样。

"恕我想象不出咱周哥告白的样子。"

"呵呵，你想象不出的多了，你难道就能想象阿周睡沙发的样子？"

议论声没停。

说到这里，空气突然安静了两秒。

继而有陆陆续续的咳嗽声响起："那什么，我脑子抽了。"

林音瞬间就想起了那天他的朋友说——"阿周他不是还喜欢过让他睡过沙发的。"

她神色一僵，不自觉地看向贺连周。

"林音。"贺连周说，"良心呢？"

他睨着她："除了你，谁还让我睡过沙发？"

林音张了张口，却没说出话来，神色一时有些茫然，认真从脑海中搜索着，终于想起了那年他第一次和自己一起回平安镇的时候发生的事情。

恍若一道光倏然划过，她整颗心瞬间就亮堂起来。

有些讶异，有些欣喜，又有些庆幸——

在她喜欢他的那些分分秒秒里，他也同样在喜欢着她呀。

"合着周哥你说那人就是林音妹妹啊？"

"阿周你不早说，害我还以为今晚差不多要被你灭口了。"

"就是，不厚道是不是，一直眼睁睁看着我们靠猜的。"

"别说，其实我们一直感觉你俩有奸情，就是后来你们突然弄得跟不认识一样……"

提起那段阴错阳差的过往，林音垂了垂眸。

贺连周神色也暗了暗。

"提这干吗，结果是好得不就行了，反正就是得好好庆祝庆祝，我提议！今晚不醉不归。"盛宴及时将偏离的气氛拉了回来。

虽然都已经参加工作，这一张张还算熟悉的面孔各自成熟了不少，但玩闹起来依然没个正形。

林音始终坐在贺连周身侧，和他一样，从头到尾也没说几个字，像是参与其中，又好像游离在外。

他们都开了什么玩笑、做了哪些游戏，林音并没有全然留意，一双眼睛不住地往贺连周身上瞄，满是疑问。

这状态一直持续到他要带她回去时。

贺连周将身边人快纠结了一个晚上的表情尽收眼底，但按兵不动，等着她按捺不住自己开口。

可显然，后者明明已经按捺不住了，还是出不了声。

他觉得好笑，好心引导："有话说？"

像是水流终于找到泉眼，林音寻到契机，说："他们说的事情，发生很久了吗？"

这是在问"沙发"事件的由来。

贺连周并没回答，而是睨向她："想知道？"

林音点点头。

贺连周说："那就慢慢想。"

林音话到嘴边，又咽了下去。

贺连周明知故问："对这个答案不满意？"

林音抿抿唇，答案很明显。

贺连周看了她一会儿，不动声色地抬手，食指和中指捏住她的衣袖，上下扯了扯。

林音一脸不解："你……"

"看不出来？"贺连周又轻轻扯了一下，"哄你呢。"

分明就是在取笑她以前的动作！

林音脸上一阵阵泛红，咕哝道："贺连周。"

"你……"她做足了要放狠话的架势，憋了半天，憋出一句，"你，别这样。"

贺连周不禁轻笑出声。

林音也觉得这句狠话毫无气场，再一听到他低低的笑声，顿时觉得无所适从，干脆垂着脑袋跟在他身侧，假装什么也不知道了。

贺连周扫了一眼她的头顶，记忆沿着时间线将他带回到过往。

那是三年前的某天，他到国外参加一场交流会，地址正好是林音所在的城市。

那些年里，他不是没在那座城市和她见过面，但大多时候都是匆匆一面，便离开。那次是个例外，林音要参演学生们自主举办的华人文艺晚会，邀请了他，出于私心，他留下了。

那天，她唱的也是《拾玉镯》，是他第一次见她时，她唱过的选段。

恍惚中，好像又回到最初的起点。贺连周睨着她，目光一寸一寸地在她身上游走，许久都没有移开。

回国之后，盛宴他们几个叫他去打球。他难得失神，被他们抓了个正着，打趣着说："阿周，你这表情，怎么着，不能是告白被拒了吧？"

贺连周手指一僵，默然。

"不会被我说中了吧。"盛宴瞪大了眼。

"谁眼光这么高,连我们周哥都看不上,是个狠人。"

玩笑声不绝于耳。

贺连周只听着,并没回应,沉默了半晌,思绪飞远:"是挺狠。"

"你认真的?"

"不能吧,难不成是真的?这是何方神圣,都做了什么,都快赶上林……"话说到一半,周遭突然安静下来。

贺连周并没多发表意见,也没否认,离开倚着的墙,站直,情绪不明地扬了下唇:"让我睡沙发,算不算?"

有关林音的记忆有很多,但在他的印象里,她能算上"狠"的时候似乎只有两次。

一次是在绚丽的玫瑰火焰中让他睡沙发,还有一次,便是在他告白后,决绝地"离开"。

前一次不痛不痒,后一次久久难平。

不过后者,当时他不想提起罢了。

现下回想,被误解搅乱的往事似乎有些可笑,但有一件事毋庸置疑——

他心里装着的人,是她。

一直都是。

从来没有变过。

得到林音的许可,"且听有你"很快就发布了专访。

视频一出,林音又一次被带到大众视野前。

那个视频里插入了一些林音演出时的片段,有的是从茶楼老板那里获得的资源,许多正脸镜头一闪而过,但还是吸引了不少人。

△小时候觉得看戏很无聊,现在只想说我当时怎么会那么没品,这简直也太好看了吧!

△同意楼上,果然人到了一定的年纪,就会觉醒!呜呜呜,服饰好美,人也好美,唱得也好好听。

△心痛,当年有学习汉剧的机会,被我给放弃了,现在想想,半夜起来都想扇自己两巴掌。

…………

同一时间,各种汉剧表演的片段被广泛传播,热度高涨。

其中不乏贺连周的外婆和姚蔓的身影。

林音每刷到一个视频,都会认认真真地看完,心底有些开心。

茶楼老板见这阵仗,给她打来电话:"看到这么多人喜欢汉剧,我是真欣慰啊。这说明什么?说明咱们的戏剧文化是能俘获年轻人的,说明它的魅力是在稳步上升的!"

他喋喋不休。

林音耐心地听着,含笑,配合地回应。

老板又忽然想到什么似的,说:"有件事你还不知道吧。

"柳全被抓了,听说是涉嫌敲诈勒索和诈骗。活该,要我说这祸害早就该遭报应了。"

直到挂断电话,林音还有些发愣,这个血缘关系上的"父亲"给她带来的阴影太多,她一时感觉好像在梦中。

贺连周从她身后走过来。

感受到他的气息近了,林音抬头,望着他:"柳全……"她不愿叫他爸爸,"就是……上次你见过的那个男人,被抓了。"

贺连周低睨着她:"操心太多。"

他单手覆上她的头顶,稍微往后一按,按在自己锁骨处:"没关系的。"

贴得太近,他的温度顺势传递在她身上,林音感觉快要被烫化了。

任由他保持着这个动作,许久都没有分开。

那之后，不再去想柳全的事情，林音一心投入到创作。

演员的选定工作费了些时间，但整体进度超乎她的想象。

等到这项工作完成后，林音全程和相关的工作人员一起，拟定拍摄时间、拍摄计划、设置剧本分镜、分场，挑选道具、拍摄器材，跟进演员的定妆等。

每一个环节她都格外认真。

她忙得不见人影，好不容易有了点时间，贺连周本来打电话要约她，但正好他也在跟进一个大项目，也很忙，林音便制止了："你先忙工作。"

贺连周用惯有的腔调"哦"了一声："不工作就不给见？"

林音为自己辩解："我不是那个意思。"

贺连周："那就是这个意思。"

林音：……哪有这么逗弄人的。

林音说不过他。

隔着屏幕都能想象出她的表情，贺连周唇角扬起，放过了她："忙吧。"

林音刚想说好，又听他道："什么时候让见，记得通知一声。"

……又拿她取乐。

林音小声在心里嘀咕：什么时候都可以。

没敢说给他听。

这通电话后，贺连周去了外地出差。

他回来的那天，林音差不多要准备进组了，她去看望老莫，结束时，贺连周去接她吃饭。

他到的时候，林音正站在花坛旁一处不高的台阶上等。

他走过去，扯唇："不仅没长，怎么还缩了。"

林音反驳："才没有。"

"没有吗？"贺连周说着，人在原地不动，单手一揽，轻而易举地将她提溜了下来。

他的手横亘在她的腰间,林音感觉被触碰到的地方仿佛有无数只小兽在啃噬着,酥酥麻麻的,浑身跟过电一般,一激灵。

完全不敢动,定住了一样。

贺连周将她的反应看在眼里,一挑眉:"怎么不说话?"

林音心里如有小鹿乱撞。

她稳了稳心跳,避开这个话题,说:"你想吃什么?"

贺连周道:"你决定。"

林音说:"那就烤肉,可以吗?"

贺连周放开了她,手改为握住她的手:"走吧。"

贺连周带她去餐厅。

下车的时候,林音的手机响了起来。身旁有些吵,林音向贺连周示意了下,往偏僻处走了过去。

正要接起电话,有人鬼鬼祟祟地朝她走了过来。

孙善仁一改往日高调奢侈的打扮,脸上也灰扑扑的,人看起来憔悴了不少,他一路从老莫家门口跟着他们到这里来:"林音,我知道你跟贺总好,以前的事是我对不住你,我跟你道歉,你能不能帮我跟贺总说说好话,让他大人有大量,放我一马。"

他的事真的和贺连周有关?林音脑海中闪过这个想法。看着眼前的人,她果断摇头:"我帮不了你。"

孙善仁恼怒道:"你是仗着贺连周才这么硬气吗?我还以为你多单纯无辜,说到底不还是……"

林音微微皱眉,打断了他,决定说清楚:"我妈妈在世的时候,经常教导我要礼貌,所以我之前之所以没和你计较,是看在你是长辈又是前辈的份上,但你人品有问题,不值得我尊敬。而且路都是自己选的,你做了不该做的,就该想到会有这么一天。"

她虽然一直安静乖巧,但在是非问题上从不胆怯。她一直以为孙善仁只是才行比较低劣了一点,没到他做出的事情远比她想象的还要可恶。

"如果我没猜错的话,之前海岛影展上你用来参赛的那部作品也是剽窃了别人的剧本吧。"林音对于这样的人没什么好说的,"你不觉得可耻吗?"

"你懂什么?要不是我,他们写的东西怎么可能被那么多人看见?没有我,谁知道他们的作品是什么?是我把他们的作品搬上荧幕,是我给他们带来的名气,他们应该感谢我!"

孙善仁扯着嗓子:"你算个什么东西,一个不知天高地厚的黄毛丫头,半只脚还没踏进圈里,就敢骑在我头上。那些人也是没眼光,是他们不懂欣赏。我只是运气不好,没碰到有眼光的人,不然我的作品绝对会享誉世界,哪里还由得你们这些俗人指手画脚,就只看到那一点点过人之处。"

"没有。"林音说,"都挺烂的。"

孙善仁恼羞成怒,眼看就要扑过来似的。

林音不欲过多刺激他,往后退了两步,转身,差点撞到不知什么时候走过来的贺连周身上。

没看到贺连周的时候,孙善仁还想跟他求情,可见他懒得看自己,还浑身散发着一种威慑感。

孙善仁自知说了也没什么用,这会儿识趣了些,颓然地离开了。

"胆子挺大?"他一走,贺连周睨着林音,"不怕他玩阴的?"

林音从包里拿出录音笔:"我录音了。"

说起来这事也是凑巧。

六年前出国后,她每天都会随身带着这支录音笔。当时赛事结束,颁奖当天,在后台一个相对安静的器材室,她打开了录音笔,恰好听到一个女生在孙善仁面前哭哭啼啼地说了什么。

孙善仁连哄带骗:"你的不就是我的,写谁的名字有什么区别?你是我徒弟,我还能亏待了你?"

那会儿林音并不知道他们在说什么，直到孙善仁的事被曝光，她一下反应了过来。

加上刚刚孙善仁的话，实锤无疑。

还会这招呢？贺连周挑挑眉，拿过录音笔，认出来是他送她的第一支。他随意翻了翻，点开。

林音忽地想起什么，慌忙伸手去抢。

可为时已晚。

录音已经播放出来。

除却那两条用来证实孙善仁罪证的，是道清甜而又微弱的声音——

"贺连周。"

"贺连周。"

"贺连周。"

…………

一声又一声。

一条接着一条。

那些不为人知的时刻，少女孤独地守着心底的秘密，胆怯而又赤诚地、一遍一遍唤着他的名字。

不知响彻多少遍，烟花在天空炸开的声音揭开了录音笔的最后一声。

那是当年她偷偷录下的第一句，也是她所有呼唤的图谋，是属于他的那一声——

"嗯。"

"贺连周。"

"嗯。"

好像这样，就是在无数次得到他的回应。

录音一直播放到结束。

贺连周不知在看哪里，久久不语。

243

林音也垂着眸,保持沉默。

"林音。"

过了半天,他叫她。

林音下意识地抬头,被人单手揽进怀里,下一秒,唇间一片温热。

第十一章
♥ 春风过境

　　贺连周的动作算得上慢条斯理，林音不会回应，只生涩地承受着，心跳狂乱，每一处的神经都仿佛吃了跳跳糖一样，躁动着。

　　细细绵绵的吻持续了许久，贺连周才放开她。

　　他同她稍微拉开了一点距离，直直地盯着她，手指灵活地一拨动，将录音笔在指尖调转了方向："没收了。"

　　林音欲开口。

　　贺连周觑着她："怎么？"

　　林音一句话都还没说。

　　又听他道："上次还说以后也给我买，现在就舍不得了？"

　　林音：……这哪里是一回事呀。

　　不过林音也只敢在心底腹诽，论嘴上功夫，她从来就没赢过："你……"

　　贺连周接过她的话："我别这样？"

　　林音无言。

　　"行了。"贺连周看她的表情，轻笑，"会还你的。"

　　林音要进组的前一天，姚蔓在家里准备了丰盛的晚餐，说是要为她造势。

　　林音跟她一起忙活完，有些腼腆地拿出一件戏服来，送给她。

"天哪，这也太好看了吧。"姚蔓看得眼睛放光，小心地用手摸摸，爱不释手，"你什么时候做的？"

其实当年林音出国之前就做了一点，刚到国外那会儿虽然心情低迷，但她也还是坚持做了下去，用时九个月才完成。

只不过，一直没好意思给姚蔓。

林音实话实说："做完好久了。"

"我可太喜欢了。"姚蔓拉着她的手，"谢谢我们音音的礼物，如果我要是控制不住再让你帮我做的话，你可千万别怪我啊。"

林音笑了笑："好。"

"阿周。"姚蔓见贺连周一直盯着她们的方向，也不说话，叫他，"你说是不是很好看，你在那儿看什么呢？"

贺连周不紧不慢："我在看女朋友。"

林音一惊，同他对视，鸵鸟般捧起水杯。

"什么女朋友？"姚蔓一头雾水，反应来他的意思，马上错愕起来，"你什么时候有女朋友了？我怎么不知道？"

"我也想知道。"贺连周语气轻飘飘的，觑向林音，一字一句，"她什么时候能给我一个名分？"

林音刚抿一口水，还没下咽便被呛到，面红耳赤，也不敢看周围任何人，借口道："我去下洗手间。"

她踱步到楼梯转角，几人视线被遮挡的地方，轻呼了口气。

没想到贺连周跟了过来。

林音吞吞吐吐："你怎么……"

贺连周眉头轻挑："我怎么？"

林音说不出来了。

贺连周道："偷偷摸摸比较刺激？"

林音摇摇头。

贺连周："还是瞒着他们比较好玩？"

林音又摇摇头，老实认错："……对不起。"

她望着他。

贺连周看出她的意图："你要哄我？"

林音点头。

贺连周一副拭目以待的架势，道："哄吧。"

想起他之前说的哄人的方式，林音耳根到脖子红了一片，一副无措的样子。

贺连周也不着急，也不催促，只好整以暇地看着她。

僵持了半分钟，林音实在做不到他"教"的那样，干脆探出双手，从他腰间穿过，闭上眼，慷慨赴死一样上前一步抱住了他。

随之便听到姚蔓的声音："你们……"

林音忙从贺连周的怀里退出来，不敢直视姚蔓的目光。

姚蔓求证的眼神移向贺连周。

贺连周全然是尽在掌握中的样子："就是你看到的那样。"

姚蔓颇为激动："太好了。"

她挽着林音的胳膊，引着她往沙发处去："我早就感觉你们俩之间的气氛有些微妙，后来也不知道发生了什么，问你们也不说，我也不敢深入问，生怕让你们更别扭。现在终于好了，悬着的心终于落地了，快和我说说，什么时候在一起的。"

林音乖乖坦白。

"都过好一段时间啦。"姚蔓着实没料到，"那怎么瞒着我们。"

除了柳全的存在，还有……林音小声道："我、我还没攒够钱。"

攒钱？

247

姚蔓听得一愣，哪里需要她来攒钱啊，但她还是很配合地道："好好好，不着急，你慢慢攒。"

贺稷听在耳中，一言难尽地看了自己儿子一眼。

贺连周一脸坦然。

林音之前提出先不告诉家里时，他没问原因，尊重她的意愿，反正他们来日方长。

可就在昨天，听到那个录音，他改变主意了。

她赤诚又内敛，心思都藏在隐秘的角落，独自消化，独自承受。

那就让他把她带到所有人面前来。

他陪着她。

自从姚蔓知道林音和贺连周的关系后，看他们的眼神就格外暧昧。

贺连周倒没什么，依旧坦坦荡荡，林音却有些不好意思。

好在这种情况也没持续太久，开机的日子定下后，她便和所有工作人员一起到了平安镇。

进入拍摄阶段，林音的休息时间就大打折扣。对待工作，她向来认真，每一个镜头、每一处细节，她都严格把控，虽然更忙碌，但也感觉十分充实。

唐昭昭这是第一次尝试戏剧题材的电影，定妆的时候已经够惊艳了，实际拍摄起来更是赏心悦目。

连一同跟着到剧组的赵绪也不禁跟林音称赞："我就说她适合这个角色吧，绝了。"

彼时唐昭昭正在补妆，不为所动道："谢谢，不过，这个还用你说？"

赵绪"啧"了一声："你知不知道一句话。"

唐昭昭掀了掀眼皮，分给他一个眼神，示意他说。

赵绪补充："有点礼貌，但并不多。"

唐昭昭无所谓地接受了他的点评，稍一偏头，对着镜子欣赏了一下自己的美貌。

林音没插话，听着他们你来我往地交谈，觉得很是有趣。

为了更加严谨，剧组请了专业的汉剧演员来帮忙指导，林音偶尔也会参与讲解。

进组第十天，大家都越发进入状态，中场休息的时候，林音看着回放镜头，突然想起有套服饰需要更换，便去了唐昭昭独立的更衣室。

门外没人，她敲了敲门，听到里面好像有人说了声"进来"，于是她推开门。

然后便看到了这么一番场景——

贺斯衍正站在唐昭昭身后，两人的目光一同投向面前的镜子上，都没说话，他右手托着她的下巴，大拇指极轻地在她的侧脸游走了两下，拂蹭过去。

那画面说不出的惹人遐想。

林音一时忘了挪步。

直到两人听到动静，从镜中扫向站在门口的她。唐昭昭的声音传来："很好看吗？"

林音这才反应过来，小脸发烫，把衣服放到衣架上，支吾："对、对不起，打扰了。"

走出更衣室，往另一侧走了一段距离，她听到唐昭昭的经纪人和助理在小声八卦——

"衍总就这么悄无声息地来探班了？"

"昭昭姐和衍总光是站在一起都好搭啊。"

"咱们昭昭下午刚说想让他过来，他这会儿就来了，很好磕有没有。"

"……………"

林音听着她们的对话，没过多停留，重新回到监视器前，微微失神。

249

这么久不见,她也有些想贺连周了。

赵绪悠闲地走过来,跟有读心术一样:"想阿周呢?"

林音收回神,不太好意思承认。

赵绪取笑道:"行了,不用说,我早就看出来你们俩那点猫腻了。"

他一嗤:"还用得着盛宴那臭小子跑来跟我絮叨。"

林音更是羞赧了。

一整天,她都在工作中流转,偶尔注意到唐昭昭在休息的间隙到保姆车上找贺斯衍,那是热恋中的模样,让她心生羡慕。

前些天大家都在同样的环境下忙得无暇分身,还不觉得,可这天晚上回到家——来了平安镇后,林音便住在了家里,她点开和贺连周的对话框,还停留在几天前,虽然两人电话交流比较多,林音知道他很忙,但心里就是觉得有些空落落的。

她确实想他了。

好想好想。

次日,林音早早就到了拍摄现场。

还没开工,在做准备工作,她和大家打了招呼后电话就响了,是贺连周的电话,她立马点击了接通。

贺连周挑眉:"接这么快?"

林音小声:"嗯。"

贺连周道:"需要奖励吗?"

林音说:"都行。"

贺连周:"都行是什么?"

林音:"就是……都行。"

贺连周扯了扯唇："那就等着。"

因为这句话，林音胸口涌起一股期待，一整天下来，有休息的时候她都会忍不住猜想，他说的奖励会是什么。

这日收工比较晚一些，林音差不多是最后离开片场的。路上，她正捧着手机，犹豫着要不要给贺连周发消息，忽然下起了雨。

雨势有些大，她不得不小跑几步。

到了家楼下，看到刚好从车里下来的人，他的身影融于夜色，却那么清晰。

林音感觉跟出现幻觉一样，喃喃道："……贺连周？"

贺连周刚结束前期跟进的项目，就赶了过来。

见她呆呆地定在原地，他将她拉进楼道里："不是早上还说可能会下雨，没带伞？"

林音老实道："忘了。"

她还是感觉有些不真实。

贺连周没多说，跟她一起上了楼，回到家。看着她被淋湿的衣服，示意她先去洗个澡。

林音晕乎乎地回了房间，晕乎乎地进了浴室，洗好后，打开门，看到客厅里贺连周还在，才终于有了点真实感。

想到这个时间，他应该是要睡在这里的，她站在门口，提醒道："你……要不要也去洗个澡？"

贺连周望着她。

她的头发还湿漉漉的，用干发帽盘在头顶，两鬓有些许碎发俏皮地跳出来，一张小脸白嫩中微微泛起粉色，淡淡的沐浴露的清香时隐时现地从她身上散发出来。

贺连周喉结一滚，"嗯"了一声。

家里主浴室里的花洒上周坏了，林音还没抽出时间换，便让贺连周到她房间里的小浴室洗澡。

衣柜里还有他此前来时买的白色浴袍，林音拿出来，递给他，专门解释了一下："我……洗过了。"

贺连周没说话，喉结又滚了滚，不动声色地避开视线，进了浴室。

他出来时，林音正坐在梳妆镜前，刚关上吹风机，头发已经半干，眼睛亮晶晶地朝他看过来。

贺连周喉头发涩："睡吧。"

反正明天还有大把时间。

他揶揄道："我去沙发。"

他从她身旁走过。

迫不及待想见的人就这么猝不及防地出现在眼前。

她一分一秒也不想浪费。

不想让他走。

更想离他近一点。

林音伸手，抓住了他的手："你能不能……别走？"

贺连周睨着她，扯唇："我今天不走。"

"不是。"

林音微垂着头，吞吞吐吐，咕哝道："就、就睡这里。"

贺连周直勾勾地盯着林音，半晌才缓慢出声："你知道自己在说什么吗？"

林音没说话，用行动证明，她贴上了贺连周的唇。

随即她只觉得被一道重重的力道束缚，人倒在床上。

贺连周的唇瓣覆上来，全然不同于上次，这次的侵袭来得迅猛，林音的呼吸都快被他夺走。

林音浑身发烫，被他禁锢在他的领地中，动弹不得。他的右手覆在她的后脑勺，划过耳尖，一寸一寸往下移动，每触碰一个地方，林音都不禁小小震颤一下,一双小手无措地紧紧抓着他的领口。

贺连周无声笑了笑,一点一点,拉近同她的距离,直至以最为紧密的姿势与她相拥。

她的世界晃动起来,如同海浪一般,被他高高带起,又重重落下。

起起伏伏。

不知疲倦。

林音是被闹钟吵醒的,她动了动,感觉身上有些酸痛,抬头,发现贺连周早就醒了,正倚在床头,垂眼觑着她。

见她神情还有些困倦,他伸手帮她理了一下额前的碎发,拿过床头柜上她的手机,递给她,说赵绪刚刚给她发了消息。

林音接过手机,点开微信,看到赵绪说由于天气原因,建议延迟到下午开工。

林音认同,发了通知。

贺连周全程看着林音处理工作,见她放下手机,他问:"有没有不舒服?"

林音耳尖通红,摇头。

贺连周说:"再睡会儿?"

林音点点头,她的确还有些困顿,闭上眼,意识很快开始混浊。

再次醒来,已经到了中午。

经过休息后,林音的精神恢复了很多,她环视一圈,贺连周不在房间,她慢慢坐起身。

房门恰好在这时被推开,贺连周看向她:"醒了?"

林音点点头,清醒的状态下更是不知如何面对他。

贺连周知道她难为情,今天格外好心,没多逗弄她,只说:"起床吃饭。"

林音又点点头,起床洗漱完,到客厅,安安静静地和贺连周一起吃完饭,看了眼时间,对他说:"我……要去剧组了。"

贺连周说:"走吧。"

林音不太确定:"你要一起?"

贺连周觑着她:"不然?"

林音摇摇头,心里有些雀跃。

他们到剧组的时候,到处都是张望过来的眼睛,隐隐约约还能听到周围的议论声——

"那是谁?林导有男朋友了?"

"林导男朋友也好好看,好般配,好养眼。"

…………

一路到监视器前,对上赵绪意味深长的目光,林音有些不好意思。

一旁的唐昭昭扫了一眼牵着手过来的两人,似乎并不意外,冲贺连周点评了一句:"果然,人来了连捧花都不给长辈带。"

林音被她那声"长辈"噎了一下。

贺连周面上没有任何变化。

"也对,他从不送花给别的女生。"唐昭昭看向林音,"哦,上回帮贺斯衍送的那次除外。"

其实也不能完全说是他帮的忙。

他只付了钱,花是盛宴挑的,去的时候也是盛宴先献上的。

只不过,唐大小姐没接,说是那天对"盛"字过敏,让换个人送。

"行行行,姑奶奶,您说得对,您的话都对。"盛宴把花推给了贺连周。

这才有了当初林音看到的那一幕。

想起因为那事自己误会贺连周和唐昭昭的关系,还兀自那么伤心难过了很久,林音感觉有些糗。

她仰头看贺连周。

贺连周也意味不明地睨着她。

眼神交换中，林音先败下阵来，收回视线。

贺连周轻笑。

听到他笑起来胸腔的嗡鸣，林音心跳的节奏又乱了起来。

时间耽误不起，剧组众人很快忙碌起来。

林音坐在监视器前，一个镜头一个镜头地过着。偶尔有效果不佳或者演员诠释不够到位的地方，她上前讲戏，人是温和的，态度却丝毫不含糊。

赵绪站在贺连周身侧："是不是挺吸引人？"

贺连周看了他一眼："所以？"

赵绪笑得狡猾："所以你沦陷了。"

贺连周没理他，目光重新锁定在不远处的身影上。

他早就沦陷了。

一共待了一天半的时间，大忙人贺连周在何特助大大小小的电话多次打来后，不得不先回去处理工作。

林音虽然有些不舍，但也理智，同他暂时告了别。

"就这样？"贺连周看着她。

林音都不敢直视他，没说话，耳尖通红。

贺连周又道："没点其他表示？"

林音还是没吱声。

贺连周也不再说了，要笑不笑地紧盯着她。

林音被他看得头皮发麻，到底还是认了输，蜗牛学步一样慢慢朝他挪近。

贺连周轻嗤，单手一捞，将她揉进怀里。

那之后，贺连周有空就会来探班，林音每次见到他，都感觉像是充了电，让她更加有动力。

拍摄进程快到一个月的时候，姚蔓也来了平安镇，她带了许多点心和咖啡分给了工作人员。

大家都极有礼貌,连声说感谢。

"不用客气。"姚蔓笑眯眯的,一手抓着林音的手,一手抓着唐昭昭的手,"我早就想来看看了,就是怕过来会干扰你们,谁知道听说老三和阿周早就跑来过了。"

唐昭昭一脸理所当然。

林音有些赧然。

姚蔓对着她们俩嘘寒问暖了半天,跟林音提起,如果有时间的话,想去看看林舒青。

第二天收工早,她们一起去了墓园。

一同送上林舒青最喜欢的花,姚蔓问林音:"你和阿周的事,有跟你妈妈讲吗?"

林音点点头,自然是说了的。

姚蔓又说:"你妈妈临终前告诉我,你是个感情细腻的孩子,思虑得总比别人多,懂事,乖巧,让人心疼。"

所以林舒青在知道自己时日无多时,唯一放心不下的就是自己这个女儿。她和林音的外婆一样,虽然知道贺家厉害,但从未想过拿什么人情去攀附他们家,她选择在那个节点上把那件戏服还回去,只是想为林音谋一个可供选择的退路。

"我承认我有私心。"那天在医院,林舒青向姚蔓说,"如果有一天,我离开后,音音遇到困难了,你能……不能看在咱们长辈的交集的份上,帮帮她。"

姚蔓听得心酸,仗义地应允了。

林音听到姚蔓的讲述,眼眶湿润了起来。

明明那会儿妈妈才是最难受的,可心里肯定还是对她很愧疚吧。

"知道我为什么告诉你这些吗？"姚蔓缓缓道，"当时第一次见面，我就很喜欢你妈妈和你，想把你留在身边的时候，我告诉过自己，一定要对你好，关心爱护你。

"我吧，自诩心肠好，但感情上的事，确实有些迟钝。当年直到被你叔叔套路，跟他结了婚后，我才发现对他的感情。所以那个时候，没察觉你和阿周之间的异样，我也感觉挺愧疚的。"

林音忙摆手："不是的。"

"我知道你不会怪我。"姚蔓拍了拍她的手，"我说这些就是想问问你，你和阿周的事情不告诉我们，是有什么顾虑吗？阿姨实在不想让你再受到什么委屈。"

没有受委屈的。林音坦诚。

最开始，是以为姚蔓只想让她和贺连周做兄妹，担心她会觉得别扭，不敢让她知晓；然后是怕心思被贺连周发现，不能让她知晓；后来，回了国，终于能和贺连周在一起，她仍旧惶恐。出国前的那场梦，柳全狰狞的面容，是她挥之不去的阴影。

贺家人那么好，她不想让任何的"不堪"出现在他们面前，哪怕只有百分之一的可能。

虽然出国后，柳全压根没再联系过她，或许都不知道她还会回国，可万一呢，万一他再找上她。林音想着怎么也得先处理好和柳全的事情再说。

再后来，柳全得到了制裁，她又想着，贺连周那么耀眼、那么完美，她想成为能够同他并肩而行的人，想和他一样闪闪发光，那首先得先稳住事业再说。

林音并不是不想告诉姚蔓，只是想着等自己再优秀一点，等到最好的时机再说给她听。

"你这傻孩子，你已经很让人骄傲了好吗？"姚蔓听完揉了揉林音的头，终于放下了心，玩笑道，"我还以为你不说，是没打算跟阿周长长久久下去呢。"

"没有的。"林音一颗心早就完完全全交付出去,不会改变了,她小声说,"我、我是想……攒够钱……买房,问他……愿不愿意跟我结婚的。"

音音向阿周求婚?

姚蔓想笑,不知道阿周听到这话会是什么反应,也想象不出那个画面,她应和:"行,我们音音肯定很快就攒够了。"

"对了。"姚蔓说完,从包里拿出一张照片,递给林音,"我整理家里的旧相册的时候,发现了这个,你好好看看,绝对想不到。"

照片是很多年前的。

照片上,贺连周大概七八岁,站在江上的一叶小舟上。

而往他的身后看,对岸的树下竟然有个她。

林音不可置信地看着那张照片,往事浮现在脑海——那年林舒青带她去看汉剧表演,途中经过一条江,江上几艘小舟靠在一起,她凑上前,远眺过去,却不知就在那一瞬间,有人按下了快门。

说不清道不明的情绪萦绕在心间,一抹欣喜攀上林音的唇角。

原来在很久之前,他们在互不知情的情况下,已经看过同一片天空。

林荫树下连舟行,那是他们的初遇。

林音和贺连周,早就已经锁定了。

历时三个月,拍摄终于完成。

杀青那天,贺连周到了现场,送给林音一大捧粉雪山。

林音本就被现场热烈而又不舍的气氛感染,眼泛热泪,见到他,差点没哭出来。

贺连周伸手,右手大拇指和食指轻轻捏住她的下巴,微微上抬。

林音不明所以:"你……干什么?"

贺连周说:"把眼泪送回去。"

林音一顿。

"我说贺总。"赵绪在一旁抱胸看好戏,"要跟我们一起去庆祝吗?"

贺连周果断拒绝了他,请全剧组的人吃了饭,然后单独带着林音去庆祝。

贺连周早就预订好了餐厅,他和林音占据着最佳的观景位置。

林音看着眼前在自己没有开口的情况下摆上来的冰激凌,怔怔地看向贺连周。

贺连周淡然地睨着她。

从他的表情里,林音读出了,他是知晓些"内情"的。

——每拍完一部作品,林音都会用冰激凌来庆祝。

这事还得追溯到她在学校拍摄第一部作品的时候。当时整个进程并不顺利,她遇到瓶颈,学业又重,有天晚上出外景时,感到有些疲惫,便坐在广场附近的一处椅子上,看着周围的灯光发呆。

没过多久,有个小朋友过来,送给她一个冰激凌,告诉她:"The person who looks forward to your work has been(期待你作品的人一直在)。"

后来这就成了她的习惯。

林音问:"你……怎么会知道?"

贺连周不语。

林音还想继续追问。

忽然,一道惊喜的声音传来:"林音?"

林音循声望去,也有些讶异,是许潜。

她站起身。

当年她和许潜一起到国外,这些年来,许潜没少照顾她,林音对他还是十分感激的。

她回国的时候有和许潜打过招呼,许潜忙着做研究,一直没回国,两人的交流也总是滞后的。

看清来人，贺连周微微眯眼。

"我刚回国。"许潜笑容很暖，"约了个朋友在这里谈事情，你怎么会在这里？"

他好像这会儿才注意到她对面的贺连周："这是？"

林音轻咬了下唇瓣："我……男朋友。"

许潜一愣，眸底闪过一丝失落，林音没看出来，贺连周倒是看得一清二楚。

两人又说了几句，许潜移开脚步。

贺连周看着林音，稍一招手，有服务员热情地迎上来。

林音也没听到他和对方说了什么，只是过了一会儿，面前多出一份草莓果冻。

林音疑惑，这不像是贺连周会点的东西："你……"

"打包带走。"

贺连周觑着她，意有所指，一字一句："回去再吃。"

林音在被子里动了动，骨头跟散架了一样。

看着眼前的画面，有些陌生。

昨晚贺连周没带她回去贺家，而是来了这处自己的私人住宅。

他过分得很，她都还没来得及说句话，就被他堵住了唇。

他欺负她上了瘾，故意拿捏着力道，让她抑制不住泣音连连。

越是如此，他又越用力。

反反复复。

林音回想起那一幕幕，脸上阵阵发烫。

她把头微微缩进被子里一点，看到贺连周站在阳台，手里随意地夹着一支烟，慢条斯理地抽了一口。许是察觉到她的视线，他朝她看过来，不露声色地把烟灭掉，向她走了过来。

他身上穿着松松垮垮的浴袍，有清爽的香味若隐若现地飘出来，看起来刚洗完澡没多久。

见他走近，林音问道："你抽烟呀？"

贺连周指尖轻触了一下她的额头，低睨着她："不让？"

林音摇摇头："就是没见你抽过。"

贺连周淡道："偶尔。"

说起来，一共也没抽过几次。

第一次是在林音出国后的第三天，他和谢明川站在天台吹风，彼此望着夜色，一言不发。

也不知道过了多久，谢明川问他："你确定不是哪个环节出错了？"

贺连周没说话。

谢明川又道："听说她是和之前在咖啡厅那小子一起去的，真就这么听之任之了？"

贺连周看了他一眼，还是不作声。

能怎么样呢？她在那样明显地躲着他。

谢明川不再多说，丢给他一个打火机："来一支？"

贺连周接了过来，点燃一支烟。

味道并不怎么样。

他极少抽，刚刚不知怎么的，突然就想来一口。

林音不知晓过往的事，只是见他似乎陷入回忆，眉间微沉的样子。

贺连周无声笑笑："不喜欢烟味？"

林音表现周全，点点头。

贺连周眉梢一扬："等着。"

他走进了浴室。

林音又躺了十几分钟，抬头望着天花板，伸手去够床头柜上的手机。

床太大，她摸索着，没碰对地方，手指又往前探了探，还是有些吃力。索性边脚蹬着床使劲，边半支起身去够，却鬼使神差地拉开了床头柜的抽屉。

她连忙就滚过去，正要把抽屉关上，却看到一枚校牌就躺在其中——

高二（1）班，林音。

"哦，还有高二的校牌。当时不是发晚了嘛，你出国之后，被贺连周拿走了。"

林音脑海中瞬间就回响起夏瑶说过的话，手不受控制地将校牌拿起来，又见校牌下摆放着整整齐齐的照片。

全部是她。

而且大多数是在国外那些年的。

她第一次和华人同学一起去参加社会实践；第一次赶着去参加公开课；第一次讲解作品；第一次参加比赛……

甚至有很多画面，她自己都没太多印象。

浴室的门骤然被推开。

林音慌乱地看向出来的人，竟然有些无措："我……"

贺连周走过来，不动声色地睨了一眼她手里的东西，将僵硬的人拉到床头坐下。

见他没说什么，她才大胆地继续翻手里的照片。

翻着翻着，看到有一张是她和一位小朋友一起坐在广场旁的椅子上慢慢品味着冰激凌的那幕。

林音感觉自己好像明白了他昨日的做法，又好像不太明白："当时……"

看出她想问什么，贺连周道："我在。"

冰激凌是他托小朋友送过去的。

不仅如此，照片中出现的所有场景，他都在。

当年林音出国读书，他以为她想避开他，最开始是想过要遵从她的意愿，从此妥善地远离她的生活。

可到底是放不下。

他时不时出现在她所在的国度,有时和她见面,有时不见。

当然,后者居多。

没见面的时候,他就在她看不到的地方,看着她。

林音从没想过事实是这样的,她垂眸,一张一张翻过去,

翻到最后一张,熟悉的画面呈现在眼前,和贺渝送她的那幅画一模一样。

那是她刚转到四中不久,他们班上体育课,下课的时候,林音从操场往教学楼的方向走,去送完体育器材的夏瑶从身后叫她。

"小同桌——"

林音回头,不知谁扬起的纸飞机从她头顶划过。

而同一时间,贺连周正和班里几个男生站在教室前的围栏处,听他们讨论着,从这个角度能不能看到校外新开的那家水族馆里粉色的鱼。

离贺连周最近的那位男生拿着拍立得,然后林音闯进了他的镜头。

"鱼没拍到,拍到个好看的学妹。"那人说。

"在哪儿呢,让我也看看。"

不等旁人凑上来,贺连周稍一伸手,将照片夺了过来。

有消息延迟的人跑过来,见他收起照片,以为是拍到了鱼:"阿周,你也喜欢?"

贺连周扬唇,答非所问:"嗯。"

这些林音都不知道。

她鼻尖酸涩,心里各种各样的情绪翻涌。

从很早很早开始,她就不是在独自被爱意困扰。

她的声音是连自己都没发觉的软绵:"贺连周……"

贺连周不易察觉地倒吸半口气,目光也变得灼热,觑着她:"累吗?"

林音摇摇头。

旋即再次跌入深色的被海,手中的照片散落一地。

室内的温度又一次攀向顶点。

林音也不知道被折腾了多久,等到一切平息下来,去捞地上的照片,问贺连周:"这个能送我吗?"

贺连周说:"不能。"

林音不死心:"那我……"

贺连周:"那你怎么?"

林音:"那我……求求你。"

贺连周喉间溢出一声轻笑,拍了下她的脑袋。

还是不行,他还有用。

他起身,将她抱起。

林音吓了一跳:"我、我今天还要工作。"

贺连周眼神略显玩味,睨着她:"不洗澡了?"

原来是这个,她还以为他又……

林音脸色通红,不说话了。

之后好长一段时间,林音忙着拍摄完毕后后期制作环节的工作。粗剪、精剪、后期特效等,她全程在跟踪。

在这个环节正在进行的同时,剧组的一些花絮陆陆续续流露出,其中的汉剧片段吸引了大批人。

△真的震撼到我了,这画面看得我鸡皮疙瘩都要起来了。

△果然还是得传统文化。

…………

随后,赵绪在接受采访的时候,又不经意透露出整部电影里面的所有戏服,全是林音自己亲手做的。

——说起来,这事林音并没张扬过。

戏服是她做的没错,一针一线她都倾注了热爱与赤诚,但她没有告诉过别人,还是唐昭昭看出来的。

她见过林音送姚蔓的那件衣服,一眼便道出了真相。

当时赵绪和挺多人都在场,这也不是什么见不得人的事,林音便也没再瞒着了。

于是在剧组除了被人叫作"林导",林音有时还会被称为"林师傅"。

早在杀青之前,赵绪就已经问过林音,这件事可不可以说。

林音觉得没什么太大影响,给了正面回答。

她也没想到,赵绪说出这事后,又引起一波轰动。

△现在就想看,能不能赶紧上映,一把子期待住了。

△这么一说我可来兴致了。

△光吊胃口算什么,有本事你上啊。

△先蹲个坑,希望不会让我失望。

…………

对于这些热议,林音只选择性地看了些,能让汉剧受到关注,是她拍摄这部电影的初衷,但她更想展示的并非娱乐化的东西,而是其中的内涵。

剪辑工作将要收尾之际,林音同时收到了贺渝和岑秀英的微信语音电话。

贺渝高声道:"听说你和阿周在一起了?"说完,又自觉夸张地变成了正常的语气,"好吧,大嫂早就告诉我们了,说什么你在忙,不让我们打扰你,憋到现在,你知道我有多不容易吗? 小朋友。"

林音脸上发热,只能笑笑,算是回应。

"音音,让阿周带你过来坐坐呀。"岑秀英接着说。

林音下意识去看对面的贺连周。

后者握住她的手腕,就着这个姿势,一转手机的方向:"知道了。"

寻了个周末,贺连周一家人一起去了老宅。

林音给"别跑"做了件蓝白相间的衣服,它格外喜欢,穿上之后神气兮兮、昂首挺胸地走在众人面前。

林音被贺连周牵着,走在最后面,刚一露面,周围好几个人的目光统统看了过来,她脸色一下就红了起来。

"音音,来,到奶奶这边来。"岑秀英向她伸手。

林音抬头看了看贺连周。

贺连周也在看着她。

她收回视线,走到岑秀英身边的位置坐下。

岑秀英笑眯眯地看着她,看得林音恨不得遁地而走,脸越来越红。

"好好好。"岑秀英拍拍她的小手,"我们阿周和音音也长大了。"

"就是说,我一直觉得这位小朋友和我们阿周绝配来着,这样吧,等你们结婚的时候,我一定给你们画一幅绝世名画。"贺渝打了个响指。

贺稷从鼻孔里发出一声轻哼:"小辈都已经要成家立业了,你还成天都是画,有那时间,你不如反思反思这么大年纪怎么还没人要。"

贺渝眨眨眼:"不是,大哥,怎么又扯到我身上了?斯衍他……"

说曹操曹操到,唐昭昭挽着贺斯衍的手臂,从外面姗姗来迟。

唐昭昭率先和众人打了招呼。

贺渝接着刚才的话:"正说你们呢,你们俩……"

唐昭昭眼神倨傲,看他一眼,随即冲岑秀英说:"阿姨,我想赶紧把结婚的日子定下来。"

贺渝乐了:"这么着急呢。斯衍看起来也不像急的样子啊。"

唐昭昭坦然反问:"我急,不可以吗?"

贺渝被呛了一下:"可以可以,你很可以。"

岑秀英笑道:"好,那我和你叔叔改天和你爸妈见面好好商量商量。"

"谢谢叔叔阿姨。"唐昭昭在几人的视线盲区,手指从下往上蜻蜓点水般点了两下贺斯衍的领带。

贺斯衍脸上没有一丝一毫变化,看都没看她的动作,隔了半分钟,准确无误地捉住她的手腕,按在身侧,而后揽住了她的腰。他的动作幅度并不明显,然而力道十足,快要把她勒到身体里。

紧接着,就见话题转到了他们。

岑秀英问:"阿周,那你打算什么时候向音音求婚啊?"

林音闻声,下意识地看向姚蔓。

姚蔓帮她说出来:"音音她有打算的。"

贺渝右手摸着下巴,笑道:"行不行啊,大侄子,我说你要是不会求,完全可以来请教你浪漫又富有想象力的二叔我嘛。"

贺连周不语,只是好整以暇地盯着林音。

事实证明,一旦这种催促的苗头长出来,只会越窜越高。

那之后,贺连周被问了好多次同样的问题,有时林音听到了,有时没听到。

当然,她也不知道贺连周的回答是什么。

又过了一阵子,电影的宣传工作如期开始,林音跟着主创人员一起参与每一场宣传活动。

现场观众问及有关电影的问题,她都认认真真地回答。

有人问她能不能唱上几句汉剧,她也不扫兴。

网上有关汉剧的讨论度越来越高,越来越多的人因为喜欢,而去了解汉剧。

关于汉剧经典选段的解析、汉剧服饰的特点等受到广泛关注。

有场宣传地点设置在京北大学。

站在校内的那一刻,林音有一瞬间的恍然,她已经许久没进来过这所学校,而这里承载着贺连周整个大学时光。

林音不禁想,如果当初自己也考上了京北,那是不是能像在高中一样,随时有可能看到他的身影。

大抵是有些遗憾,从京北离开后,她鬼使神差地回了趟四中。

没想到在校门口会看到程棠悦。

程棠悦和以前没什么变化,见到她先主动和她打了招呼:"我男朋友在这里教书,我等他下班。"

说着,她问:"你和贺连周还在一起吗?"

林音注意到她用的是"还",但也没多说什么,点了点头。

程棠悦说:"猜到了,以前我能看出来他对你不一样,但执拗地催眠自己,那不过是看在你们两家交情的份上。后来听说你出国了,我来学校找人,看到他拿着你的校牌在围栏前发呆,那个时候我就感觉,你们两个散不了。"

林音没说话,直到她离开,她还有些怔愣。

晚上,又一次来到贺连周那个临江的房子。

林音一丝一缕地感受着他的存在,忍不住叫他:"贺连周。"

贺连周睨着她,等着她的后话。

林音说:"你再等等我,好……"

剩下的话被他吞没,人也被他吞没。

不知过了多久,室内的温度缓缓恢复平静,贺连周看着林音:"今天去京北感觉怎么样?"

"挺好的。"林音望着天花板,"就是有点遗憾,没能和你经历过太多校园生活。"

贺连周的视线始终不离开她，眸色意味不明。

电影差不多要正式上映的时候，林音的生日也到了。

她对过生日不太热衷，完全是可过可不过的状态。

但姚蔓提醒了她："这是你和阿周在一起后，过的第一个生日哎，还是很有纪念意义的。"

林音被这个说法戳中，也开始重视起来，她在想着该怎么过，不由得找齐梦佳请教。

齐梦佳给她发来一张海报。

玫瑰园又要举行焰火晚会了。

佳佳：听说这次是以什么"重游过往"为主题，有特别节目呢。

林音点开那张海报，瞄向贺连周。

贺连周看到她手机屏幕上的内容："想去？"

林音点点头，虽然这个主题并不稀奇，但她的确想和贺连周一起回到过往，重新来一遍。

贺连周望着她："那就去。"

虽然去的日期是定好了，但到了时间，两人的行程又有所冲突了，贺连周告诉林音："你先过去等我。"

林音说："好。"

林音收拾行李时，思来想去，找出了高中时期的校服，换上，依旧合身。

林音不禁想起贺连周的话——果然没长。

她又打开自己珍藏的一个小盒子，把里面放着的贺连周的校牌拿了出来，用手指摩挲了一下，然后攥在手心里，放进口袋。

林音穿着校服到了玫瑰园,看到入口处摆放着一个大大的、带有音符的指示牌。

她走到指示牌前,发现那些音符的下面还有一艘小船。

这样的设计太过熟悉,然后便看到了贺连周。

贺连周穿着她送他的那件绣着船和音符的白色 T 恤,慢慢走过来,胸前挂着——她的校牌。

他早就看出了她想做什么了!

林音嘴角漾起柔柔的笑,也不再犹豫,红着耳垂,将他的校牌别在了自己的校服上。

他们手牵手,一起走入玫瑰深处,望着彼此。

有风吹来,仿佛又回到了学生时代。

在她十六岁,无助又难堪的时刻,他出现了,如一场春风过境,吹散了她心底的荒芜。

如果时间真的回流,到她第一次拿到他的校牌那天。

不妨再重新介绍一下吧。

高三(1)班的贺连周,你好。

我是林音。

一直喜欢着你的林音。

十六岁的林音喜欢十八岁的贺连周,小心翼翼、不敢声张。

十七岁的林音喜欢十九岁的贺连周,战战兢兢、仓皇而逃。

不过就定格在现在也好。

二十三岁的林音喜欢二十五岁的贺连周,坚定不移、一如既往。

而喜欢着林音的贺连周,也一样。

盛大而浩瀚的烟花在天空散开,周围地面上的灯光勾勒出了"林音"两个字。

这场焰火晚会是属于她的。

"林音。"

林音看得失神时,贺连周叫她。

她抬头,挂着戒指的漂亮素链闪现在眼前,折射出晶莹的光辉。

林音整个人蒙蒙的,又突然道:"不行。"

"我还……"她声音越来越小,"我还没准备好求婚呢。"

贺连周顿了一下,挑眉:"我先求不行?"

林音小声嘀咕:"你答应……等我的。"

贺连周反问:"我答应了?"

林音嘴巴动了动,没说出话,他当时好像确实什么都没说,只顾着……

她耳朵通红,不作声了。

贺连周看了她好一会儿,暂停了接下来的安排,扯唇:"行。"

"什么时候准备好。"他把手里的东西给她戴上,"告诉我一声。"

又有烟花在头顶炸开,"砰"的一声。

林音不由得想起第一次和他一起来玫瑰园时的记忆。

那是她的十六岁。

残忍又美好的十六岁。

心底藏着一个人,无论如何都不敢说出口。

那时的她从未想过,有一天能和他在烟火下相拥。

林音说:"好。"

那就,等电影上映的时候吧。

- 正文完 -

番外
♥ 最好的情诗

电影的上映引起了诸多好评,众人在关注汉剧文化及电影创作故事的同时,也开始激烈地讨论起了一个话题,那就是——林导什么时候求婚?

这事儿,说起来是林音不经意间透露的。

那日她随着主创人员一起参加路演,有主持人问及她之后的安排,林音想了想,回答:"短期内是想买房。"

随后,虽然有些不好意思,但还是补充了一句:"向我男朋友求婚。"

她没想到,这话一出口,引起的热议完全不亚于电影本身——

△为什么要甜妹赚钱买房求婚?宝宝你可千万不能是个恋爱脑啊!

△对啊对啊!这年头渣男可多了!一定要擦亮眼睛看清楚啊。

…………

林音看着这些评价,先是对关心自己的人表示感谢,又认真地发了声明:我男朋友人很好,是我见过最好,也是我最喜欢的男人了。

他太好了,所以她觉得只有自己向他求婚才足以表明她的诚意。

△朋友们,别操心了,她男朋友属于八百年难遇的那种类型,人家好着呢。

△我证明!巨好看而且巨有钱!两人巨配!

…………

紧接着有人发出"内幕消息"。

众人吃了把"隐形"狗粮，纷纷高呼了半天"神仙爱情"后终于反应过来——不对啊……问题是她男朋友到底是谁啊？

同一个话题，在漫影内也传播广泛。

这日，林音和扬延泞约好了谈事情，到了漫影，便察觉到不少人目光控制不住地往自己身上飘。

电影大获成功，她原本打算请众人喝咖啡，谁料想还没来得及下单，何特助便已经帮她做了这项活动。

看着突然出现的贺连周，林音眨眨眼："你怎么……"

贺连周握住她垂在身侧的小手，低睨着她："不是要攒钱买房？"

林音耳垂发红，小声嘟囔："也不差这点。"

贺连周觉得好笑："所以是攒够了？"

林音咬咬唇瓣，道："你、你能不能跟我去个地方。"

贺连周挑了下眉，跟着她走。

直到两个人的身影完全看不见，漫影内众人才开始沸腾起来——

"就是说这位林导她男朋友是小贺总？"

"我去，现在才透露，也太低调了吧。"

杨延泞淡定地听着这些话，严肃地制止了众人："上班时间，好好工作。"

对于这些，当事人浑然不知。

一起到了林音所说的地方，贺连周好整以暇地觑着她。

那是他那套临江的房子的楼下。

林音被他看得浑身不自在，却还是直直地迎上他的视线，问："这里你喜欢吗？"

言外之意：你要喜欢我就买这套了。

273

贺连周听得出来，给出评价："挺方便。"

林音不解地看向他："什么？"

贺连周："偷情。"

林音无言。

他没意见，林音便当真买下了那套房子。

办理完手续就收到齐梦佳的消息：你快看！那个孙善仁又出来作妖。

林音点开她发的链接，发现孙善仁在网上抹黑她和贺连周的关系，说她是傍上了贺连周，故意陷害他，才有前面有关他的事端的出现。

林音直接把自己保存的录音发了出去，而后联系了律师。

"酷毙了！"齐梦佳煞有介事地调侃，"我们音音真的是长大了。"

虽然林音已经自己出面了，但贺家还是集体发布了声明来维护她，表示会将诽谤者的责任追究到底。

贺连周也第一次在社交平台上发了动态：是我傍上她。

终于得知了她的男朋友是谁，众人激动不已，俨然化身成了催婚大军，甚至直接开了个名叫#林导今天求婚了吗？#的帖子，每天在底下打卡。

林音本来想找个合适的日子低调求婚，看来也低调不了了，干脆悄摸摸且支支吾吾地向齐梦佳打听怎么求婚。

齐梦佳："这还不简单，你往那儿一站，他就同意了呀！"

林音：……怪羞耻的。

她又去问夏瑶。

夏瑶："把自己绑了送他床上，保准他愿意。"

林音面红耳赤：……这、这也太不正经了。

林音最后决定采取最朴素的方法——直接带着贺连周到了自己刚买的那套房子里，和他一起站在落地窗前，在落日余晖的映衬下，望着他，拿出一枚戒指来:"贺连周。"

贺连周回望着她。

林音声音越发轻,却带着满满的诚恳:"我能向你求婚吗?"

贺连周挑眉,似笑非笑地睨着她。

过了好一会儿,林音有些羞窘,又叫了声:"贺、贺连周?"

贺连周唇角的笑意加深,单手绕到她的后脖颈,长指灵活地一拨弄,取掉了她已经戴了一段时间的素链,上面的戒指顺滑地落入他的掌心,贺连周问她:"愿意吗?"

林音怔怔道:"你怎么……"

贺连周没有过多解释的意思,又问了一遍:"嗯?"

林音脸上火辣辣的,点了点头。

贺连周八风不动地觑着她,直到林音快要被他的视线烫化了,才示意:"不是你先来?"

林音心跳有些快,拿着戒指的手都微微发颤,不敢看他的表情,动作轻柔地拉过他的左手,慢慢将戒指圈上他的无名指。

下一秒,右手被贺连周抓住,他的动作利索得多,没等她有所反应,戒指就同样被戴在了她的无名指上。

十指相扣。

贺连周睨着她,眸色极深:"你没有反悔的机会了。"

林音声音更小了:"我……不会反悔的。"

婚礼的操办,姚蔓和岑秀英二话不说揽了下来。从场地的选择、主题的设计到婚礼上要用什么花,她们两人乐此不疲地商讨了半天方案,然后让林音选择。

"音音,你觉得呢?"

两人同时看过来，眼神让林音有些招架不住，余光偷偷瞄向贺连周，见他也正望着自己，只好强装镇定地加入讨论。

最后几人一合计，决定举办包含戏曲元素的中式婚礼。

林舒青当年做了一半，林音又接着完成的那件婚服恰好可以拿来做林音的婚服，而贺连周的婚服，林音想自己亲手做。

在姚蔓和岑秀英准备其他相关事宜时，林音就缩在当年留给自己做戏服的那个房间，一点一点地赶制着贺连周的婚服。

想到这件婚服的作用，她心底就油然生出一种神圣感。

他将穿着它，正式迎接她走进他的世界，再填满他的世界。

婚服差不多快制作完成的时候，姚蔓和岑秀英召集家里人开会，说选定了个好日子，让他们两个先把证领了。

领证前一天，贺家所有人一同去了平安镇看望林舒青，向她表明了贺家的诚心。

"舒青，你放心吧，以后我还是会把音音当亲女儿的，绝对不会让任何人欺负她。"姚蔓笑呵呵地拉着林音的手说。

"是啊是啊，我们会好好疼她的，你在天之灵也要保佑他们两个啊。"岑秀英也道。

"哎哎哎！你们都这么说了，我这个二叔不说两句岂不是很对不起我这长辈的身份！"贺渝清了清嗓子，表现得一本正经，面对着林舒青的墓碑，又瞬间漏了气一样，"算了算了，我也不知道说什么，反正就是祝福就是了。"

此番举动，换来的是贺稷的一声冷哼："丢人现眼。"

"不是，我怎么丢人现眼了？大哥你说清楚。"

…………

耳边不断地传来吵闹声和调笑声，林音望着林舒青的照片，眼睛渐渐湿润了起来,嘴角却是扬起的。

妈妈,你看啊,我真的做到了。

我让自己变得很幸福,很快乐了。

"阿周?不说两句?"就在这时,姚蔓突然调侃地说。

林音也收回思绪,看向贺连周。

贺连周与她对视,目光又转向林舒青的墓碑,他没出声,但林音就是看出来了,他是有说什么的。

回去的路上,她止不住地往贺连周那里瞄。

一眼。

两眼。

终于,视线被贺连周逮了个正着,他觑着她:"怎么?"

林音嘴巴动了动,没问出口。

贺连周对她的疑问心知肚明,但也没多说。

他望着她,想起自己刚刚对林舒青许下的承诺。

未来的每一步,他都会带着她一起走。

领证当天,林音还在参加一场活动,结束的时候,贺连周去接她。

前往民政局的路上,林音双手抓着安全带,心脏"扑通扑通"直跳。

贺连周将她的反应尽收眼底,无声笑了笑:"你在紧张?"

林音嘴硬:"没有。"

贺连周挑了下眉,到了地方,停车,突然解开安全带,俯身凑近她。

林音心跳得更厉害了,本能地闭上了眼睛,睫毛乱颤。

随后听到贺连周的低笑:"没有?"

他故意的!

林音的脸憋得通红,继续嘴硬:"没有。"

贺连周轻扯嘴角,没再为难她,蜻蜓点水般在她唇瓣上啄了啄,伸手拍了下她的头,单手为她解开安全带:"走了。"

一步步按照流程走,直到拿到两个红色小本本,林音感觉意识都还是恍惚的。她被贺连周牵着,看看他的侧脸,再将视线转向两人缠在一起的手上。

忽然听到贺连周叫她:"林音。"

林音抬头,整个人被他紧紧地揽在怀中,他低沉的声音在耳畔响起:"感觉真实了?"

林音听着他强有力的心跳声,良久,点了点头。

感觉到了。

婚礼安排在春分过后,齐梦佳和夏瑶一起来做林音的伴娘。

化完妆,林音坐在梳妆台前,望着镜子里的自己,尽管做了无数次的心理准备,她也还是紧张。

"哎呀,音音,你放轻松点啦,现在已经万事俱备了,你就安安心心做最美丽的新娘就好啦。"齐梦佳宽慰她。

夏瑶也拍了拍她的肩膀:"放心,有人来抢亲的话我第一个挥棍子。"

齐梦佳制止她:"你别给音音制造紧张感了哈哈哈。"

林音听着她们你一言我一语的交谈,深吸了口气。手机突然弹出一条消息,她慢慢咧开嘴角。

Z:等我。

Z:知道了吗?

YIN:嗯。

Z:嗯是什么意思?

YIN:知道了。

贺连周的消息如同一根定海神针,让她一颗浮沉的心安定下来。

她静静地等待着,仪式开始,她缓缓走向人前,目光扫过场下,愣了愣。

茶楼老板和一些要好的邻居是她邀请来的,可她没想到王奶奶竟然也在现场。

"我偷偷请来的,也得让王奶奶看看我们的确有好好长大啊。"齐梦佳在林音耳畔说。

林音眼眶有些发红。

齐梦佳笑着笑着,眼里也泛起了晶莹。她抽了抽鼻子,安抚林音:"好了好了,这么喜庆的日子,我们俩可不能把妆哭花了。"

林音也笑了笑,点点头。

她又朝前走。

听到盛宴的声音从远方传来:"真没想到咱兄弟间最先结婚的是阿周。"

谢明川轻哂:"不然还能是你?"

声源渐渐拉近。

她慢慢看到贺连周的身影。

与此同时,两侧的大屏幕上放起了各种她唱戏时的画面——那是在她不知情的情况下,贺连周录下的,和他房间里的那些照片一起,全部呈现在了她的面前。

哄闹声中,林音隔空与他对视,目之所及,好像就只剩下他一个人。

她视线微微模糊了些,手轻抚过婚服上妈妈绣的花纹,一步一步,走向了她的意中人。

"合卺酒。"

"新礼成。"

婚后的日子,虽然两个人都很忙,但生活称得上十分圆满。

凭着那部以汉剧为主题的电影,林音成功获得了某个含金量很高的最佳新人导演奖。

同年除夕夜,她被邀请参加一场盛典,根据安排表演了汉剧。贺连周不是第一次被邀请出席这种场合,但却是第一次真正参加。

不过也就在台下的贵宾席上看完了林音的表演,等她唱完,他便起身离开,婉拒了旁人的攀谈。

林音那边结束活动,到车里找他,定定地望着他。

"想要点评?"贺连周看透了她的意思。

林音点头。

贺连周冲她招了下手。

林音顺势把头凑过去。

随后便听他道:"那先想想?"

他又逗她!

林音叫他:"贺连周。"

贺连周的轻笑声几不可闻:"很好。"

说得并不够全面,但林音听得明白他的意思——是说她唱得很好。

她轻咬了下唇,忍不住扬起嘴角,忽地想起什么,坐直了些,从包里拿出一个糖盒,塞了两颗糖在自己手里,但没吃。

贺连周抛过去一个询问的眼神。

林音告诉了他当初在林舒青的病房里邻居家的小孩给自己塞糖的事情。

她很感动,所以每年都会在这天为自己准备两颗糖,作为纪念。

"张嘴。"贺连周拿起她手里的糖,放到她嘴边,在她下意识照做后,舌尖很快便传来清甜的味道。

"以后每年都给你送。"贺连周随意地摆弄着手中的糖纸,睨向她,"要吗?"

林音立马说:"要。"

贺连周隐隐勾唇,倏然看到她糖盒上的一行小字。

察觉到他的视线,林音作势要藏,只不过迟了一步,还是被他看到了。

——我看过无数次玫瑰火焰,可偏爱十七岁的风,和十九岁的你。

贺连周眼波微动:"解释解释。"

林音望着远方,思绪飞远:十六岁时与他初识,十七岁时悸动不止,在她的十七岁,风是热烈的,他也是热烈的,那时的他十九岁,她那么热切而又胆怯地偷偷恋慕着他,无数次心动难耐的时候,回忆起他带她走的那日,都会不由自主地想:

十九岁的贺连周,是那个冬夜送给她最好的情诗。

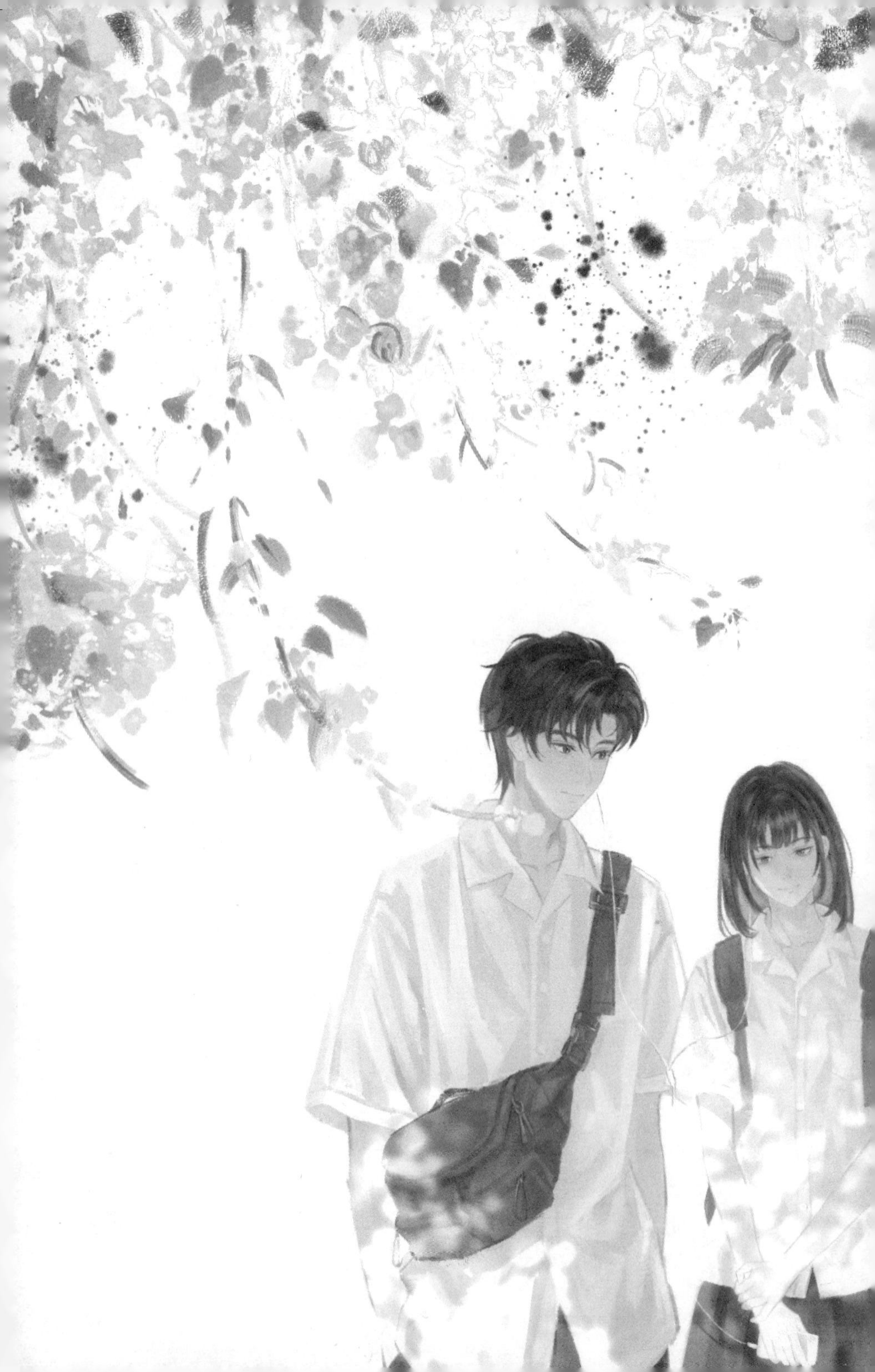